KB269486

엉덩이에 입맞춤을

엉덩이에 입맞춤을

illusionist 세계의 작가 009
엉덩이에 입맞춤을
© 들녘 2008

초판 1쇄 발행일	2008년 7월 7일
지은이	에펠리 하우오파
옮긴이	서남희
펴낸이	이정원
책임편집	김상진
표지그림	최용호
펴낸 곳	도서출판 들녘
등록일자	1987년 12월 12일
등록번호	10-156
주소	경기도 파주시 교하읍 문발리 파주출판단지 513-9
전화	마케팅 031-955-7374 편집 031-955-7381
팩시밀리	031-955-7393
홈페이지	www.ddd21.co.kr

값은 뒤표지에 있습니다. 잘못된 책은 구입하신 곳에서 바꿔드립니다.

ISBN 978-89-7527-607-1(04890)
ISBN 978-89-7527-600-2(세트)

엉덩이에 입맞춤을

에펠리 하우오파 · 서남희 옮김

들녘

 차 례

시작이라고 하는 것이 때론 끝이네
그리고 끝내는 것은 시작하는 것이니
끝은 우리가 출발한 곳이기에……

우리는 탐색을 멈추지 않으리
그리고 탐색이 끝나는 곳에서
출발했던 그곳에 이르게 될 테고
처음으로 그곳을 알게 될지니.

T. S. 엘리어트, 「리틀 기딩(Little Gidding)」에서

1

아침 6시. 오일레이가 눈을 떴다. 입 안이 텁텁한 게 얼굴이 절로 찌푸려졌다. 마카리타는 옆에서 드르렁드르렁 코를 골고 있다. 남편의 얼굴에 자기 얼굴을 들이대고 코를 고는 건 22년 전이나 지금이나 한결같다. 입냄새가 고약했다. 오일레이는 제 입을 틀어 막으며 뒤척뒤척 몸을 옮겼다. 그러다가 화들짝 놀랐다. 티포타 말로 '푸프푸프'라고 부르는 '연발 폭발'이 터졌기 때문이다. 지금 이 폭발음은 저도 모르게 시동이 걸려 깜짝 놀라는 오토바이의 비명처럼 들렸다. 딱히 새로운 것이 아닌데도 그는 소스라치게 놀랐다. 번번이 악취가 지독한 탓이다. 요란한 폭발 소리에 놀란 마카리타가 눈을 떴다. 순식간에 방어 본능마저 깨어난 그녀는 머리끝까지 이불을 확 뒤집어썼다. 그러나 곧장 맑은 공기를 찾아 숨을 몰아쉬었다. 물론 소용없는 짓이었지만.

두 번째 폭발을 하고 나서야 침대에서 내려가더라고요. 나중에 마가리타가 친정어머니에게 한 말이다. 오일레이는 반쯤 질식한 상태에서 비척비척 창가로 갔다. 미늘창을 열었다. 시저가 오밤중에 질질 끌고 들어온, 죽은 지 사흘 된 새끼돼지의 흉측한 몰골이 눈에 띄었다. 썩은 냄새가 코끝을 파고들었다. 그는 흠칫 뒤로 물러났다. '시저'는 알자스(독일 셰퍼드 종)의 피가 1/4 섞인 잡종견으로, 마을 쓰레기 더미만 봤다 하면 환장하는 놈이었다. 마가리타가 방에서 뛰쳐나간 뒤 오일레이는 화장실 쪽으로 발길을 옮겼다. 이런, 한발 늦었다. 아내가 이미 굳은 표정으로 꼼짝 않고 앉아 있었다. 얼른 끝내라고 다그쳐 봐야 소용없을 게 뻔했다. 오일레이는 서둘러 마당으로 나가 오줌을 누었다. 시저가 갑자기 튀어나오더니 주인 옆에 서서 뒷발을 떡 하니 들고 오일레이의 다리에 오줌을 갈겼다.

"앉아서 가만히 있어, 이놈의 똥개야!"

오일레이가 고함을 내질렀다.

시저는 엉금엉금 기어와 오일레이가 제 머리 위에 오줌을 갈기는 동안 나지막이 낑낑거렸다. 그러더니 오줌 냄새와 새끼돼지의 악취가 뒤섞인 역한 냄새를 풍기며 주인을 향해 펄쩍 뛰어올라 얼굴을 핥으려고 했다. 알자스의 피가 1/4 밖에 안 섞였다는 걸 증명이라도 하듯. 오일레이는 욕지거리를 퍼부으면서 허리를 홱 구부렸다. 그는 왼주먹으로 시저의 갈비뼈에 훅을 갈기고 오른 주먹으로는 턱에 어퍼컷을 날렸다. 개는 쓰레기 더미 속으로 푹 쓰러졌다.

"저런 심란한 꼴로 달려든 게 이번 주에만 벌써 두 번째야. 멍청한 똥개 같으니. 한 번만 더 그랬단 봐라, 죽여버릴 테다."

오일레이는 침을 뱉고 쏜살같이 집 안으로 들어갔다. 마카리타는 이미 부엌에 들어와 전날 미룬 설거지를 하면서 "주 하느님, 아름다운 이 아침!"을 흥얼거리고 있었다. 오일레이가 처음으로 똥구멍에 고통을 느낀 것은 바로 그 순간이었다. 똥이 나오려는가 싶어서 화장실로 달려간 그는 푸짐한 덩어리를 쏟아냈다. 하지만 고통마저 쏟아낸 것은 아니었다. 끙끙 힘을 주어 봤지만 통증만 더욱 심해질 뿐이었다. 마치 항문에서 뿜어져 나온 불길이 머리로 솟구쳐 올라가는 느낌이 들었다. 머리가 빙글빙글 돌았다. 대번에 혈압과 체온이 오르고 비 오듯 땀이 쏟아졌다. 그는 기절할까 봐 겁이 났다. 좁은 화장실 벽을 팔로 꾹 누르며 몸을 지탱했다. 잠시 후 고통의 물결이 원래 시작되었던 곳으로 썰물처럼 되돌아가더니 더 이상 밖으로 나오지 않았다.

"왜 그러는데?"

마카리타가 부엌에서 소리 질렀다.

"어젯밤에 또 엄청나게 퍼마셨지?"

"하느님 맙소사, 내가 아파하는 거 안 보여?"

"하느님 좀 그만 찾아. 하느님은 당신 숙취하고 아무 상관없으니까."

"입 닥쳐. 아이고, 예수님. 아파 뒈지겠네."

마카리타는 양쪽에 버터를 듬뿍 바른, 두께가 5센티미터나 되는 빵을 먹으면서 한가롭게 거실로 들어왔다.

"어디가 아픈 건데?"

그녀가 별로 신경 쓰지 않은 채 무심하게 물었다. 그다지 즐겁지 않게 침대에서 뛰쳐나와야 했던 일에 아직 화가 가시지 않은 참이었다.

"뒤."

"뒤, 어디?"

"똥구멍 말이야, 이놈의 여편네야!"

"허! 그러니까 에이즈에 걸린 거군?"

"아이고, 리타. 진짜로 심각해. 이렇게 아픈 건 난생 처음이라고. 어떻게 좀 해줘. 도와달라고, 응?"

"오호라. 이게 그러니까 울퉁불퉁 근육을 자랑하시는 전 헤비급 챔피언의 말로구먼. 똥구멍이 아파서 죽겠다니! 마라마가 이 소식을 들을 때까지 기다리시지 그래."

"이 쭈그렁바가지 여편네야. 혹시라도 우리 집 담 너머로 이 일이 새면 모가지를 확 비틀어버리겠어. 알겠어?”

“지금 해 보시지 그래? 해 봐, 응? 이 푸프푸프야.”

“몸이 안 따라. 믿기지 않겠지만 몸이 안 따른대두. 염병할!”

“해 보라니까? 당신, 챔피언 아냐? 해 봐!”

“사람이 왜 이렇게 잔인해? 여보, 제발 도와줘.”

“오, 이제야 빌고 있네. 이보세요. 앞으로 두 번 다시 침대에서 방귀 뀌지 않는다고 약속하세요. 그럼 그놈의 악취 나는 똥구멍을 원상복귀 시켜줄 만큼은 친절해질지도 모르니까. 알겠어?”

“그래그래, 뭐든 약속할게. 제발 뜨거운 물 좀 갖다 줘.”

몇 분 후에 마카리타는 물 한 그릇과 세척도구와 수건을 갖고 왔다. 그녀는 오일레이의 배 밑에 수건을 깔고, 엉덩이를 벌리고, 세척도구를 물속에 담갔다가 얼른 그것을 엉덩이 틈에 끼워 넣었다. 그 순간 오일레이의 궁둥이가 솟구쳐 올라 마카리타의 얼굴을 퍽 치는가 싶더니 퓩 방귀가 뿜어져 나왔다. 분노와 역겨움에 말문이 막힌 마카리타가는 오일레이의 엉덩이에 냅다 물을 쏟아 부었다. 그러고는 구역질을 하며 화장실로 달려갔다. 그녀의 남편은 팔걸이 없는 의자에서 굴러 떨어지며 비명을 질렀다.

오일레이가 바닥에서 신음하고 있는 동안 마카리타는 코로다무에서 가장 큰, 방 세 개짜리 시멘트집의 뒷문으로 슬그머니 빠져나갔다. 그녀는 동네 저편에 있는 어머니의 나무 오두막으로 갔다. 옷가방을 싸들고 온 딸을 보자마자 메레는 단박에 사태를 파악했다. 딸은 그냥 놀러 온 게 아니다. 지난 몇 년간 딸의 결혼생활은 위태위태했다. 마카리타가 아직도 남편과 살고 있는 것은 메레가 입심 좋게 타이르고 달랜 덕분이었다.

"싫어, 엄마. 두 번 다시 그 작자한테 돌아가지 않을 거야. 진저리 나. 그 인간이 침대에서 방귀 뀌어대는 건 그럭저럭 참을 수 있어. 자기가 달리 어쩔 도리도 없겠지. 똥구멍이 제멋대로 난리를 치니까. 하지만 자길 도와주려고 하는 마누라 얼굴에다 갈겨대는 건 도저히 못 참겠어. 아주 칵 죽여버리고 싶더라니깐!"

"아이고, 애야. 아무리 그래도 오일레이는 거물이야. 겨우 그깟 일로 헤어지면 안 되지. 돌아가서 보살펴줘라."

"흥, 거물은 뭔 놈의 거물. 메스꺼운 돼지 같은 주제에."

"네 말도 일리는 있어. 그래, 헤어진다고 치자. 너 어디가서 살래? 여기 이 오두막? 넌 우리 동네에서 제일 좋은 집에 살고 있잖니. 오일레이는 돈도 잘 벌고. 게다가 쿠루티의 높으신 나리들도 오일레이를 알아봐주잖니. 모든 걸 다 떠나서 네가 저희 아버지를 버렸다는 걸 알면 자식놈들이 뭐라고 하겠어? 얼른 돌아가. 네 남편이니까 네가 바꿔보려고 애는 써야 할 것 아니니."

"엄만 그 인간을 도통 몰라. 바뀔 수가 없는 인간이에요. 나날이 더 나빠져. 식탐 많죠, 방귀 뀌죠, 가래 뱉죠. 이젠 똥구멍까지 아프다고 난리잖아. 그 인간이 신음하고 괴로워하는 꼴을 엄마도 봐야 돼. 아주 깨소금이야, 깨소금."

"그래도 좀 도와줘 봐라. 그럼 방귀를 덜 뀔지 아니? 세상 보는 눈까지 달라질지도 몰라. 어미 말 들어, 누구나 구제 받을 수 있는 법이야. 아이고, 누구슈?"

문 두드리는 소리에 메레가 외쳤다.

"경찰입니다. 메레 아주머니. 따님을 찾고 있어요. 여기 계시죠?"

"자네가 왜 왔느냐에 따라 다르지."

"이 댁 사위가 차마 말로 표현할 수 없는 모습으로 보건소에 실려 왔습니다. 지금 쿠루티로 후송할 구급차를 기다리는 중이지요. 리타하고 얘기 좀 하고 싶은데요?"

"그럼 들어오슈. 그 문 조심하고. 경첩이 떨어졌거든."

다우 부타코 경관은 망가진 문을 들어서 벽에 잘 세워 놓고, 입구 바로 안쪽에 앉았다. 가구는 하나도 없었다. 바닥에는 깔끔하게 돗자리가 깔려 있었다.

"리타가 여느 때랑은 다르다우. 기분이 잔뜩 나빠 있거든."

메레의 어조에는 자기 딸을 거칠게 대하지 말라는 은근한 경고가 실려 있었다.

“안타깝군요. 그런데 괜찮으시다면 자리를 좀 비켜주시
겠습니까?”

“괜찮지 않지. 그래도 자네가 곧 법이요 질서니 내가 마
땅히 두려워해야겠지, 안 그런가?”

“그렇게 비꼬실 것까진 없습니다, 아주머니. 계시고 싶
다면 그냥 계세요.”

“언제 적부터 제 집에 있고 싶을 때 경찰 나리 허락을 받
아야 하는 건가? 젊은 양반. 밖에 나가 있겠네. 엿들으면
되지 뭐. 내 딸한테 윽박지르기만 해 봐. 그랬다가는 자네
가 캄캄절벽인 자네 조상들 얘기를 몽땅 읊어줄 테니까.”

“이미 알고 있습니다. 만나는 사람마다 온갖 얘기를 얼
마나 구구절절이 해주던지……. 조상님들이 하셨다는 일
을 몽땅 합치면 굉장해요. 그분들 모두 천 살까진 사셨나
봐요.”

“반도 못 들었을 걸? 나머진 더 끔찍하지. 아무튼지 리
타한테 조심해서 행동하게.”

부타코 경관이 알겠다는 미소를 지었다. 메레는 이미
문밖으로 사라진 뒤였다.

“자, 리타. 아까 말했지만, 오일레이 씨는 보건소에 있
습니다. 당신이 집에서 나올 때 남편은 어땠습니까?”

“그야 집에 있었죠.”

“신경을 안 쓰시는 것 같군요.”

"흥, 참견할 게 따로 있지. 난 이제 그 작자하고 완전히 헤어졌다고요. 그 인간이 제 목을 딴지는 몰랐어요. 안 그랬으면 내 손으로 땄을지도 몰라."

"리타, 법과 질서를 그렇게 조롱하지 마세요. 당신 남편은 자살할 사람이 아니란 거 잘 알잖아요. 당신과 메레 아주머니를 합쳐 놔 봐야 남편 발끝에도 못 미쳐요. 지금 오일레이 씨는 온몸에 화상을 입었습니다. 말도 못 할 고통을 겪고 있다고요."

"하! 더한 고통도 있을 텐데. 그건 말 안 하던가요?"

"그렇게 비웃지 마세요. 난 당신을 오일레이 씨한테 데려가려고 온 겁니다. 그분한텐 당신이 있어야 해요. 그분 입으로 그렇게 말했다고요."

"상관없어요. 난 이 집에서 나가지 않을 거예요."

"당신 남편은 매우 중요한 인물이에요. 수상 각하께서 공석 중인 상원의원에 곧 임명할 거라고요. 그걸 모르진 않겠죠? 일단 그렇게 되기만 하면 수상까지 오르는 건 시간문제라고들 합디다. 당신은 남편 옆에 있어야 한다고요."

부타코 경관은 어조를 바꿨다.

"그렇게 안 하겠다면 당신이 중대한 신체 상해를 야기시킬 의도로 폭행했다고 서류를 올리겠어요. 그런 일은 없어야겠죠?"

"협박은 안 통해요. 영장이라도 있나요? 없죠? 당장 꺼져서 하나 마련해 오는 게 어때요? 난 법정과 온 나라에 오일레이가 어떤 인간인지, 또 당신이 어떤 경찰인지 기꺼이 떠들어댈 테니까.”

“리타…….”

“한마디 하죠. 오일레이가 국가의 자산이라고? 이 나라가 얼마나 아수라장인지 훤히 보이네. 가서 영장이나 가져와요. 안 그러면 어머니하고 한판 붙게 해드릴까?”

“어이구, 네가 저치를 아주 잘 요리한 것 같구나.”

경관이 떠나자 메레가 한마디 했다.

“너도 재주가 많이 늘었구나. 부타코는 머저리 같은 작자야. 경찰이란 게 다 저렇고 저렇다니까.”

“저 사람이 나더러 오일레이한테 돌아가라고 협박을 늘어놓던데. 거부하면 오일레이한테 상해를 입히려 했다고 체포하겠대. 엄마, 어쩌면 영장을 갖고 다시 올지도 몰라.”

“뻥치는 거겠지.”

“그치? 감히 제까진 게 그깟 일로 어떻게 영장을 타 오겠어?”

“그럼, 걱정할 것 없다. 그런데 얘야. 그래도 네가 가서 서방을 돌봐야 하지 않겠니? 옆에 있어줘야지.”

“엄마, 설마 그 인간들 편은 아니겠죠, 응?”

“아이고, 하느님. 말이 되는 소리를 해라. 이 어미를 뭘로 보고 그러는 거냐? 하지만 오일레이가 아무리 개차반이라도 서방은 서방인 거야. 이젠 나도 널 이해하지 못하겠다. 네 아버지도 참 말도 안 되는 인간이었다만, 그래도 난 집 나갈 생각 같은 건 한 번도 해 본 적이 없다. 마지막 순간까지 그 옆을 지켰어.”

“알아요. 아버지는 죽도록 술만 퍼마셨지. 오일레이도 똑같은 족속이야.”

“네 아버지는 이 세상 사람이 아니다, 리타. 가신 분한테 그렇게 말하면 안 되는 거야. 오일레이는…….”

리타가 메레의 입술에 가만히 손을 대더니 보듬어 안았다.

“이제 그만 하세요. 이제부터 우리 둘이 함께 살아요. 남자들이란 다 돼지들이라고요!”

“좀 어떤가요, 선생님?”

부타코가 닥터 타우비 메이트에게 물었다. 메이트는 구급차를 타고 도착해 오일레이를 진찰하고 있었다. 시간은 쏜살같이 흘러 어느덧 해가 기울어진 늦은 오후가 됐다.

“병원으로 데려가 봐도 소용없어요. 상태가 아주 나빠. 물이 너무 뜨겁지 않았던 게 다행이죠. 그래도 충격을 많이 받았을 거예요. 아무튼 그런 것 같군요. 아시다시피 무척 예민한 부위라서요. 어쩌다가 그렇게 됐는지 궁금해요. 물어볼 때마다 신음만 해대니 원…….”

“선생님만 알고 계세요. 실은 마누라가 그랬답니다. 그 친구 말로는 마누라가 등을 마사지해주다가 별거 아닌 걸로 싸웠다는군요. 열통이 터져서 물그릇을 자기한테 확 쏟은 거래요. 좀 이상하긴 해요, 아시다시피. 물에 기름이 안 섞여 있었으니까요. 제가 그릇과, 그 친구가 깔고 있던 수건을 조사해 봤어요. 요즘엔 사람들이 마사지할 때 기름을 안 쓰는 것 같아요."

"쓴답니다."

메이트는 경관에게 반박했다.

"이거야 원, 그러고 보니 상당히 이상한 일이로군. 신음하는 걸 보면 진짜로 아픈 것 같던데. 하지만 물벼락 때문이 아닐 수도 있어요. 다른 이유가 있는 게 분명합니다. 저 친구, 누굴 속이는 타입은 아니니까."

"그야 아니죠."

"어쨌든 고통을 좀 덜 수 있도록 알약을 줬어요. 더 이상 문제는 없을 겁니다. 그래도 계속 지켜봐주세요."

"알겠습니다. 특히나 저 친구 마누라를 주시하지요. 참 대단한 소갈머리더군요."

"부인은 어디 계세요?"

"일이 터지자마자 바로 보따리 싸 들고 친정으로 내빼 버렸죠. 절대 안 돌아간다고 말하더군요. 하지만 해질 녘까진 돌아올 겁니다. 하느님도 잘 아시지만, 한 달 걸러 한 번씩 집을 나갔다가 꼬박꼬박 되돌아오거든요. 그 집이나 지위 때문에 그러는 거예요. 잔머리 굴리는 덴 선수죠. 머잖아 오일레이가 제 마누라 면전에 대고 문을 쾅 닫는 날이 올 거예요.”

둘은 힘을 합쳐 오일레이를 구급차에 태웠다. 진통제를 먹였는데도 여전히 끙끙거리고 있었다. 유효기간이 지난 약이었지만, 그나마 이 나라에서는 그것밖에 구할 수 없었다. 부타코는 차에 타려는 메이트를 붙잡고 속삭였다.

“방금 생각났어요. 마카리타 말로는 오일레이가 뜨거운 물 말고 다른 것 때문에 더 아파한대요. 선생님 말씀이 맞아요. 거참 수상한 일 아닙니까?”

메레와 마카리타와 마라마 카바스는 거실에 앉아 있다가 집 밖에서 구급차가 멈춰 서는 소리를 들었다. 곧이어 의사의 말소리가 울렸다.

“정말 괜찮겠습니까? 며칠 동안 돌봐줄 사람을 수소문해드릴 수 있는데. 누가 도와줘야 하지 않겠어요?”

“괜찮습니다.”

오일레이가 기운 없는 목소리로 대답했다.

“리타가 늦어도 해질 녘까진 돌아올 거요. 벌써 와 있을지도 모르지. 태워다줘서 고마워요.”

“별 말씀을. 몸조리 잘하세요.”

구급차가 떠나자 오일레이는 비척비척 집 안으로 들어왔다.

"당신 벌써 와 있군."

그는 말하고 난 뒤에야 마라마 카바스를 발견했다. 그
의 얼굴에 잠시 노기가 서렸다.

마라마는 나잇살을 늘어지게 먹은 땅딸막한 여자로 메
레네 옆에 살았다. 그녀는 제법 유명한 치료사였다. 병을
제대로 진단하고 치료를 잘한다는 소문이 자자해서 티포
타 사람들은 너나할 것 없이 그녀의 자그마한 집에 몰려들
곤 했다. 종합 병원의 외래환자 대기실보다 그녀의 집 옆
에 특별히 만들어놓은 대기소가 더 붐빈다는 소문도 있었
다. 그녀는 수십 년 동안 사진 뺨치는 선명한 기억 속에 이
미 죽은 자를 포함하여 수만 명의 신체적, 도덕적 단점들
에 대한 세세한 정보를 엄청나게 쟁여 놓았다. 찾아오는
사람이 많은 것도 실은 그 때문이었다. 고통을 덜려고 오
는 환자보다는 서로 이를 갈고 있는 사람들 혹은 자기네
이웃들의 육체적, 도덕적 부패에 관한 정보를 오장육부가
뒤집어질 정도로 알고 싶어하는 건강한 사람들이 더 많았
다. 정보와 함께 고민의 원인과 대처 방법 등도 으스스할
만큼 시시콜콜히 제공되었다. 정보에 대한 대가로 고객들
은 마라마에게 자기네 이웃과 친구들에 대한 새로운 소식
혹은 이전에 들려준 소식에서 진척된 상황을 기꺼이 선사
하고 돌아갔다. 오스트레일리아, 미국, 뉴질랜드, 멀리는
독일에서 온 연구자들 역시 그녀에게 눈독을 들였다. 그

녀가 자기네 보고서나 저서 또는 박사 학위 논문의 금광과도 같은 재료라는 사실을 간파했기 때문이다.

서던 파라다이스 대학교의 교수들조차 동료에 대한 뒷소문을 교환하기 위해 정기적으로 그녀를 찾아왔다. 마라마는 그들이 사악하고 늙어빠진 뒷공론가이자 음모자들이란 것을 한눈에 알아보았다. 자신들을 건설적이고 계몽적인 비평가로 포장하느라 애를 썼지만 말이다. 규범을 따르지 않는 그 인사들에 대해 이렇게 까댈 수밖에 없는 것은 자기네가 남태평양 사람들의 자칭 보호자이자 대변인이기 때문이라고 했기 때문이다. 이 지역민들을 이롭게 하기 위해서 어쩔 수 없는 일이라는 것이다. 그녀는 이 학교가 창의적인 뒷까기 분야만큼은 타의 추종을 불허한다고 생각했다. 교수들에게 얻어들은 정보 덕에 그녀는 거기서 벌어진 가장 격렬한 냉전은 '사회경제적 붕괴 대학'('인문대학'이나 '사회과학대학' 등의 단과대학 이름을 비꼰 표현—옮긴이 주) 내의 사회학과와 역사학과 사이에서 일어났다는 것을 알게 되었다. 사회학자들은 대학 오수 처리장 한쪽 끝에 KGB와 가다피 대령이 재정적으로 후원하는 게릴라 훈련 캠프를 차려놓았다. 똑같은 모양으로 난장판이 벌어진 한쪽 끝에서는 대학 내 나머지 파와 CIA와 MOSSAD(이스라엘 비밀 정보기관)가 캠프를 차리고 뒤를 봐주었다. 역사밖에 모르는 햇병아리 암살자들은 주적인 사회학자들을 천천히 교살하는 기술을 익혔다. 같은 학교의 행정학과는 게릴라 캠프와 암살자 캠프에 신참들을 제공했고, 지리학과에서는 처리장과 주변 환경의 지도를 세세히 그렸으며, 경제학과에서는 전술을 짰다. 회계학과에서는 모두에게 자금과 무기를 알선해주면서 뒷거래로 자신들의 배를 불렸다. 다른 과들도 말싸움하느라 아수라장이었고, 과 이름이나 바꾸는 것 외엔 달리 뭘 해야 할지 몰랐다. 그렇게 하면 좀 덜 한심해 보일까 싶어서.

마라마가 일하는 시간은 점심 전과 점심 후로 나뉘어졌다. 오전은 진짜로 갱신갱신 아프고 병든 사람들을 위한 시간이었다. 그러나 오후 시간엔— 때로는 저물녘까지— 주로 정보를 교환하는 일을 했다. 그녀는 남들에게 철두철미하게 미움을 샀다. 스스로 말했듯이 모든 이들의 거시기까지 샅샅이 알고 있었으니까.

마라마의 주 정보원인 보건소 간호사는 닥터 타우비 메이트가 오일레이의 진찰을 끝내자마자 살그머니 그곳을 빠져나왔다. 그녀는 마라마네 집으로 직행해 뭔가 소곤거렸다. 마라마는 오후 일을 얼른 젖혀놓고, 뒤뚱뒤뚱 오일레이 집으로 건너갔다. 메레와 마카리타는 이미 집에 와 있었다. 이들도 속으로는 그녀를 싫어했지만 내보낼 수가 없었다. 그녀가 자기들의 거시기 사정까지 샅샅이 알고 있었기 때문이다.

5분 후에 오일레이가 비척비척 집 안으로 들어왔다. 마라마가 와 있는 것을 보고 그는 격앙했다. 자기의 불운에 대한 소식이 이미 온 마을에 퍼졌고, 곧 다른 동네까지 퍼지리라는 것을 순간 깨달았기 때문이다. 아내와 장모를 제외하고 아무도 그의 진짜 문제가 무엇인지 모르기만 바랄 뿐이었다. 이 동네 사람들은 다들, 마카리타가 자기한테 뜨거운 물을 부었다는 것 정도로만 알고 있을 것이다.

이삼 일쯤은 저마다 그 이야기를 입에 달고 살겠지만, 화제는 곧 다른 이야깃거리로 넘어갈 것이다. 코로다무로 말하자면 일주일에 두 개가량 굵직한 스캔들을 뽑아내기로 정평이 난 동네다. 자잘한 것들이야 1분 간격으로 생기고.

거실에 앉아 있는 마라마를 보고 오일레이도 처음엔 화들짝 놀랐다. 하지만 최대한 차분하게 인사를 건네고는 딱딱한 의자에 힘겹게 앉았다. 잠시 후 오일레이가 신음을 억누르면서 엉금엉금 내려왔다. 그러곤 바닥에 길게 누워버렸다.

"흠, 다른 원인이 있구먼. 그렇지?"

마라마가 물었다.

"무슨 말씀이세요?"

한 마디 한 마디마다 정신을 바짝 차려야 했다.

"복통 같아 보이지도 않고."

"물벼락을 맞아서 그래요. 무지무지하게 뜨거운 물에."

"이보게, 오일레이. 자네, 지금 날 뭘로 보는 겐가? 나한테 말할 때는 더더욱 신경을 써야지. 나는 자네와 똑같은 증상을 수도 없이 봤다네. 어쨌거나 난 자네를 도와주러 온 거야."

"아주머니 도움은 필요 없어요. 일이 생기면 병원으로 갈 거네요. 풀쪼가리로 지은 약들은 사절입니다요."

"난 자네를 알 만큼 알아, 오일레이 봄보키. 자넨 병원 근처에 갈 위인이 아니지. 어이구, 입 싼 간호사들한테 자네 구멍을 보여주시려고?"

"내 똥구멍이 아프다고 누가 그래요? 빌어먹을!"

"아이고 저런. 똥구멍 얘긴 한 마디도 안 했는데? 제 입으로 꺼낸 걸 보니 문제는 바로 그건가 보이. 얼른 서둘러야 하겠어. 일은 항상 제대로 해야 하는 거야. 밑바닥부터 차근차근 시작해야 하는 거라고."

마라마는 가방을 뒤져 자그마한 풀잎으로 뭉친 두루마리 하나와 생강 조각 하나, 칠리 고추 세 개를 꺼냈다. 그녀는 칠리 고추와 풀잎을 몇 개 안 남은 이로 깛작거렸다. 그러고는 느릿느릿 씹더니 조심스럽게 다 삼키고는 마지막으로 생강을 먹었다.

모두들 입도 뻥긋 하지 않았다. 마라마는 눈을 감더니 바닥에 누워 기지개를 켜고는 곧 깊이 잠들었다. 그녀는 마카리타와 똑같이 코를 골았다. 다만 혀를 내밀고, 숨을 쉴 때마다 온몸을 부르르 떤다는 점이 달랐다. 그러더니 그녀는 느닷없이 첫 번째 방귀를 발사했다. 방귀가 기관총 갈기는 소리를 내며 방을 휩쓸었다. 고요해지는 것도 잠시, 곧이어 시속 160킬로미터로 내달리는 군용 트럭의 엔진 소리가 울렸다. 그러는 내내 마라마는 깨지 않고 몸만 부르르 떨어댔다. 방에 구린내가 가득 진동했다. 메레와 마카리타가 손수건으로 얼굴을 감싼 채 간신히 웃음을 참았다. 바닥에 주저앉은 오일레이는 신음하면서도 연방 낄낄거렸다. 공연은 갑작스럽게 시작됐던 것처럼 느닷없이 끝나버렸다. 잠시 후 마라마는 느릿느릿 눈을 뜨고 일어나 앉아 옷을 매만지고 얼굴을 훔쳤다.

"리타, 말해 보게. 자면서 내가 무엇을 하던가?"

"코를 골던 걸요, 그리고……." 리타는 점잔을 빼느라고 무진 애를 쓰며 손을 깨물었다.

"그런 짓 좀 하지 마. 우린 지금 아주 심각하게 이야기를 나누고 있는 거야. 자, 오일레이. 내가 또 무엇을 하던가?"

"누가 뭐 하는지 아무것도 못 봤는데요. 그런데 「벌지 전투」(2차 세계대전 당시 벌지에서 벌어진 전투를 그린 미국 영화―옮긴이)를 다시 튼 것 같던데. 그리고 온통 구린내가 진동하더군요, 죄송스럽습니다만……."

"사과할 것까진 없네. 자, 둘 다 이제 귀담아듣게. 지금 일어난 일을 자네들이 다르게 받아들였다는 건 아주 중요한 문제야. 몇 분 전에 나는 두 몸으로 잤어. 하나는 자네, 하나는 자네.”

그녀는 차례로 둘을 가리켰다.

“나는 일을 할 때 동시에 몇 사람도 될 수 있다네. 자네들은 내가 코도 골고 동시에 방귀도 뀐 것을 알아차렸을 거야. 두 가지는 서로 전혀 방해하지 않았다네. 자, 내 질문에 자네들이 서로 다르게 대답한 까닭도 있고 해서 이 말을 해주는 거야. 사실 명명백백하게 맞는 말이고.”

그녀는 눈을 가느다랗게 뜨고 마카리타를 바라보았다.

“자네 코골이는 구제불능이구먼.”

리타는 헉 하고 놀랐지만, 마라마의 눈길은 오일레이를 향하고 있었다.

“자네는 방귀가 너무 잦아. 그러니 똥구멍이 그렇게 아프지. 그러나 그건 모두 리타 때문에…….”

“그럴 줄 알았어! 저 여편네 탓일 줄 알았다고. 망할 놈의 여편네!”

“내 탓 말아. 당신 똥구멍이나 간수 잘해!”

“당장 그만두지 못하나!”

마라마가 엄격하게 끼어들었다.

“난 부부싸움 보려고 여기 온 게 아닐세. 할 거면 나 간 뒤에 하게. 참말로, 나잇값 좀 하라고 하고 싶구먼. 난 그저, 오일레이의 문제를 해결하고 싶어서 여기 와 있는 거라고."

그녀는 좌중을 가라앉히기 위해 잠시 말을 멈췄다.

"알다시피 방귀에는 여러 가지 다양한 요인이 있다네."

마라마가 다시 말을 꺼냈다. 새로운 학생들 앞에서 연설하는 강연가의 어조였다.

"어느 시절에나 방귀는 종류도 매우 다양하지, 하나하나가 인간의 역사에 그 뿌리를 두고 있어. 깨끗한 방귀가 있는가 하면 더러운 방귀도 있네. 천둥소리를 내는 방귀도 있고, 침묵보다도 고요한 방귀도 있지. 천사들이 만드는 좋은 방귀도 있고, 사탄의 똥구멍에서 나오는 사악한 방귀도 있어. 그러나 가장 나쁜 것은 '겹 방귀'라고 하는 거야. 다른 사람의 코골이에서 비롯된 방귀지. 코골이는 입으로 방귀를 쏴대는 거야. 그래서 그렇게 시끄러운 거라네. 몸이 가스로 가득 차면 대개 가스는 윗구멍으로 분출되는 법이야. 밑구멍이 작아서 그걸 다 떠맡을 수가 없거든. 코고는 자의 입에서 나온 방귀를 들이마신다는 건 다른 쪽 끝에서 나온 방귀를 마시는 것과 다를 바가 없어. 이보게, 리타. 오일레이가 오늘 아침에 자네한테 준 건 자네가 그 오랫동안 남편한테 아낌없이 주었던 것과 다를 바가 없다네. 그리고 나중에 알겠지만, 그게 바로 자네 남편한테 문제를 생겨나게 한 거지. 만약 자네가 한 다리 건너 방귀를 들이마시게 되면 원래 자네가 내놓은 것과 섞이게 되는데, 그게 바로 겹 방귀라고 알려진 것이라네. 대학생들은 그걸 '강연가의 방귀'라고 하지. 까닭이야 그 아이들밖에 모르지만 말이야. 어쨌든 그게 지적으로 들리니까 우리도 그렇게 부르기로 하세나. 참, 코와 목구멍에서 끓는 가래가 감기 때문에 생긴다고 하던데, 그거 알고 보면 농축된 방귀야. 농축우유, 즉 젖소의 방귀를 액화시킨 거하고 똑같지.

강연가의 방귀는 많은 문제를 불러오지. 위장 안에 모여 장을 팽창시키거든. 똥배란 흔히들 생각하듯 똥이 찬 게 아니라 방귀가 가득 찬 거야. 그래서 뚱뚱한 사람들을 허풍쟁이라고 하는 거지. 강연가의 방귀는 음낭 구멍 속에 스며들어서 음낭을 축구공만 하게 부풀리지. 고위 인사 대부분이 그런 상태라네. VIP들은 앉아 있기만 하지 제 몸 움직이는 일은 안 하잖아. 그게 흔히들 생각하듯이 그들이 저명해서가 아니라 거대한 축구공을 메고 다녀서 그러는 거야. 제대로 걸을 수나 있겠어? 달고 다니는 풍선을 감추느라 커다란 책상 뒤 의자에 앉아 있기만 하지. 그래서 그 작자들이 그렇게 괴팍스럽고 거만한 거야.

강연가의 방귀는 또한 똥구멍에서 모여 아주 작은 돌처럼 딱딱하게 굳는다네. 똥구멍 벽에 삿갓조개들처럼 달라붙어 있지. 가끔 가다 이 돌들이 슬그머니 떨어져 나와 똥구멍 속에서 굴러다니기도 해. 그럼 오일레이, 자네가 겪듯이 끔찍스런 고통을 겪게 되는 거야. 그것들은 자의로 굴러 나오는 법이 절대 없어. 자네가 손가락을 안에 넣고 빼내려 하면 그것들은 손이 안 닿는 위로 더 올라가버리지. 가끔 이 돌들이 너무 높이 올라가서 금방 다시 내려올 길을 못 찾는 경우도 있다네. 대개는 결국 제자리로 돌아오지만, 꽤 많은 놈들이 길을 완전히 잃고 콩팥과 쓸개 안에 자리를 잡기도 해. 그 안이 나름대로 아주 편안하거든. 쥐뿔도 모르는 의사들은 그게 신장 결석입네, 담낭 결석입네 하고 떠들어대지. 그놈들은 없애기 아주 까다로워. 얼마 전에 한 과학 교수한테 들었는데, 중국인들은 초소형 핵폭탄으로 그놈들을 산산조각을 내는 판이라더군. 고맙게도 우리는 그렇게 극단적인 치료야 하지 않지.

오일레이, 자네의 똥구멍은 지금 엉망진창이야. 아마 그 속에서 방귀 돌이 400개는 굴러다니고 있을 걸세. 그걸 다 없애야 해. 하지만 일에는 순서가 있는 법. 우선 자네와 마카리타는 두 번 다시 한 방에서 자면 안 되네. 사실코 고는 자들은 다른 인간들한테서 격리시켜 놓아야 해. 마카리타, 이제부터 자네는 다른 방에서 자도록 해. 그곳에서 남 피해 주지 말고 마음껏 골게.

그다음 할 일은, 내가 자네한테 그 문제를 해결할 약을 주는 거야. 두 가지 약이네. 오늘 밤에 하나 먹고, 내일 아침에 다른 걸 먹게. 자네는 모름지기 제대로 된 약을 먹어야 해. 안 그러면 문제가 더 커져서 축구공만큼 커질지도 몰라. 첫 번째 놈은 강연가의 방귀가 자네 몸에 남긴 흔적을 속속들이 말끔하게 씻어줄 걸세. 두 번째 놈은 똥구멍에서 그 모든 돌덩어리들이 방귀로 분출될 수 있게 해줄 걸세. 너무 많은 가스가 나와 자네가 기진맥진하겠지만 그뿐일세. 괜찮아. 다른 건 느낄 수 없을 거야. 허나 결국에 자네 똥구멍은 아기 궁둥이처럼 매끄러워질 걸세. 그리고 마카리타, 그때 일어나는 일은 죄다 녹음기에 담아두게. 나중에 내가 그걸 듣고 싶으니까. 자, 이젠 가 봐야겠어. 나중에 사람 시켜 약을 보내겠네."

해가 넘어가기 직전, 지저분한 냄새를 폴폴 풍기는 아이놈 둘이 헤벌쭉 웃으면서 생강과 칠리 고추를 넣어 만 잎을 두 두루마리 가져왔다. 둘은 마카리타에게 쭈뼛쭈뼛 약을 내밀고, 그녀 주위로 갸웃갸웃하며 오일레이가 아직도 바닥에서 신음하고 있는 방 안을 엿보았다. 마카리타는 놈들의 귀를 단단히 잡아 길거리로 성큼성큼 끌고 갔다. 그녀가 놓아주자마자 아이놈들은 큰 소리로 오일레이의 신음 소리를 흉내 내며 쏜살같이 달아났다.

화가 머리끝까지 솟구친 마카리타는 집 안으로 들어와 엎어져 있는 남편 옆에 우뚝 섰다. "아이고 망신스러워라! 남부끄러워 못 살겠네! 당신이 어떻게 됐는지 동네방네 다 알고 있잖아. 다들 낄낄거려. 아이고, 주님. 왜 제가 이런 작자하고 결혼하게 하셨나요?"

오일레이는 말할 기운이 없었다. 그는 그저 쓰러진 거인처럼 누워서 무력하게 고통스런 신음 소리를 내뱉을 뿐이었다. 어찌나 불쌍해 보였는지, 마카리타는 마음이 짠했다. 그녀는 남편 옆에 앉아 자기 무릎에 그의 머리를 눕히고 속삭였다.

"미안해. 용서해줘. 미안해."

그들은 한동안 이렇게 있었다. 그러다 마카리타는 문득 약 생각이 났다. 그녀가 잎을 건넸다. 그는 얼굴을 잔뜩 찌푸리고 그것을 씹더니 힘겹게 삼켰다. 그는 곧바로 잠에 빠졌다. 어찌나 조용하던지 마카리타는 그의 맥을 짚어본 뒤에야 안도의 한숨을 쉬었다. 그녀는 남편 머리를 쿠션에 대놓고는 나가서 녹음기를 준비했다.

그러더니 시작되었다. 모든 것이 동시에. 마카리타는 녹음 기능을 누르고 창문을 모두 활짝 열어 놓았다. 오일레이는 코를 고는 동시에 방귀를 뀌었다. 그것은 천둥이자 오토바이였고, 기관총이자 사납게 두드리는 큰 북소리였다.

"주여, 제발 이 사람이 터지지만 않게 해주세요. 엄마! 저것 좀 보세요. 저이가 터지려고 해요!"

그러나 오일레이는 터지지 않았다. 그저 가스로 부풀었

을 뿐이다. 뺑, 발사를 한 뒤에 몸이 천천히 원래대로 줄어들었다. 폭발하는 바람에 그는 공기가 빠져나가는 풍선처럼 이리저리 튕겼다. 마카리타는 펄쩍 달려가 그의 어깨를 잡아 눌렀다. 메레도 그의 다리를 꼭 잡아 봤지만, 엄청난 벼락같은 소리에 뒤로 자빠졌다. 강연가의 방귀가 시작된 것이다. 그것은 곧 온 거실에 퍼져 나갔다. 두 여자는 맑은 공기를 마시려고 헐떡거리며 밖으로 뛰쳐나갔다. 시저가 번개처럼 안으로 들어왔다가 "걸음아 날 살려라" 하듯 도로 튀어 나갔다. 이 모든 것은 약 10분간 지속되었다. 그동안 여기저기 갇혀 있던 아주 작은 것들을 빼고 강연가의 방귀 대부분이 배출되었다. 오일레이는 양쪽 구멍으로 편안하게 숨을 쉬기 시작했다. 좋은 방귀가 이미 그 자리를 차지하기 시작했다. 그는 간혹 강연가의 방귀 중 평범한 것들을 요란하게 분출했다. 자정쯤 되자 고요한 평화가 깃들었다. 마카리타는 녹음기를 끄고 잠자리에 들었다.

이튿날 아침, 오일레이는 6시 무렵에 눈을 떴다. 그는 완전히 기진맥진해 있었다. 하지만 고통을 느낄 정신은 남아 있었다. 그의 신음 소리에 마카리타가 거실로 들어왔다. 남편은 밤을 거실에서 보냈던 것이다. 그녀가 또 다시 잎을 건네주었다. 그는 그것을 의무적으로 씹고 지난번보다 더더욱 힘겹게 삼켰다. 곧이어 그는 데굴데굴 구르다 죽은 듯이 기절해버렸다.

마카리타가 그때 그 자리에서 보고 들은 것은 일생 동안 그녀의 머릿속에서 지워지지 않을 것이다. 트럼펫이 뿜뿜, 트롬본이 빵빵, 바이올린이 찌익찌익, 큰북이 쿵쿵거렸다. 온 집이 들썩거렸다. 그러나 느닷없이 불협화음이 터져 나온 것처럼 베트남 연안을 맹폭격하는 USS 나바론의 36인치 기관총 소리가 엉성한 연주를 잠재웠다. 소름이 쫙 돋았다. 오일레이의 몸이 공중으로 들려진 것이다.

"엄마! 엄마! 저 사람이 공중을 떠다녀요! 오오, 마리아 님, 성모님. 제발 저 사람을 데려가지 마세요!"

마카리타는 다시 한 번 덤벼들어 그를 바닥에 내리 누르고 그의 배를 온몸으로 깔아뭉갰다. 지난번에 실수한 적이 있는지라 메레는 오일레이의 머리 위에 앉았지만, 요란한 코골이가 그녀의 꽁지 속을 직통으로 때렸다. 그녀는 펄쩍 뛰며 비명을 질렀다.

"세상에, 마상에! 이 망할 놈이 내 똥구멍 속으로 방귀를 뀌었네. 아이고 죽겠다!"

그 난리굿 속에서도 오일레이는 잠에 취해서 양쪽 구멍으로 가스를 퍼버벅 분출했다.

20분 후 잠시 고요해진 틈을 타 마카리타는 오일레이의 잠옷 바지 위를 더듬어 보았다. 그녀는 폭발해버린 돌들을 만져 보려 했다. 웬걸? 하나도 없었다. 그녀는 다시 한 번 확인하고, 그의 입 안과 머리 주위를 살펴보았다. 아무 것도 없었다. 오일레이는 하루 종일 방귀를 뀌어댔다. 그런데도 돌멩이 하나 내보내진 못했다. 해질 녘에 이르자 마침내 모든 것이 끝났다. 하지만 그는 한 번도 눈을 뜨지 않았다. 마카리타는 메레와 번갈아가며 밤새도록 그를 지켜보았다.

이튿날 아침, 오일레이는 완전히 탈진한 채로 일어났다. 그는 가냘프게 낑낑거리며 고통이 덜해지지 않았다는 것을 알렸다.

"이건 뭐가 잘못돼도 한참 잘못된 거다."

메레가 결론을 내렸다.

"마라마한테 가서 이제 어떻게 해야 하느냐고 알아 와라, 리타. 퍼뜩."

미카리타는 걸어가면서 자기를 뒤따르는 수많은 눈길을 느꼈다. 무수한 혀가 반쯤 열린 문 뒤에서 쉴 새 없이 지저귀고 있다는 것도 느꼈다. 별로 감출 기색도 없다는 듯 낄낄거리는 소리가 들렸다. 서로 옆구리를 쿡쿡 찌르며 자기를 손가락질하는 게 느껴졌다. 채 마당 밖으로 나서기도 전에 그녀는 이 모든 것을 감지할 수 있었다. 나잇살도 훨씬 더 먹고 동네 뒷소리에 더욱 단련된 메레가 몸소 갔어야 했다. 대갈일성 잘하는 메레 앞에서 마을 여자들은 말을 삼가곤 했다. 그러나 마카리타는 마라마를 만나러

가는 일은 자기가 할 일이지 메레의 일이 아니라는 것을
알고 있었다.

　그녀는 마음을 다잡고 녹음기와 테이프를 들고 나섰다.
날 건드렸단 봐라, 눈깔을 확 뽑아버리겠어. 그녀는 머릿
속으로 계속 되뇌었다. 첫 번째 집을 지나가는데 지저귀
는 목소리가 들렸다.

　"잘 잤어, 리타?"

　주일학교 교장인 바니였다.

　"늘 그렇지 뭐. 잘 잤어?"

　"똑같지 뭐. 어디 다녀오는 길이야?"

　무슨 놈의 질문이 이따위람. 마카리타는 생각했다. 저
여편네는 내가 지금 막 집에서 나온 걸 잘 알고 있잖아.

　"저어기."

　그녀는 여느 때처럼 대답했다.

　"지금 어디 가는데?"

　"저어기."

　마카리타는 검지로 대강 아무 곳이나 가리켰다.

　"왜애?"

　별 뜻 없는 물음일 뿐 구체적인 답변을 기대하는 것도
아닌데도, 방금 일어난 일 때문에 신경이 예민해진 마카
리타는 잔뜩 경계의 칼날을 세웠다. 참견 좀 그만 하시지.
그녀는 들리지 않게 중얼거리고 나서 이렇게 말했다.

"그냥 볼일이 있어서. 지금 뭐 하는 중이야?"

"그냥. 오일레이는 어때?"

긴장하자, 올 게 왔군.

"그저 그래. 테비타는 어때?"

이런, 공연히 꺼냈다. 그녀는 혀를 제대로 간수하지 못했다는 생각에 콱 깨물어버리고 싶었다.

"그이야 늘 그렇지 뭐. 아까 봤을 땐 어디가 아픈지 침대에서 끙끙거리고 있더라고, 클클클."

"아이고, 안됐네."

마카리타는 이번에 진짜로 혀를 깨물었다. 공연히 대답을 했네.

"뭐. 그냥 허벅지에 통증이 좀 있나 봐. 그래도 남보다운 좋은 치들이 있잖아. 그이는 운이 좋은 편이라서 여섯 달 안에 벌떡 일어나서 뛰어다니게 될 거야. 그런데 통증이 위로 번지고 있어. 듣자 하니 바로 그 위가 아픈 사람도 있다던데. 오일레이가 거시기 거시기한 게 너무 거시기 거시기한 게 아니어야 할 텐데……. 그럼, 어서 가 봐."

"응, 그래, 잘 있어."

널 손봐줄 날이 곧 올 거다, 이 돼먹지 못한 여편네야. 마카리타는 서둘러 갔다.

"어머나 리타, 잘 지냈수?"

그 동네에서 남을 골리는 데 가장 탁월한 기술을 자랑하는 코모가 베란다에 앉아 돗자리를 짜고 있었다.

"그저 그렇지요. 잘 지내요?"

"그저 그렇지. 알다시피 잘 모르겠수."

"그래, 그렇겠지요."

"저기 가는 중인가베?"

"어디요?"

마카리타는 흠칫 놀랐다.

"저어기."

코모는 마카리타가 가고 있는 방향을 고갯짓으로 막연히 가리켰다.

"아, 그래요. 저어기랑 또 조오기."

"그래, 그렇겠군. 오일레이는 어디 있수?"

"저어기요. 존은 어디 있어요?"

"존, 있어?"

코모가 외쳤다. 아무 대답도 들리지 않았다.

"존, 있냐고?"

"아니! 없어!"

집 뒤 어디선가에서 벼락같은 대답이 들렸다.

"없다는군."

그녀는 마카리타에게 말했다.

"그럼 어디 있어?"

"여기!"

“저기 있다는데?”

그녀는 마카리타에게 말했다.

“어디라고?”

그녀는 아까보다 더 요란하게 외쳤다.

“뒷간에 있다, 이 망할 여편네야!”

“변소에 있다는군. 눈 뜨자마자 비비 꼬더니만.”

“왜 그랬을까요.”

마카리타가 얄궂게 웃으며 말했다.

“거기서 뭐 하는데?”

코모가 다시 소리를 질렀다.

“멍청한 장인한테 소포 부치고 있다, 젠장 할! 아주 온 세상에 광고를 쳐라, 쳐!”

“누가 듣는다고 그래! 좀 작게 싸서 보내지 그래? 그편이 더 쉬울 텐데?”

“입 닥쳐, 이놈의 마누라야! 방해되잖아.”

“우리가 방해하고 있다는군.”

코모가 말했다.

“휴지 어디 있어?”

존이 부르짖었다.

“거기.”

“어디라고?”

“잘 찾아봐.”

“안 보여. 하나 갖다 줘.”

“지금 바빠. 다 끝날 때까지 기다려.”

“아, 미치겠네. 그놈의 휴지 좀 갖고 와!”

“직접 가져가.”

“내가 어떻게 가져가, 이 멍청한 여편네야!”

“욕하지 마, 남들한테 들리잖아! 정 참지 못하겠으면 왼손을 쓰든지!”

“너 죽을 줄 알아!”

“흥, 지금 죽여 보시지?”

코모는 마카리타를 빤히 보았다.

“저 사람 똥구멍이 아파서 저런다우. 오일레이도 똥구멍이 아픈가?”

그녀는 눈을 반짝이며 물었다.

“어, 음. 저 가 봐야 해요. 안녕히 계세요.”

“으음.”

언젠가 널 착착 채를 쳐버리겠어. 마카리타는 분노를 삭이며 계속 걸어갔다.

“아이고, 잘 있었어, 리타?”

코모네서 두 집 건너 사는 아멜리아였다. 물론 이 여인 또한 ‘뒷담화의 대가’다.

“안녕, 리아. 나야 그저 그렇지 뭐. 잘 지내?”

“그저 그래. 이렇게 일찍 어디 가?”

"저어기 볼일이 있어서. 뭐 하고 있었어?"

"별거 안 했어. 저거 하기 전에 이거 하고 있는 거지 뭐. 오일레이는 어때? 무슨 일이 생겼다고 하던데?"

"어, 별일 아니야. 곧 좋아질 거야."

"그래야지. 그런데 사람 일이란 게 자잘한 것도 늘 신경 써야 하는 법이야, 안 그래? 그런 게 큰 두통거리로 번지기 쉽거든. 내가 어제 미리한테 그토록 강조했던 말이기도 한데…… 아이구머니나, 호랑이도 제 말 하면 온다더니! 안녕, 미리. 오늘은 신수가 훤해 보이네? 아침으로 바나나 같은 거 먹었겠구나."

"당신이 점심에 먹는 핫도그보다야 낫지. 제발 입 좀 다물어줘. 아이고, 리타! 잘 지냈어? 오일레이 얘긴 들었어. 좀 괜찮아졌어? 두통이 너무 심해서 숨도 쉴 수 없다던데. 지금쯤 머릿속에 가스가 너무 많이 차 있겠지, 무슨 뜻인지 알지? 조심하지 않으면 그게 쫘악 퍼질 거야. 하지만 걱정은 붙들어 매, 리타. 그런 데 잘 듣는 이 약이 있잖아. 그걸 오일레이한테 갖다 주려는 참이야. 그런데 당신은 어때? 어디 가는 거야?"

"저어기. 그럼 가 봐. 우리 엄마가 집에 있으니까. 나도 금방 갈 게. 잘 가."

그녀는 다시 발걸음을 재촉했다. 뛰어가고 싶었지만 그러면 남의 시선을 더욱 끌 테고, 아예 온 동네에 중계방송이 이어질 것이다. 이럴 때 투명인간이 될 순 없나? 그녀는 웅얼거리다가 필로와 아주 제대로 부딪힐 뻔했다.

"리타! 반가워라! 엉, 근데 왜 이렇게 지쳐 보여? 괜찮아?"

아, 미쳐 돌아버리겠네! 우리 집에 가는 인간 좀 그만 만났으면…….

"그저 그래, 필로. 남들 걱정시킬 일 없어. 어디 가는 거야?"

"저어기…… 실은 자기네 집에. 있잖아."

그녀는 모의를 꾸미듯 말했다.

"자기 남편이 특별한 약을 먹으면 바로 일어나서 뛰어다닐 거야. 딱 한 번만 먹으면 펄펄 날아다닐 거라고. 작년에 그 독일인들처럼 말이야. 백인들이 나한테 약 지으러 왔던 얘기 들었지? 그때 바로 나았잖아, 싹. 자기 지금, 뭘 알아보러 가는 거야?"

"아니. 난 그저 좀 걷고 있는 것뿐이야. 맑은 공기 좀 마시려고. 알다시피 밤에 한숨도 못 잤거든."

"그럼 자야지. 설마 몽유병자처럼 한밤중에 헤집고 다니는 건 아니겠지?"

"어머나, 아니야. 너무 피곤해서 잠이 안 오는 것뿐이야. 얼른 가 봐. 나도 곧 집에 돌아가야겠어."

주님, 저 좀 살려주세요. 절 만나는 인간들한테서 혀뿐리를 뽑아주세요. 그러다 그녀는 누가 어깨를 토닥이는 바람에 화들짝 놀랐다.

"어떤 놈의…… 아이구머니! 이를 어쩌나. 목사님, 정말 죄송합니다. 제가 너무 놀란 나머지."

"자매님, 우리는 절대 '어떤 놈의'라는 말을 쓰면 안 됩니다."

마수 라수 목사가 말했다.

"자매님이 처한 상황을 이해는 합니다. 스트레스가 이만저만이 아니시겠지요. 하지만 믿음을 가지세요. 그럼 오일레이는 곧 쾌차할 겁니다. 인간이 만든 약을 신뢰하지 마세요. 오로지 우리 주님만이 고통 받는 사람들을 치유하실 수 있습니다. 주님 안에서 믿음을 더욱 굳건히 하세요. 저는 오일레이를 들여다봐야겠습니다. 나중에 뵙도록 하지요."

아까 뱉은 말 때문에 말문이 막힌 마카리타는 그저 고개만 끄덕이고 가던 걸음을 재촉했다. 참으로 다행스럽게도 너무 이른 시간이라 마라마의 집에는 손님들이 없었다. 마카리타가 들어서자 안에서 이 노인네와 놀던 증손자들은 교육받은 대로 다들 흩어졌다.

"나쁜 소식인가 보이?"

"예."

마카리타는 눈물을 보였다.

“이야기 좀 풀어보게.”

마카리타는 상황을 자세히 묘사하고 결국에는 돌멩이가 단 한 개도 폭발되지 않았다고 덧붙였다. 마라마는 곰곰이 생각해 보더니 마카리타에게 테이프를 틀게 하고는 눈을 지그시 감았다. 조용히 귀를 기울이면서 고개도 끄덕였다. 이따금 설레설레 젓기도 했다. 첫 번째 테이프 앞면이 반쯤 돌아갔을 즘 그녀가 테이프를 끄라고 했다.

“이쯤이면 됐네. 뭐가 문젠지 알겠어. 오일레이가 잎을 제대로 씹긴 하던가?”

“말씀드렸다시피 그이가 너무 기운이 없어서 제대로 씹을 수가 없었어요. 그래서 간신히 삼키기만 했답니다.”

“그래. 테이프에 다 나오는군. 씹고 삼키는 것만 말하는 게 아니야. 그게 그 친구 행동에 무슨 영향을 미쳤느냐가 중요한 거지. 만약 약을 잘 씹었다면 온힘으로 뿜어댔을 거야. 그런데 보게. 힘이 딸려서 강연가의 방귀를 몽땅 배출해내지도 못했잖아. 그러니 돌이 하나도 안 나왔지.”

“그래도 방귀는 수도 없이 뀌었는데요. 들으셨잖아요.”

“글쎄 약발이 반만 먹혔다니까. 그러니 반만 나오지. 원래는 다 나왔어야 하는데 근처에도 못 갔으니, 원. 내 말 못 믿겠나? 작년에 내 약을 먹은 그 뉴질랜드 사람을 봤어야 하는 건데. 그 사람 마누라는 제 남편이 방귀 뀌는 걸 보는 것만으로도 심장 발작을 일으키더군. 다행스럽게도

가벼운 발작이었지만. 그런데 그 남자는 300번이나 발사
했어. 단 한 시간 동안.”

“그럼 이제 어쩌죠?”

“약을 또 먹어 봐야지 뭘 어째? 다시 먹기만 하면 여섯
달이면 산산조각 날 거야.”

“하지만 약발이 반만 먹혔다고 하셨잖아요.”

“하늘의 뜻을 거역 말게, 리타. 내 약은 약발이 반만 먹
히더라도 티포타의 그 누구 것보다 더 강력해. 누가 감히
내 약을 두 번 이상 먹을 수 있겠나? 말했지만, 자네 남편
은 그 입속에 다른 약을 넣으면 안 돼. 몸이 너무 약해져서
견뎌내질 못한다니까? 자네도 익히 알잖아? 다른 걸 한번
해 봐야겠어. 잠시 생각 좀 해 보겠네.”

눈 깜짝 할 새에 마라마는 생생한 기억력을 되살려 원하
는 것을 찾아냈다.

“로사나 토노카를 데려와야겠어. 지금 단계에서 오일레
이한텐 그녀가 필요해. 신앙 요법사지. 그 여자는 약을 안
써. 아픈 부위에 두 손을 놓고 기도하다가 손을 떼고 뛰어
다니지. 그녀는 오랄 로버트(오순절 성경교단의 치료부흥
사)를 따라 하는 한심스럽기 짝이 없는 돌팔이들보다 훨씬
나아. 오일레이는 훌륭한 손길을 받게 될 거야. 알다시피
로사나는 수많은 평화봉사단원들을 치유했잖아. 나는 회
의 때문에 나흘간 쿠루티에 가 있을 거야. 로사나도 거기

올 거고. 일 끝나면 내가 로사나를 여기 데려오지. 그동안 집에 가서 남편이나 잘 돌보라고. 그 어떤 약도 먹이지 말아야 하는 것, 명심하고.”

마카리타는 마라마에게 고맙다는 인사를 수선스럽게 늘어놓고 봉한 편지봉투를 방바닥에 슬쩍 놓고 갔다. 마라마가 열어 보니 2달러짜리 지폐 두 장이 들어 있었다. 그녀는 마음이 흐뭇했다. 거의 다 가난뱅이만 찾아오니 돈 구경하기가 가물에 콩 나듯 했기 때문이다.

살 만한 사람들도 들고 오는 거라곤 먹을 것뿐이었다. 덕분에 살이야 두둑히 올랐지만 그녀는 여전히 동전 한 닢 없었다. 그렇다고 걱정하는 건 아니었다. 그녀는 유명한 데다 그럭저럭 신비로운 구석도 있었다.

집 안에서는 오일레이의 신음 소리밖에 들리지 않았다. 덕분에 집 안 분위기가 더 괴괴한 것 같았다. 마가리타는 깜작 놀랐다. 미리, 필로, 마수 라수 목사 그리고 메레가 조용히 차를 마시며 마카리타를 기다리고 있었다. 오일레이의 모습은 보이지 않았다.

“엄마, 내가 나간 뒤에 그이가 약을 먹었나요?”

마카리타가 근심에 차서 물었다.

“도무지 아무것도 손을 대려고 하질 않아.”

메레가 화가 나서 말했다.

“필로하고 미리가 다가가려니까 엿이나 먹으라고 욕을

해댔어. 세상에 그렇게 무례하고 사나울 수가! 그런 꼴을 당해도 싸."

"아이고 고마우셔라. 아무 약도 안 먹게 조심시키세요."

"이봐, 리타. 내 약은 정말 좋은 거라고."

필로가 항의했다.

"한 번만 마셔 보면 신음 소린 당장 물러가고 노래가 절로 나올 거라니까."

"미안해요. 하지만 마라마가 나한테 그렇게 시켰다고요."

마카리타는 전혀 미안해하지 않고 맞섰다.

"그놈의 늙어빠진 할망구가 내 약의 효능을 알기나 해?"

"그분 앞에서 직접 말할래요, 아님 제가 전할까요?"

"난 그저 도와주려고 한 것뿐이구먼." 필로는 슬그머니 입을 다물었다. 어떤 경우에도 마라마와 맞설 배짱은 없었다.

"집 안에 고통이 있을 땐 말다툼하지 않는 법이랍니다."

목사가 끼어들었다.

"우리는 오일레이를 돕기 위해 여기 와 있습니다. 이 땅에는 주님을 믿는 것보다 더 좋은 약이 없어요. 자, 이제 들어가서 그를 예수님의 손길로 이끌어 치유 받도록 하십시다."

마수 라수 목사가 일어났다. 그는 자기 의자를 들고 오일레이의 방으로 앞장서 들어갔다. 다른 이들이 따라가 침대 주위에 꿇어앉았다. 마수 라수는 오일레이의 머리 옆에 의자를 놓고 앉아 그 머리에 부드럽게 손을 댔다.

"그쪽이 아니야, 이 멍청아. 저쪽 끝이라고. 이런 망할!"

마수 라수 목사는 그 말을 싹 무시했다.

"성부와 성자와 성신의 이름으로 아멘."

그는 다들 읊조리는 그 문구를 외우더니 똑바로 몸을 일으키고는 말을 이었다.

"메레, 리타 그리고 우리 주님 안의 자매님들이여. 우리는 구세주께서 하실 놀랍고도 신비로운 일을 증언하기 위해 이 자리에 있습니다. 전능하신 하느님이 이스라엘인인 구약의 욥을 시험하셨듯이 오일레이 형제를 시험하고 계신 게 분명합니다. 아시다시피 욥은 믿음이 깊기로 소문난 부자였습니다. 마찬가지로 오일레이 형제 또한 부자이나 믿음은 사실상 없는 거나 다름없습니다.

주님께서 욥의 부유함과 믿음을 보시더니 천사들에게 이렇게 말씀하셨습니다. '가서 그의 믿음을 시험하라.' 천사들이 내려와 욥의 부유함을 짓밟았습니다. 그의 소와 염소와 양과 닭들을 죽이고 외양간과 집은 모두 불태웠습니다. 천사들은 또한 욥의 수많은 아내들과 아이들을 죽였습니다. 그가 진실로 사랑하는 모두를 죽인 것입니다."

"그럼 리타와 메레한테는 왜 안 그랬담. 젠장맞을!"

"오일레이 형제, 그대의 불경함은 우리를 방해할 수 없습니다. 그대는 그대의 행동을 더 이상 제어할 수 없는 사람이기 때문입니다."

마수 라수 목사는 화를 내지 않고 반박했다.

"자기에게 닥친 재난을 보고 욥이 주님에 대한 믿음을 잃었던가요? 한 톨도 잃지 않았습니다. 그의 애통은 오로지 믿음을 굳건하게 해줄 뿐이었습니다. 주님은 흡족하셨지만, 천사들에게 시험을 더 내려 그의 믿음의 정도를 온전히 파악하라고 명하셨습니다. 천사들이 내려와 그에게 나병, 각기병, 궤양, 두통, 통풍, 상피병, 당뇨병, 괴혈병, 백선 등 온갖 병을 걸리게 했습니다. 가장 끔찍한 것은 머리부터 발끝까지 부스럼이 나게 한 것이었습니다. 물론 오일레이 형제가 고통 받고 있는 종기도 생겼지요."

"망할! 종기는 무슨 놈의 종기. 난 똥구멍에 돌이 있는 거라고. 신장 결석처럼 말이야. 염병할!"

"욥도 똥구멍에 돌들이 있었습니다, 오일레이 형제. 그랬지요. 그러나 그는 불평은커녕 신음 소리도 내지 않았습니다. 물론 그것 때문에 찬양하고 춤춘 것은 아니었지만……."

"똥구멍이 아파 죽겠는데 누가 찬양하고 춤을 춰대, 미치고 팔짝 뛰겠네!"

"그대의 혀끝을 조심하세요, 오일레이 형제. 매우 불경스럽군요. 이 방 안에는 맑은 영혼과 섬세한 귀를 지닌 숙녀 분들이 계십니다.”

“장모님 귀가 섬세하다고? 리타의 영혼이 맑아? 당신이
뭘 안다고 그래, 이 목사 양반아!”

“자신을 다잡으세요, 오일레이 형제.”

“당신 거나 꼭 잡고 흔들어, 벼락 맞을!”

“숙녀 분들. 이분의 거친 말은 귀에 담지 마세요. 오일
레이 형제는 아픔이 너무 극심해서 자신을 제어할 수가 없
는 겁니다. 자, 다시 욥으로 돌아가지요. 자신이 겪은 모
든 고통에도 불구하고 욥의 믿음은 열 배로 두터워졌습니
다. 주님께서는 이에 감동받으시고 모든 병을 그의 몸에
서 떠나게 하시고 정당한 상을 내리라고 천사들에게 명하
셨습니다. 천사들이 내려와 욥의 건강을 되찾게 하고 예
전보다 열 배나 되는 부와 아내들과 아이들을 주었습니다.
그 후 욥은 천명을 다할 때까지 행복하게 살았지요.

오일레이 형제. 주님께서는 형제를 시험하시는 겁니다.
지금은 시초에 불과합니다. 형제의 믿음을 뿌리부터 흔들
게 될 더 심한 환란이 다가올 것입니다.”

“이런 미친! 이건 그놈의 시험이 아니라니까. 이건 고문
이라고!”

오일레이가 갑자기 똥구멍을 찌르는 듯한 고통에 몸을
새우처럼 꼬부리고 머리부터 발끝까지 부들부들 떨었다.

“주님께서 주시고 주님께서 거두시나니. 형제에게 고통

을 주신 분도 그분이요, 거두시는 분도 오직 그분이시나
니…….”

“네놈 똥구멍이나 챙겨서 당장 내 집에서 나가. 그리고
두 번 다시 나타나지 마, 이 뒈져죽을 놈아!”

“잘 알겠습니다. 오일레이 형제. 하지만 이 말씀 한 마
디는 남기고 가지요. 이제부터 모든 것은 형제의 믿음에
달려 있습니다. 꽁무니를 빼지 마십시오. 앞으로 닥쳐올
것들을 참기 위해서는 믿음을 가져야 합니다. 상황은 점
점 나빠질 테고, 그대는 타락한 육체로부터 급작스럽게
떠나게 될지도 모릅니다. 그러나 영원한 행복이 진정한
믿음을 가진 자를 기다리고 있습니다. 그럼 안녕히 계십
시오. 하느님의 축복이 함께 하시길. 이승에서 그대를 또
볼 수 있을지 잘 모르겠습니다. 그러나 오늘 저녁 때 다시
찾아오겠습니다. 하느님의 뜻으로 만약 그대가 아직 우리
곁에 있다면 우리는 그분을 찬미하게 될 것입니다.”

“썩 꺼져!”

문 밖으로 나가는 목사의 뒤통수에 오일레이의 말이 화
살처럼 꽂혔다.

목사가 오일레이를 본 것은 그때가 마지막이었다. 오일
레이 또한 피차 마찬가지였다. 바로 그날 오후에 주님의
천사들이 마수 라수 목사에게 너무도 격심한 시험을 내려
서 그의 심장이 멎어버렸던 것이다.

2

로사나 토노카는 투무누족 추장 라타이의 누나로 과부였다. 투무누족은 코로다무에서 60킬로미터 떨어진 티포타의 남동쪽 끝 마을 탄길람바의 세 씨족 중 가장 큰 종족이다. 로사나의 고조할아버지인 라타이 테보로 레부는 기독교의 습격에 굴하지 않고 저항하며 토착신을 섬긴 마지막 추장이었다. 그는 사납고 용맹하게 싸웠지만 결국엔 어쩔 수 없이 이방 신의 우월한 힘에 굴복했다. 그러나 그의 개종은 껍데기에 불과했다. 새 종교를 받아들인 건 순전히 따르는 무리의 생명을 구하기 위해서였다. 그는 죽는 날까지 세례나 예배 참석을 완강히 거부했다. 교회 활동은 단 한 번도 하지 않았다. 심지어 읽고 쓰기를 배우는 것도 거절했다.

그 격변기 동안 라타이 테보로는 이전의 숭배자들이 이방인들의 종교로 개종하고 내팽개쳐버린 토착 신들을 자기 보호 아래 두었다. 그는 은밀히 추종자들을 보내 버려진 옛 신들을 새긴 석상과 목제조각들을 모아 오게 했고, 그것을 제 땅에 지은 지하창고에 간직했다. 그때부터 투무누의 땅의 라타이와 그 땅에서 자라고, 살고, 보관되는 모든 것은 사실상 은혜로운 옛 신들에게 보호받았다. 티포타 사람들은 100년 남짓 기독교도들로 살았지만, 영들을 경외하는 마음을 버리지 않았다. 새로운 종교는 그들이 믿는 토착 신들의 지위를 흉악한 짓을 하는 사악한 망령들로 격하시켰을 뿐이었다. 성령은 하늘을 다스릴지 몰라도, 티포타는 그보다 급수 낮은 영들이 행복한 마음으로 찾아오는 곳이었다.

투무누의 라타이 가문은 이 지역에서 으뜸가는 신앙치료 가문이었다. 이 으뜸 지위는 라타이 테보로 네부가 자기 땅을 신성한 성소로 만들고, 그 보답으로 옛 신들이 그의 후손들에게만 역사하리라고 맹세한 이래 줄곧 보장되었다. 그 가문에서 오로지 한 명, 즉 라타이의 맏딸만이 치유력을 지녔다. 그녀가 죽으면 그 힘은 현직 라타이의 남은 딸 중 맏이에게 전해졌다.

로사나 토노카는 항상 마라마와 맞수였다. 마라마보다 스물다섯 살 아래였으나, 어르신으로 대접받아도 넉넉할 정도로 나이를 먹었다. 키가 크고 늘씬한 그녀는 굶주린 매처럼 보였다. 아프간 낙타몰이꾼의 과부인 파티마에게서 물려받은 커다란 매부리코가 거기 한몫했다. 파티마의 남편은 낙타 부대의 인솔자였다. 그는 여기저기 흩어져 있는 광대한 농장에 제공할 낙타를 몰았고, 그녀 역시 남편을 따라 중부 오스트레일리아의 사막 지방을 떠났다. 그러나 새 삶을 찾아 칠레로 가던 중 그만 배가 난파되었다. 탄킬람바 연안이었다. 투무누의 라타이가 유일한 생존자인 파티마를 자기의 날개 아래 거두었다. 처음에 그는 그녀의 매부리코를 신기하게 여길 뿐이었지만 나중에는 아예 홀딱 마음을 빼앗겼다. 그 코는 티포타 사람들의 넓적하고 펑퍼짐한 코와 매우 달랐다. 그래서 그는 파티마의 사랑스런 큰 코를 바라보고 찬탄하다가 우연히 그만, 달리 도드라진 곳에 마음을 빼앗기게 되었다. 이윽고 그는 그녀의 콧구멍을 '천상으로 향하는 쌍둥이 관문'이자 '영혼의 향기가 나오는 문'이라고 칭하는 열렬한 송시를 짓기까지 했다. 이 영혼의 향기를 찾아 라타이는 결국 파티마의 콧구멍을 통해서가 아니라—하느님 용서하소서—좀 더 너그러운 입구를 통해 천상에 들어가고, 거듭 들어가는 영광을 누렸다. 최초로 들어간 지 아홉 달이 지난 후, 그곳에서 로사나의 할아버지가 모습을 드러냈다. 아기의 코가 제 어미 것을 빼닮은 걸 보고 라타이는 지극히 행복했다.

　신앙치료 능력을 지닌 자는 독신이자 처녀여야 한다는

것 또한 가문의 전통이었다. 그 자리에 부르심을 받기 전
에, 자기를 위해 준비된 것이 무엇인지를 아주 잘 알기에
로사나는 이전 치료사들의 발자취를 따랐다. 말랑말랑한
나이 때부터 육체의 퇴폐적인 기쁨을 한껏 누리기 시작했
던 것이다. 그녀는 맹렬하게 수컷 고기를 탐했다. 먹어도
먹어도 만족할 줄 몰랐다. 훗날 그녀는 이런 식으로 말하
곤 했다.

"내가 그 남자를 야금야금 먹어치우곤 했지. 그쪽도 마
찬가지고."

그들은 자신이 속한 사회에서 기둥 역할을 했던, 대단
히 존경받을 만한 남자들이었다. 그러나 아직도 몸이 달
아오르는 서른다섯이란 나이에, 그녀는 숫처녀라고 선언
되었다. 그녀의 높은 지위로 보나 그녀의 처녀막을 재생
시켜준 위대한 영들과의 긴밀한 관련으로 보나 그 누구도
감히 드러내놓고 반박할 수 없었다.

그녀는 독신으로 지냈고, 금욕을 지키느라 무진 고생을
하고 있었다. 그러니 굶주린 매처럼 보이는 것도 이해될
법하다.

로사나 토노카와 마라마 카바스도 초대를 받은 '현대 의
학과 전통 의학 간의 이해 증진과 협력에 관한 제1차 국제
회의'는 파라노시아 호텔의 별관으로 새로 건립된 훌라 스

커트 회의장에서 열렸다. 세계 보건 위원회(WHC)와 제3 새천년 재단(TMF)과 티포타 정부가 공동 주최하는 이 회의는 세계 곳곳에서 2천 명이나 되는 의사들, 정신과 전문의들, 제약학자들, 신앙치료자들, 샤먼들, 약초 치료자들, 산파들, 안마사들, 마법사들, 침술사들, 크리스천 사이언스(미국의 메리 베이커 에디가 1866년에 조직한 신흥 종교로 신앙의 힘으로 병을 고치는 정신 요법이 특징―옮긴이)의 신봉자들, 심리학자들, 인류학자들, 사회학자들을 끌어 모았다. 미국의 위원회는 없었다. 미국은 WHC가 미국인들이 제3 세계에서 판매 금지된 위험한 마약들을 해당 국가에 마구잡이로 공급한다는 전혀 근거 없는 혐의를 퍼뜨렸다고 불평했다. 또 WHC가 미국 제약 산업과 이른바 하늘이 내려주신 자유 무역의 권리를 파괴하려는 공산주의자들의 음모를 후원한다고 주장하면서 회의에 참석하는 것을 거부했다.

티포타의 보건부 장관인 카티 카니카니 박사는 자신이 '미신을 믿는 동포들의 지독한 무지를 딛고 번창하는 주술사들의 그릇된 사기 치료행위'라고 부르는 것을 대상으로 20년 동안 무자비한 전투를 벌였던 인물이다. 그는 회의의 기조연설에서 WHC와 TMF가 전 세계 사람들을 이롭게 하고자 현대 의학과 전통 의학을 처음으로 함께 자리하게 하는 데 역사적인 첫 단계를 밟게 해주었다며 칭송해 마지 않았다. 카니카니 박사는 처음에 마법사들을 어떤 식으로든 인정하는 것에 맹렬하게 반대했지만, 무소불위의 라타이 음보소 타와문두 국무총리 때문에 할 수 없이 보건부의 시설들과 직원들을 회의 조직에 동원하는 것은 물론, 기조연설까지 해야 했다. 희미한 과거의 것을 지지하는 국무총리는 전통 의학의 신봉자이자 후원자였다. 현명한 그는 약용으로 알려진 것이라면 나무나 관목, 덩굴식물 등 가리지 않고 모두 제 땅에 심게 했고, 필요한 사람이 공짜로 쓰게 해주었다. 티포타 전역에서 그가 누렸던 엄청난 인기는 사실 여기 기인한 것이라 해도 과언이 아니다. 그는 상냥하고 정직하고 온후한 정치인이었다.

"가장 진실하고 설득력 있는 연설을 하게."

그가 카니카니 박사에게 말했다.

"자네가 믿고 있다고 그들을 설득시켜. 안 그랬다가는 평의원 좌석으로 쫓겨나게 될 테니까. 잘해 보라고."

지시를 받은 카니카니 박사는 차관에게 최고의 연설문을 쓰지 않으면 여성부로 전출시켜버리겠다고 위협하며 작성할 것을 명령했다. 차관은 곧바로 의료 서비스 담당관을 불러 가장 진실하고 정직한 연설문을 쓰라고 말했다.

"아주 잘 써야 하네."

그가 부드럽게 말했다.

"안 그랬다가는 요 근래 누가 수간호사하고 뜨겁게 재

미 보고 있다는 소식이 누구누구 마누라 귀에 들어갈지도 모르니까, 안 그래?"

그 누구도 의료 서비스 담당관이 실제로 어떻게 나올지 알지 못했다. 그는 차관과 마찬가지로 마법사들을 극렬히 싫어했다. 그러나 회의 개막식 날, 연설문 원고를 건네받은 카니카니 박사는 지금까지 재임기간 중 가장 뛰어난 연설을 해냈다. 뛰어난 호소력과 진실성과 자비로움으로. 자신도 놀랄 지경이었다. 한 마디로 감동의 도가니였다. 그곳에 참석한 모든 티포타 사람들의 얼굴로 자부심과 기쁨의 눈물이 펑펑 흘러내렸다. 특히 로사나와 마라마는 장관이 아름다운 운율에 맞춰 낭랑한 미성으로 읊어댄 연설에 매혹되었다. 세상에, 저이는 나를 야금야금 먹어치우려(나도 마찬가지였고) 할 때와 아직도 똑같구나. 로사나는 연설이 낭독되는 동안 자꾸 그런 생각을 했다.

"오늘……."

장관은 마무리 지었다.

"우리는 이 신성한 회의장에서, 인류의 역사에서 현대 의학과 전통 의학이 협력하여 역사가 시작되기 이전부터 무료로, 사악하게, 불쾌하게, 그리고 잔인하게 전 세계의 헤아릴 수 없을 만큼 수많은 순결한 남녀노소의 생명을 피부색과 종교와 국적을 막론하고 고문하고 해를 입히고 살육한 모든 병원균들을 박멸하고 말살하기 위해 준비 완료

된 가장 위대한 성전(聖戰)을 무자비하게 벌이기 위해 순결하고 영원히 헤어지지 않을 거룩한 혼인의 지고의 행복 안에서 실로 하나가 되는 새 시대가 열리는 여명의 탄생을 목격하고 있습니다.

따라서 지금 이 순간부터, 완벽하고 절대적인 승리가 우리의 것이 될 때까지, 적들이 파멸되어 역사의 쓰레기 더미로 치워질 때까지, 의사들과 주술사들, 치료사들, 마술사들, 정신의학자들과 무당들, 그리고 저마다의 능력과 지위를 지닌 모든 남녀들은 평화와 건강한 길에 대해 모두 함께 갖고 있는 사랑으로 결속되어 손에 손을 잡고 서로 도우며 고통과 배반의 세력들에 맞서는 영광스러운 전투를 수행하며, 용감하고 두려움 없이 굳건하게 서서 그들의 삶과 대를 이어 이 땅에 올 후손들의 삶을, 필요하다면 영원히 바칠 것을 서약해야 합니다.

마지막으로 저는 이 회의장의, 이 나라의, 그리고 실로 이 너르고 너른 세계의 모든 분 한 분 한 분에게, 친애하는 지도자 라타이 음보소 타와문두 수상께서는 모더니즘과 전통주의가 한 인간에 고루 결합시킨 최고의 미덕들을 고귀하고 기품 있는 자신 안에 갖추고 있음을 알려드리고 싶습니다. 존경받는 우리의 지도자시여, 치세가 영원하소서. 그분은 또한 남태평양의 보석 중의 보석인 우리 귀중한 티포타의 법을 지키는 시민이든, 안 지키는 시민이든 모든 이들을 위한 전통 의술의 으뜸 수호자인 동시에 현대 보건 시설의 발전과 의료 서비스의 가장 큰 장려자이기도 하십니다. '위대한 국제기구'에서 '이 시대의 위인이자 아버지'로 최근에 선언한 바 있는 불멸의 라타이 음보소 타와문두 수상께옵서는 왜 조화롭고 안정된 사랑하는 이 땅이 다른 곳들을 물리치고 이 위대한 지적 회의의 주최지로 선정되었는지를 알려주는 단 하나의 이유입니다. 이 회의는 빛나는 지도자이신 바로 그분이 인도하고 계발하며 영감을 받을 것이 틀림없습니다. 저는 뛰어난 치료자들과 저명하신 학자들께서 태양이 비치는 이 섬에 오신 것에 대해 저희 정부의 따스한 환영을 공손히 전해드리고자 합니다."

이제는 저 노회한 늙은 여우가 나를 제거할 리는 없겠지. 카니카니 박사는 속으로 중얼거리며 강연대를 정리하고 청중에게 몸을 굽혔다.

장관의 연설에 대한 반응은 열화와 같았다. 귀가 먹먹할 정도였다. 로사나와 마라마는 손바닥이 얼얼할 정도로 박수를 쳤다. 그 자리에 모인 모든 티포타 사람들과 생중계로 연설을 들은 사람들에게는 참으로 자랑스러운 날이었다. 저명한 외국인들이 카니카니 박사의 연설이 아름답고 재기 넘치며 심오하다고 극찬하자 모두 감격했다. 로사나와 마라마는 눈앞에 펼쳐진 장관에 깊이 감동했다.

마음속에서 엄청난 감정의 파도가 솟구쳐 올랐다. 비록 장관의 말을 단 한 마디도 이해하지 못했지만.

모든 연설이 성공을 거두었다. 과학자들에게는 이 자리가, 늘 우쭐거리는 작자 및 괴짜들이라 치부하고 멀찍이 해왔던 자들을 처음으로 대면하는 자리였다. 비록 지정석에서 벗어나려 하지 않았지만, 그들은 전통 의술 치료자들이 없다면 이 세상의 수많은 사람들이 어쨌든 의료적 관심을 전혀 받지 못할 거라는 점을 솔직하게 인정했다. 현대 의학은 너무 비싸서 모든 사람에게 다가갈 수가 없다. 가난한 자들이 가난한 자들을 돌보고 있다는 것은 정말이지 다행스러운 일이었다. 장려되어야 마땅하다. 계층이 다른 자들은 의약을 비롯한 모든 것에서 제 수준에 맞는 물에서 놀아야 하는 것이다. 이러한 이해를 바탕으로 모든 이들이 전통의료인들에게 기꺼이 다가갔다. 그리고 모든 의료 종사자들 간의 우의와 이해를 돈독히 하기 위해 머지않아 나이로비에서 열릴, 주최 측이 경비를 대는 후속 회의에서 다시 만나자는 데 뜻을 같이했다. 회의 내내 병자들과 죽은 자들에 대한 말은 거의 한 마디도 나오지 않았다.

그러나 가장 흐뭇한 사람들은 전통의료인들이었다. 그들은 대부분 영어나 불어를 하지 못해서 이름뿐인 참석을 제외하면 회의 진행에 전혀 기여하지 못했다. 그들로서는

80달러라는 '펄 디엄(per diem, 일당)'과 500달러라는 사례금이 자기들이 여러 해 동안 뼈 빠지게 벌어들인 돈의 몇 배나 되는지 헤아릴 수가 없었다. 무엇보다도 그들은 전문가라는 지위를 새로 얻어 잔뜩 으쓱해졌다. 회의에서 나온 권고사항 중 하나는 전통의학 치료자들이 정부 기관에서 일할 경우 정당한 봉급을 받게 하고, 개인적으로 치료한다면 보수를 현금으로 받을 수 있도록 세계 각국의 정부가 전통 의학의 입지를 보장하겠다는 내용이었다.

'티포타의 목소리' 방송은 엄선된 방문자들과 국내 참가자들과의 연속 인터뷰를 방송했다.

"이 회의에 대해 어떻게 생각하십니까?"

담당자가 영국인 닥터 제임스 해밀턴에게 물었다.

"물론 매우 상징적인 성공을 거두었습니다."

술 취한 그 닥터가 대답했다.

"좀 더 상세히 말씀해주시겠습니까?"

"물론입니다. 우리는, 그러니까, 어…… 제 말은 전문인들 간의, 또 국경을 초월하는 대단한 협력 정신의 상징이란 뜻입니다. 믿음과 치료가 다양한 분들을 수백 분 그 회의에 모심으로써 의학 분야의 복잡다단함을 심도 깊게 이해하게 되었습니다."

"제가 알기로는 전통 의료인들을 '닥터'라고 부르자는 결정이 그 회의에서 내려졌다던데요. 그 점에 대해서는 어떻게 생각하십니까?”

“대단히 반가운 일입니다. 그분들이 인류를 위해 행하는 막중한 일들은 인정받아 마땅합니다. 그러나 우리는 혼란을 피하기 위해 두 분야 간에 구별을 명확하게 하기로 결정했습니다.”

“어떻게 말입니까, 닥터 해밀턴?”

“대단히 쉽습니다. 간단한 발음 문제입니다. 우리 분야를 언급할 때는 여느 때처럼 ‘닥터(doctor)’라고 합니다. 저쪽을 언급할 때는 살짝 강조해서 발음하면 됩니다.”

“무슨 말씀이신지요?”

“도토레(dottore)라고 하면 됩니다. 고대 이탈리아어 같지요?”

“매우 흥미롭군요. 청취자 여러분. 이제부터 여러분은 우리의 병을 고치는 분들을 ‘도토레’라고 부르셔야 합니다. ‘닥터’의 고대 이탈리아어 발음이지요. 마지막으로 질문 하나 드리겠습니다, 닥터 해밀턴. 회의에서 결정된 중요사항들이 또 있습니까?”

“당장은 기억나지 않습니다. 그러나 총회에서 WHC 사무총장이 피지의 섬인 난가랄레부에서 국제 전통 의학 학회가 곧 개막된다고 선언했습니다. 그곳에서는 기존 도토레들과 신진 도토레들이 최신 의술을 갖추고 전문 분야를 확대하기 위해 최대 2년 동안 연구할 것입니다. 많은 참가

자들이 개막식에 참석코자 그곳에 갈 예정이고요. 저 역시 참석할 겁니다. 이것은 전 인류를 위한 의료 서비스 발전에 대단한 도약이 될 것입니다. 이 연구소를 위한 기금은 제3새천년 재단에서 주로 후원할 것입니다. 필요한 시설은 이미 갖춰져 있습니다. 그 섬은 관광 리조트로 명성이 있는 곳이거든요. 굳이 재단에서 따로 신경 쓰지 않아도 될 겁니다."

"감사합니다, 닥터 해밀턴. 귀국길이 즐거우시길 바랍니다. 자, 청취자 여러분. 그다음으로 모신 분은 이 회의에 참석하셨던 저명하신 주술사, 어…… 도토레인 로사나 토노카와 마라마 카바스입니다."

질문자는 현지어로 바꾸어 말했다.

"마라마, 그 회의를 어떻게 평가하시는지요?"

"굉장했수! 엄청날 정도였다우. 음식도 화려강산이더만. 그리고 돈은…… 어…… 아니, 만난 사람들은 아주 굉장했지. 그리고 돈은…… 어…… 흠흠, 비록 다른 사람들하고 한 마디도 할 수 없었지만, 아시다시피 우리는 서로 영혼적으루다가 흠뻑 교류했다우. 그리고 중요한 것은 돈인데…… 이런 망할…… 죄송하우. 내 손자들이 말하는 '분위기'와 '공감대'라는 걸 느낄 수 있었수. 모든 것들이 한 치의 어긋남도 없었다우. 그 자리에서는 오로지 즐거움뿐이었지. 로사나와 나는 나이비비인가 유럽에 있다는 어딘가에서 곧 열릴 후속 회의에 초대받았다우.”

“‘돈’이란 단어를 여러 번 언급하셨는데요. 그것에 대해 말씀하실 게 있으십니까?”

“아이고 좋아라! 어…… 내 말은 돈은 전혀 중요하지 않다는 뜻이우. 왜 이 놈의 입에서 그런 말이 튀어나왔는지 잘 모르겠군. 모름지기 그런 걸 속에 담아두면 안 되는 법이지. 그렇지만 이런 회의가 열리게 된다면 사람을 타락시키기 십상이야. 우리는 언제나 스스로를 경계해야 한다우. 그렇지 않으면 그 모든 전문적인 회의 사냥꾼들처럼 금전만 바라게 되기 쉬우니까.”

“감사합니다, 마라마. 자, 로사나, 이번 회의에서 가장 기억에 남는 게 무엇인가요?”

“그야 아프간 닥터와 만난 것이지요. 오, 세상에. 그곳에서 그토록 내 마음을 휘젓는 일이 생길 줄은 몰랐어요. 그는 정말 잘생겼어요. 제 할아버지의 젊은 시절 사진과 거의 판박이더군요. 그분의 코와 눈은 우리 집안사람들 것과 똑같았지요. 우리가 서로 대화를 나눌 수 있었다면 틀림없이 가계를 서로 비교해 봤을 거예요. 분명히 서로 연관이 있을 겁니다. 제 영혼 깊은 곳에서 그것을 느낄 수 있어요.”

“예, 알겠습니다. 또 어떤 점들이 마음에 들었나요?”

“사실 다 이해한 건 아니에요. 닥터 타우비 메이트가 나중에 우리한테 설명해준 것 한두 가지만 알아들었을 뿐이죠. 그분이 가끔 우리한테 통역을 해줬지요. 아주 친절하고 좋은 분이에요. 그러나 회의 시간 거의 내내 마라마와 저는 깜짝 놀라 굳어버린 숭어 두 마리처럼 그저 자리에 앉아만 있었지요. 우리한테 말 거는 사람이 한 명도 없더군요. 어떻게 그럴 수가 있죠? 그래도 사람들이 아주 친절하긴 했어요. 빙그레 웃으며 등을 토닥여주거나 악수를 하기도 했어요. 제가 지금 불평을 늘어놓는 건 아닙니다. 그들이 우리를 나이로비로 초대했답니다. 그리고 돈에 관해서 참 좋았어요, 대단히.”

“얼마나 받으셨는데요?”

“저는 셈에 약하답니다.”

로사나는 애교 있는 거짓말을 했다.

“어쨌든 기대했던 것과는 상당히 다르더군요. 상당히. 전 우리가 전문가라는 점을 인식하고, 더 잘난 척하는 동료들과 협동함으로써 우리의 상황을 개선시키게 될 거라고 들었어요. 나는 우리의 새 명칭인 도토레가 썩 마음에 들어요. 주술사 같은 것보다야 백배 낫지요.”

“더 하실 말씀 있으십니까?”

“네, 한 가지만요. 마라마와 나는 백발 머리에 턱수염까지 새하얀 독특한, 바바 뭐라나 하는 신사한테서 초대를 받았어요. 국제 전통 의료 학회 개막식에 참석하러 다음

주에 피지에 가자고요. 그곳에 가서 우리는 1년간 교육을 받게 될 거예요. 고국으로 돌아오기 전에 거기서 바로 나이로비에서 열릴 후속 회의에 갈 거고요. 지금 상황이 어찌나 신나는지, 내가 좀 더 젊었더라면 얼마나 좋을까 생각했을 정도랍니다.”

새로이 얻은 돈 덕분에 마라마는 자기와 로사나와 닥터 해밀턴과 타우비 메이트를 코로다무로 데려다줄 택시를 불렀다. 난가랄레부로 가기 위해 고국행을 연기했던 해밀턴은 타우비 메이트와 우정을 나누게 되었고, 그를 통해 마라마 및 로사나와 친해졌다. 로사나가 코로다무에 사는 환자를 보러 가기로 되어 있다는 말을 듣자 그는 신앙 치료 현장을 직접 보고 싶다며 함께 가도 되느냐고 물었다. 실제 현장을 한 번도 본 적 없는 그로서는 이토록 마음이 통하는 사람들과 함께할 기회를 절대 잃고 싶지 않았다. 그는 모든 사람들에게 자기는 오로지 관심 있는 관찰자 역할만 할 것이라고 다짐했다. 메이트는 통역자로 따라나서겠다고 자원했다.

로사나는 해밀턴이 따라가게 되자 뛸 듯이 기뻤다. 서른다섯 살에 키도 크고 잘생긴 해밀턴을 보고 있으면 그녀는 자기에게 이루 말할 길 없는 기쁨을 처음 안겨주었던, 육체에 관한 한 으뜸 전문가들이었던 그 남자들이 생각났다. 남들보다 한창 젊고, 자기보다도 약간 더 젊었던 오일레이가 바로 그런 연인이었다. 로사나의 기억 속에 그는 자기를 가장 즐겁게 해준 남자였고, 권투 시합을 하고 하루, 이틀밖에 안 지났을 때도 남다른 솜씨를 뽐냈다. 그 무렵 그는 몸도 지극히 조화로워 헤비급 권투선수라고 하기엔 몸의 균형이 완벽했다. 참으로 대단한 챔피언이었다. 그는 티포타가 배출한 최고의 인물이었다. 세상에 이게 웬일이람. 그녀는 택시 창밖을 물끄러미 바라보며 생각했다. 그런 인물이 제 엉덩이 하나 못 이기고 녹다운되다니. 그래도 나를 그토록 즐겁게 해주었던 그곳을 다시 보는 것도 괜찮지, 뭐. 허벅지가 파닥파닥 뛰는 것을 느끼는 순간 그녀는 얼른 그런 생각을 휘휘 내보냈다. 20년이나 수련한 결과 엉뚱한 생각을 몰아내는 일은 이젠 그다지 어렵지 않았다.

난 망할 놈의 동물원 따위에 갇힌 비비가 아니야. 자기 방에서 영국인과 그 동행자들의 목소리를 들으며 오일레이가 투덜거렸다. 그러나 자신의 존엄성을 지키려고 목청껏 항의하기에는 고통이 너무 심했다. 닷새 동안 로사나를 기다리는 일은 견디기 힘들 정도로 괴로웠다. 그렇다고 병원으로 가서 망할 간호사들에게 똥구멍을 내보일 수도 없었다. 간호사들은 대개 그의 친척이거나 적들의 자식들이었다. 그러느니 죽는 게 나았다. 차라리 목숨을 버릴까도 생각해 보았다. 하지만 그건 겁쟁이나 할 짓이지 왕년의 챔피언이 할 일은 아니기에 마음을 고쳐먹었다. 마카리타가 로사나에 대한 이야기를 했을 때 오일레이는 격하게 욕지거리를 했지만, 이틀 뒤엔 마음이 누그러졌다. 고통이 어찌나 극심한지 병원행만 아니면 무엇이든 해 보고 싶어졌던 것이다.

손잡이가 돌아가더니 로사나가 방으로 들어왔다. 해밀턴와 타우비 메이트가 그 뒤를 따랐다. 살며시 문이 닫혔다. 마카리타는 발끝으로 살금살금 걸어 문 밖에 찰싹 달라붙어서 귀를 기울였다. 로사나가 오일레이의 볼에 입을 맞추고 나서 뭐라고 말했지만, 남들은 알아듣지 못했다. 오일레이는 저항하는 것처럼 행동했다. 로사나는 그를 계속 설득했다. 결국 오일레이는 마음을 가라앉히고, 겨우겨우 잠옷 바지를 벗고, 커다란 더블 침대의 한쪽으로 몸을 옮겼다. 그리고 엎드려서 다리를 벌렸다.

로사나는 침대로 올라가 환자 쪽으로 무릎을 꿇고 몸을 약간 숙여 손으로 오일레이의 맨 엉덩이와 허벅지 위에 빙빙 원을 그리면서 모든 사람에게, 특히 해밀턴 박사가 충분히 들을 수 있을 만큼 낭랑한 목소리로 선언했다.

"당신 똥구멍에는 반쯤 도로 나오다가 끼어버린 아주 못되고 뚱뚱한 여자 악마가 있군요. 다들 알다시피 악마들은 인간의 몸속으로 들어가 이리저리 휘저으며 쑥대밭을 만들어 놓지요. 그러면 사람들은 신들린 듯 광포해지며 보통 때는 안 할 미친 짓들을 합니다. 악마들은 대개 인간의 몸구멍 중 가장 큰 구멍인 입을 통해서 들락거린답니다. 그런데 가끔 똥인지 된장인지 모르는 풋내기 악마들이 사람이 성교를 하느라 엉덩이가 몸보다 위로 들려 있을 때, 또는 깊은 물속으로 곧장 다이빙할 때 똥구멍을 통해 몸속으로 들어가려고 하지요. 그렇게 들어가는 악마들은 아랫구멍이 너무 작은 탓에 십중팔구는 끼어버려요. 그놈들이 몸속에서 뒤치고 뻥뻥 발로 차는 바람에 엄청난 고통을 겪게 되는데, 악마들이 빠져나오기 전까지는 그 고통이 줄어들 줄을 모르지요.

오일레이, 당신은 수영을 할 줄 모르니 다이빙을 하지는 않았겠지요. 틀림없이 누구의 위층이 되어 사통을 했던 게 틀림없어요.”

“나랑 한 게 아냐!”

문 밖에서 외치는 소리가 들렸다.

“저 인간은 몇 달 동안 내 위에 올라간 적도 없어! 몇 주 동안 체위를 바꿔서 한 적도 없다고! 저놈의 인간은 똥구멍이 아프기 전날 밤에 술 처먹으러 나갔어. 저렇게 당해싸! 궁둥이로 시저와 그 짓을 한 게 틀림없어! 악마를 저 인간 똥구멍에서 빼내지 마. 저 비역쟁이가 몸부림치게 놔두라고!”

"타우비 메이트, 가서 리타 좀 말려요. 저 문에서 좀 떼어내요."

로사나가 부탁했다. 타우비는 나갔다가 금방 되돌아왔다.

"아까 말했듯이 오일레이, 당신은 교미…… 어…… 성교를 한 게 틀림없어요. 분명히 당신 아내하고 한 것 같진 않고, 아무튼 당신이나 아니면 다른 짐승(그렇다면 끔찍스런 일이지만)이 그 짓을 하던 중에 풋내기 여자 악마가 엉뚱한 구멍으로 당신 몸 안으로 들어오려고 한 거라는 생각이 드는군요. 난 그 악마의 엉덩이가 꿈틀거리며 다리를 마구 차는 게 느껴진답니다."

로사나는 지금도 내지르는 다리 두 짝을 자기가 잡고 있는 듯한 몸놀림을 했다.

"당신을 고통에서 해방시키는 게 내 의무지요. 우리 주님께서는 언제나 이런 일들을 대단히 잘 도와주셨답니다. 위대한 신이신 탄가로아께 우리를 도와달라고 해야 돼요."

신앙 치료사는 결론을 내렸다.

"참, 한 가지 더. 탄가로아께서는 그 악마를 끌어내지는 않을 겁니다. 그런 식으로 하는 것을 매우 혐오하시거든요. 그분은 그 악마를 더 밀어 넣어서 제대로 된 길로 쫓아버릴 거예요. 바로 당신의 입을 통해 나오게 하는 것이지요. 당신은 그 악마가 길을 찾아 나오려고 하는 소리를 분명히 듣게 될 거예요.”

　그렇게 말하더니 로사나는 오른손 검지로 천천히 오일레이의 등뼈를 훑어 내려갔다. 그러더니 별안간 손가락이 엉덩이 속으로 사라지더니 똥구멍에 놓였다. 지켜보는 두 사람은 숨소리조차 내지 않고 문가에 꼼짝 않고 서 있었다. 그 자세 그대로 로사나는 기괴하게 풍부한 콘트랄토 목소리로 주문을 외웠다.

　탄가로아는 천상에 사시고
　탄가로아는 바다에 사시나니
　마나!
　탄가로아는 가장 높이 오르시고
　탄가로아는 가장 깊은 물속으로 뛰어드시나니
　마나!
　탄가로아는 뜨거운 김을 들이마시고
　탄가로아는 불을 내뿜으시나니
　마나!
　그분은 선한 영들과 악령들의
　거처를 모두 아시나니
　마나!
　탄가로아여 오소서, 부디 오소서
　탄가로아여 오소서, 빨리 오소서

마나!
죽어야 할 운명인 인간의 똥구멍에 걸린
이 더러운 악마를 쫓아주소서
마나, 이이이이 야흐!
마나, 이이이이 요흐!
마나, 와아아 와아아
하하하하핫!

여전히 손가락을 똥구멍에 대고 있던 로사나는 요란하고 힘찬 마무리와 함께 악마를 내쫓기 위해 손가락을 구멍 속으로 푹 찔러 넣었다.

"만가이 찌나무! 제 아비하고 붙을 년아!"

오일레이는 목구멍이 찢어져라 비명을 지르며 로사나의 손가락에서 벗어나려고 침대에서 펄쩍 뛰어올랐다가 방바닥으로 쿵 하고 육중한 소리를 내며 떨어졌다. 그리고 곧바로 기절해버렸다.

"저게 바로 악마가 오일레이의 목구멍을 통해 도망가고 있는 거랍니다."

로사나는 태연하게 말했다.

"조금만 있으면 정신이 들 거예요."

그러나 닥터 해밀턴은 이미 거실로 쏜살같이 뛰쳐나간 뒤였다. 그는 검은 가방을 들고 재빨리 돌아와 오일레이

옆에 무릎을 꿇고 눈을 검사하고 입 안을 들여다보고 맥을 짚었다. 확신에 찬 그는 주사기를 준비하고 오일레이의 팔에 바늘을 꽂았다. 그다음에 오일레이를 들어서 조심스럽게 침대에 뉘이고 알몸을 덮어주었다. 그는 방에 단 하나 놓인 의자에 앉아 기다렸다. 로사나와 타우비는 이미 거실로 가서 마카리타와 그녀의 어머니를 안심시키고 있었다.

30분쯤 지나자 닥터 해밀턴이 침실에서 나와 마카리타를 보며 말했다.

"한동안 괜찮을 겁니다. 조용히 안정을 찾게 해주세요. 약을 좀 놓고 갑니다. 시간 맞춰 먹이세요. 복용 방법을 자세히 읽어보십시오. 저 같으면 저분을 당장 병원으로 데려가겠습니다. 바로 수술을 하지 않으면 상태가 더 나빠질 겁니다. 오늘 하루는 일이 너무 많았네요. 이제 시내로 돌아가겠습니다. 동행을 허락해주셔서 감사드립니다. 이 경험을 잊지 못할 겁니다. 그리 오래는 아니겠지만."

그쯤에서 현장 체험을 끝내고 그는 타우비 메이트와 함께 떠났다.

여자들이 살금살금 방에 들어가 보니 오일레이는 깊은 잠에 빠져 있었다. 숨소리도 편안했다. 며칠 만에 처음으로 잘 자는 것 같아. 마카리타가 안도의 눈물을 쏟아냈다. 그녀 역시 제 남자의 수많은 부정을 쉽사리 용서하는 티포타 여인네들 가운데 하나였다. 다른 여자들은 거실로 돌아갔다. 잠시 후 마카리타는 침대 옆 탁자에 약 봉지가 두 개 있는 것을 발견했다. 하나는 진통제였고, 또 하나는 항생제 같아 보였다. 그녀는 오일레이를 바라보다가 이마에 살짝 입을 맞추고 방에서 나왔다.

"그 사람은 오일레이를 그냥 놔뒀어야 했어."

로사나가 화를 내며 떠들어댔다.

"아무것도 안 하겠다고 약속했으면서. 불쑥불쑥 끼어드는 외국 잡것들을 다시는 믿지 않겠어. 어쨌든 내 치료발이 먹히고 있었던 건 틀림없잖아. 난 악마가 오일레이의 입에서 나가는 걸 봤다고. 그런데 그놈의 영국인이 끼어들었어. 이제 제 잘난 탓이라고 우기겠군."

"아, 글쎄 말이야."

마라마가 고개를 주억거렸다.

"낫게 하느라 온갖 애를 다 쓴 건 우리인데, 좀 나아질 만하니 남한테 쏙 가네그랴. 나중엔 딴 사람 약으로 나아졌다고 우겨대겠지. 은혜를 모르는 멍청이들 같으니. 앞으로 그런 사람들은 치료하지 않겠어. 그치들이 또 다시 기어와서 알랑방귀를 낀다 해도 난 말도 섞지 않을 거야, 암. 어쨌거나 이제 가자구. 자네 버스 시간 다 됐잖아. 리타, 무슨 일이 있으면 나한테 알려주시게."

그들이 나갈 때 마카리타는 로사나의 손에 봉투를 넌지

시 쥐어 주었다. 그녀는 그들을 보내고 다시 제 어머니에게 갔다. 메레는 부엌에서 토란 껍질을 까고 있었다.

"엄마 생각은 어때요?"

"글쎄다. 오일레이가 낫는다면 로사나가 제 덕이라고 하겠지. 그러나 안 나으면 그 영국인 탓이라고 할 게야. 약은 원래 이것저것 써 봐야 하는 거야. 이게 안 들으면 저게 들을 수도 있잖니. 또 서로 약발이 합쳐지면 더 좋아질 수도 있고. 원래 어떤 약발이 더 센지는 절대 알 수 없는 거야. 꼭 알고 싶어한 적도 없고. 낫기만 하면 되지 뭐. 중요한 건 낫는 거니까. 그 의사가 약을 좀 놔두고 갔디?"

"응, 시간 맞춰 오일레이한테 줄 거예요."

"그래. 마라마 말은 너무 신경 쓰지 마라. 항상 양쪽 줄을 잘 타야 좋은 거야."

오일레이는 어둑어둑해질 때쯤 일어났다. 그는 잠들기 전에 벌어진 소란을 희미하게 기억하며 알약을 삼켰다. 고통은 거의 사라졌다. 하지만 로사나가 콱 찌른 곳은 이전보다 쓰라리고 아팠다. 지난 며칠 동안 겪었던 것에 비교할 바가 아니었다. 어쨌든 한시름 놓인 마음은 어렸을 때 이후 한 번도 느껴 보지 못했던 뭔가를 깨닫는 순간, 증발해버렸다. 젠장, 오줌을 쌌나 봐. 그는 확인하려고 불을 켰다. 그의 엉덩이가 차지했던 자리는 온통 피고름 범벅이었다. 잠옷 또한 마찬가지였다.

“리타! 리타!”

그가 소리를 지르며 침대에서 내려왔다.

만일의 경우를 대비해 메레와 번갈아가며 거실을 지키고 있던 마카리타가 한달음에 달려왔다. 그녀는 눈앞에 벌어지고 있는 광경을 목격하고 끼익 하고 멈췄다.

“세상에! 아니, 저게 생리야 뭐야?”

“웃을 일이 아니야. 궁둥이에서 피가 난 거야. 솜 좀 갖고 와. 아직도 피가 난다고. 얼른.”

마카리타는 생리대 한 봉지를 갖고 왔다.

“내가 솜 갖고 오랬잖아, 이 멍청아! 뭐야, 내가 암컷인 줄 알아?”

오일레이가 부르르 화를 냈다.

“소리 지를 것 없어. 당신이 직접 찾아보든가. 솜이 하나도 없단 말이야.”

“그럼 가서 사 오면 될 거 아냐. 그놈의 머리는 장식으로 달고 다니나? 염병할!”

“아이구, 답답한 양반아! 지금 새벽 세 시야, 세 시. 문 열면 갔다 올 테니까 이걸로 일단 해결하라고. 누가 보기나 해?”

품위고 뭐고 오일레이는 생리대 봉지를 덥석 잡고 찢어내서 패드를 하나 꺼내 엉덩이를 닦았다. 패드는 순식간에 푹 젖었다. 젖은 것은 방바닥에 던지고, 손에 잡히는 대로 다른 패드를 집어 엉덩이에 쑤셔 넣었다. 그것들 역시 폭 젖어버렸다. 패드는 순식간에 동이 났다.

"화장실에 가는 게 낫겠어."

마카리타가 권했다.

"거기 가서 앉아 있어 봐. 패드도 떨어지고 없잖아. 아픈 건 어때?"

"말도 마. 피가 나서 죽을 지경이라고. 아이고, 주여. 한 고개 넘으니 또 한 고개가 나오네. 그놈의 변소에 가서 쏟아내는 수밖에."

그는 씁쓸하게 말하면서 반쯤 공기가 빠진 축구공을 가랑이 사이에 매단 사람처럼 어기적어기적 문 쪽으로 걸어갔다.

"잠깐, 나부터 해결하고. 오줌만 누면 돼."

마카리타가 애원했다.

"급하단 말이야."

"차라리 날 죽이고 가라, 응? 밖에서 해결해, 이 여편네얏. 깜깜하잖아. 보는 눈도 없어."

그는 화장실로 들어가 문을 열어 놓은 채 편안하게 자리 잡았다. 마카리타는 바로 화장실 창밖에 있는 덤불 밑에서 일을 보았다. 물이 새는 수도꼭지처럼 쓰으으 하는 소리를 내며 상당히 길게 오줌을 누었다.

그러더니 화난 목소리가 터져 나왔다.

"시저! 이 미친 변태 새끼야, 딴 데 가서 눠!"

날카롭게 퍽 치는 소리, 곧이어 아파서 깨갱거리는 소리가 들리더니 마카리타가 성큼성큼 안으로 들어왔다.

"저놈의 똥개 좀 치워버려. 조만간에 저 개새끼가 누구를 덮치고 말 거야."

"이 마누라야, 자네는 아닐 텐데 뭘 그러나. 우리 시저도 나름 안목은 있다고."

오일레이가 낄낄거렸다.

"웃기고 자빠졌네!"

그러나 마카리타는 누그러졌다. 저 비역쟁이 놈이 제대로 돌아오나 보다.

"종기였나 봐, 틀림없어."

오일레이가 말을 건넸다.

"무슨 종기?"

"똥구멍에 말이야. 그때 그 아픈 거. 그리고 지금 피 나는 거. 로사나가 손가락으로 푹 찔러서 고름집을 제대로 터뜨린 것 같아."

"글쎄, 정말 그럴까? 영국인 덕분일 수도 있잖아. 당신이 까무러쳤을 때 그 사람이 주사를 놨거든. 오후에 약도 먹었고."

"아니야. 내 생각은 달라……. 에잇, 아무러면 어때. 고통이 사라졌으니까 됐어. 이젠 훨씬 괜찮다고. 그놈의 피

나오는 것만 빼면. 이것만 멈추면 금방 나아질 거야.”

　며칠 후에 로사나 토노카와 마라마 카바스와 도우티(인도에서 남자의 허리에 두르는 천-옮긴이)를 두른 흰 머리에 흰 콧수염의 신사 닥터 제임스 해밀턴은 피지를 향해 출발했다. 이제 오일레이는 몇 달 후 다른 나라에 가서나 그들을 만나게 될 운명이었다. 그러나 도우티를 두른 그 신사만큼은 좀 더 일찍 만나게 될 테고, 20세기가 저물고 제3새천년의 빛이 동터오를 때의 그 만남에서 오일레이는 인류의 운명을 위해 헌신하는 운동에 입문함으로써 인생의 방향을 바꾸게 될 터였다.

3

　이제 티포타의 환자들은 자기를 치료해줄 도토레들을 찾는 데 아무 어려움이 없었다. 누가 어디서 치료소를 운영하고 있는지 알려면 그저 라디오를 듣거나 일간 신문만 읽으면 되었다. 그렇게 광고하는 자들 대부분은 대물림 치료사 집안이 아니라, 기이하고 신비로운 계시를 통해 치유 능력을 지니게 된 지 얼마 안 된 신출내기들이었다. 오랫동안 대물림으로 내려온 도토레들은 현대적인 홍보 수단을 외면했다. 그들은 치료소를 전통 방식대로 운영했다. 그리고 새로운 종자들을 근본 없는 벼락부자들에 협잡꾼들이라고 경멸하며 못 본 척했다.

　여러 가지 사건 때문에 사람들은 비현대적인 의학에 관심을 기울이게 되었다. 새롭게 등장한 도토레 계층 역시 갑작스레 대중의 시선을 끌었다. 최초로 호기심과 관심을 끈 것은 WHC와 티포타 정부가 언론 홍보를 통해 전통 의학과 의료인들을 인정한 사건이었다. 그 역사적 회의에서 열변을 토해낸 기조연설 덕분에 보건부 장관은 일약 전국적인 영웅으로 급부상했고 곧 국제적 유명인사가 되었다. 닥터 카니카니는 그 이후 전 세계의 비슷비슷한 여러 회의에 기조연설자로 초청받았다. 고된 국제 강연과 언론사에도 초대되었다. 그는 고국의 전통 의학이 순조로운 발전을 도와줄 일은 모두 차관이 수행하라는 지시를 남겼다. 또한 새로 설립된 국제 전통 의학 학회의 회장으로 임명되었고, 도우티를 두른 흰 머리와 흰 콧수염 신사의 초대를 세 번 받았다.

국가 발전 정책의 붕괴는 또한 전통 의학에 대한 관심을 높이는 데 기여했다. 전국적으로 무직자들이 늘어나자 새 선전 슬로건은 자영업에 초점을 맞추었다. 공공 부문도, 민간 부문도 더 이상 사람들을 위한 일자리를 만들어낼 수가 없었기 때문이다. 실로, 감축은 그 시대의 명령이었다. 전통의료 개업은 자영업을 위한 활로로 여겨졌다.

더욱이 물가 폭등으로 인해 국민 대다수, 즉 가장 병에 취약한 집단에게는 많은 약들과 개인 병원 의사들이 '너무 먼 당신'이 되어버렸다. 이 거대한 집단은 도움을 받기 위해 어쩔 수 없이 전통 의료 쪽으로 고개를 돌려야 했다.

필수 의약품도 늘 모자라고, 노련한 의사들은 대개 오스트레일리아와 캐나다와 미국 같은 부자 동네로 이민을 가버리니 병원이라 봤자 인력과 비품이 제대로 갖춰져 있을 리 만무했다. 병원의 사망자 수도 경악스러울 만큼 증가했다. 일반 대중은 무지하고 의사들은 무능력한 탓이었다. 티포타 사람들 대부분은 병원이 시체 안치소라도 되는 듯이 피해 다녔다. 오일레이는 자기와 처지가 비슷한 남자가 겪은 사건을 신문에서 읽었다. 그 남자는 똥구멍 수술 때 의사의 실수로 대소변 실금환자가 되어 여생을 살게 되었다. 그는 자기를 그렇게 만든 종합병원을 고소했다. 오일레이는 이 신문기사에 관심을 갖고는, 절대 병원에 가지 않겠다는 결심을 굳혔다. 이 사건이 대법원에서 처음 심리되었을 때 그 환자는 요강을 가지고 법정에 들어갔다. 그는 그것을 바로 제 앞에 놓고, 바지를 내리고 그 위에 앉았다. 그 문제에 아예 관심도 안 보이던 판사는 원고 측 변호사가 심금을 울리는 설명을 하자 종합병원 원장과 피고 측 변호사를 분노에 찬 표정으로 돌아보고 심술궂게 말했다.

"당신들의 심각한 무능력 탓에 이 불쌍한 희생자가 난도질당한 그대로 당신들을 난도질하라 명령하고 싶소이다."

언론의 관심을 끌 만한 선정적인 사건도 별로 없었다. 국회는 휴회 중이었고, 국무총리와 내각의 주요 장관들은 거의 늘 해외에 나가 골프를 치고 원조 기금을 구걸하고 있었다. 반대당의 여섯 당의장들—이곳은 전 세계의 정당 중 같은 지위의 지도자들이 여섯이나 되는 유일한 당이었다—또한 바다 건너에서 골프를 치고, 정부의 몰락 대신 서로 상대방의 몰락을 획책하느라 바빴다. 경기 침체 때문에 사업가들이나 공무원들도 횡령할 건더기를 찾지 못했다. 강도짓도 줄어들었다. 물건을 훔쳐 봤자 신속하고 안전하게 넘길 길이 없었기 때문이다. 맥주 공장 직원들이 장기 파업에 돌입하는 바람에 맥주가 부족했다. 그 결과 일간 신문과 방송을 언제 어디서나 반쯤 채워주곤 했던 술과 관련된 범죄, 즉 아내 폭행, 자녀 학대, 깡패들의 강간, 길거리 난투극, 자동차 사고, 살인 및 다른 친숙한 일상적 사건들이 급격히 감소했다. 기자들은 뉴스 가치가 있는 사건을 찾느라 새로 등장한 사업가들, 즉 신비로운 도토레들에게로 몰려갔다. 지푸라기라도 잡고 싶어하는 어리석은 대중의 관심은 자연스레 그들에게 돌아갔다.

양은 상당히 줄었지만, 오일레이는 여전히 피를 흘렸다. 할 수 없이 패드를 차야 했고, 하루에도 몇 번이나 갈아야 했다. 그는 이제 여자로 산다는 게 어떤 건지 어느 정도 이해하게 되었다. 닥터 해밀턴이 준 약이 다 떨어지자 그놈의 고통이 다시 도졌다. 타우비 메이트를 통해서 그는 종합 병원에서 진통제를 좀 얻어 왔지만, 유효기간이 한참 지난 것이라 아무 효과도 없었다. 시내에서 약사에게 제대로 된 약을 얻어 보려고 발버둥 쳐 봤지만 소용없었다. 그들이 약의 수입과 분배를 독점하는 중개회사인 국립 중앙 제약에 대해 불매운동을 하고 있었던 탓이다.

오랜 전통을 자랑하는 치료사들에게서 불행한 경험을 한 끝에 오일레이는 수천 명의 다른 티포타 사람들과 마찬가지로 기적을 행하는 도토레들을 하나하나 찾아다녔다. 그러느라 돈과 농장의 자산이 급격히 줄어들었다. 똥구멍이 아픈 환자들을 비롯해서 많은 이들은 자기네 고통이 줄었다고 단언했지만, 막상 그의 고통이나 출혈은 조금도 잦아들지 않았다.

한번은 신출내기 도토레를 찾아갔다가 화를 입기도 했다. 그 도토레는 코로다무에서 30킬로미터 떨어진 마을인 다뷔에 사는 도모니 티마일로말란지였다. 15년째 쿠루티에서 쓰레기 청소부로 일하던 도모니는 크리스마스 3주 휴가를 받아 집으로 가고 있었다. 자세한 이야기에 따르면 선물의 날(크리스마스 다음 날인 12월 26일로, 우편 집배인이나 하인들에게 선물을 주는 날―옮긴이)에 그는 동네에서 가까운 바닷가를 걷고 있다가 자기를 부르는 부드러운 소리를 들었다. 주위를 둘러보았지만 아무도 없었다. 밑을 내려다보다가 발치에서 큼직한 소라 껍데기를 발견했다. 그는 그것을 주워들고 이리저리 살펴보다가 꼬리 근처에 있는 구멍을 발견했다. 호기심에 힘껏 불어 보았다. 소라 껍데기 소리치고는 그렇게 좋을 수가 없었다. 다 불고 났을 때 그는 또 다시 자기 이름을 부르는 소리를 들었다. 그 목소리는 바로 그 껍데기의 입에서 나오는 것이었다. 그는 그만 놀라 자빠질 지경이었다. "도모니." 그 소리는 말했다. "가서 마리아에게 일어나라고 하여라." 너무도 두려웠으나 그는 순종했고, 소라 껍데기도 가지고 갔다. 그의 누나인 마리아는 마비로 고통 받으며 거의 5년째 자리보전하고 있었다. 마을 사람들은 조상 영이 노하셔서 벌을 내린 탓이라고 했다.

도모니가 마리아의 집에 가 보니 기도해주겠다고 누이를 찾아온 여자들이 그득했다. 그는 한참 기도하고 있는 그들 사이를 까치발로 비집고 들어와 소라 껍데기를 높이 들고 불었다. 깜짝 놀란 여자들이 눈을 뜨는데, 도모니가 누이를 가리키며 명령했다. "일어나라, 마리아여!" 마리아는 너무나도 놀란 상태에서, 자기가 무엇을 하고 있는지도 모르는 채 벌떡 일어나 동생에게 걸어갔다. 너무도 감동받은 다른 여자들의 입에서는 찬양이 절로 나왔다. 몇몇은 급히 집으로 가 아픈 친척들을 도모니에게 데려왔다. 다음 날 아침이 되자 소문은 이미 다른 마을로 번져 있었고, 사람들은 꾸역꾸역 몰려들기 시작했다. 소문을 들은 언론이 이를 널리 알리자 티포타 곳곳은 물론 바다 건너에서까지 사람들이 떼로 몰려들었다.

치료를 시작한 첫 주가 끝나갈 무렵, 도모니는 매우 간단하고 한 치의 어긋남 없이 혁명적인 치유 방법을 개발해냈다. 그가 소라껍데기 주둥이를 환부, 장기 또는 조직에 바짝 대고 불면 환자가 소라 껍데기에서 들리는 곡조를 흥얼거리기 시작한다. 소라껍데기에서 실제로 나오는 소리는 음조가 엉망이지만, 그것은 환자의 머릿속에 입력될 때 신비롭게도 음악으로 바뀌어 들어간다. 모든 환자들은 저마다 다른 곡조를 듣는데, 그 곡조는 저마다 치유력이 있었다. 환자가 자기의 곡조를 듣고 흥얼대기 시작하는 순간부터 병은 낫는 길로 접어들었다. 그곳에서 나와 3분마다 흥얼거리다 보면 아프다고 불평했던 모든 증상이 사라지는 것이었다. 도모니는 '기적을 일으키는 소라껍데기를 부는 이'라고 불렸다.

도모니의 치료법은 곧 온 티포타 사람들을 흥얼거리게 만들었다. 그것은 놀라울 정도로 파급력이 컸다. 건강한 사람들마저도 예방책으로 흥얼거렸다. 노래하는 이들마다 서로 다른 곡조를 흥얼거렸지만, 어쨌거나 곡조는 매우 아름답고 조화로웠다. 도모니가 치료를 시작한 지 두 달 동안 온 나라가 역사상 처음으로 평화를 구가했다. 심지어 정치가들조차 거짓말을 집어치웠다. 다국적 회사들과 일반 가게들조차 상품가격을 90%까지 내렸다. 그래도 이윤은 어마어마했다.

오일레이는 도모니의 진단을 받기 위해 다뷔까지 왔다. 버스에서 내린 그는 수천 명이 임시 보호소와 나무 밑에 앉아 카바를 마시면서 흥얼거리고 있는 모습을 보았다. 여자들은 흥얼거리며 그들이 먹을 음식을 만드느라 분주하게 움직이고 있었다. 음식 재료들은 환자들이 도모니에게 선물로 가져온 것이었다. 돗자리와 타파 천같이 전통적으로 값어치 나가는 것들을 포함한 사례품들이었다. 도토레들은 치료한 대가를 요구하는 법이 절대 없었다. 사실 선물을 못 받아도 그들은 대개 치료를 해주었다. 하지만 선물이 치유 과정에서 중요한 부분을 차지했으므로 환자들이 빈손으로 오는 경우란 거의 없었다.

도모니를 찾아오는 환자들과 그들을 데려오는 친척들은 행복감에 도취된 상태여서 되도록 많은 선물을 이고, 지고, 싣고 왔다. 그 결과 도모니의 집에는 다뷔와 인근 동네 사람들 모두에게 주고도 남을 만큼 늘 음식이 넘쳤다. 사실 이 동네 저 동네, 이웃 동네 사람들 대부분은 밭일에서 손을 떼고 다뷔에 몰려와 앉아 그들의 영웅을 찬양하며 방문객들이 가져온 것을 공짜로 배에 채워 넣었다.

오일레이는 온 나라에 알려진 인물이여서 그곳에 도착한 즉시 도모니가 환자들을 치료하는 둥그런 오두막으로 안내되었다. 중앙 기둥과 벽을 따라 늘어선 작은 기둥들이 오두막의 원뿔 지붕을 떠받치고 있었다.

"선생께서 와주시니 이런 영광이 없습니다."

도모니가 저명하신 이 환자를 맞이했다.

"선생의 문제에 대해 들은 바 있어 제 소라껍데기의 치유력을 선생께서 한번 믿어 보시면 어떨까 생각하고 있었습니다."

"이렇게 친절하게 맞아주시니 저 또한 영광입니다."

오일레이가 대답했다.

"제 문제로 인한 고통이 이루 말할 길 없습니다."

"이제 마음 놓으십시오, 오일레이 봄보키 선생. 한번 신비로운 곡조를 흥얼거리기 시작하게 되면 선생의 고통은 흘러간 역사가 될 것입니다. 바지를 벗으시고 몸을 앞으로 숙이십시오."

오일레이는 그 말에 따랐다. 도모니는 바닥에 앉아 약음기를 소라 껍데기 주둥이에 끼우고 그것을 오일레이의 엉덩이에 바짝 붙였다. 그는 소라껍데기를 불기 시작했다. 그는 5분 동안이나 불고 나서 다소 짜증스럽게 물었다.

"왜 흥얼거리지 않으십니까?"

"아직 제 곡조를 듣지 못했습니다."

오일레이가 대답했다.

"1분이면 충분했을 텐데요. 모두들 그렇답니다. 자, 이제는 집중해주십시오."

도모니는 다시 3분 동안 불었다. 나중에는 숨이 헉헉 막혀 포기하려는 판에 기적이 일어났다. 오일레이의 똥구멍에서 흥얼거리는 소리가 나온 것이다. 그것은 스트라디바리우스인지 뭔지가 성당 미사 중에 방귀를 애써 참으며 내는 고음과 비슷한 소리였다. 오일레이가 극히 아름다운 곡조를 쥐어짜내고 있는 게 틀림없었다. 제아무리 위대한 아마데우스라 해도 플루트 콘체르토를 위해 그런 곡조를 꿈꿀 수는 없었을 것이다.

"인류 역사상 이런 일은 정말 처음입니다."

도모니는 애써 자신을 다스리며 말했다.

"제게도 이런 일은 난생 처음입니다. 저도 온 사방에 방귀 노래를 뿌리며 이곳을 나서긴 싫습니다. 어떻게 좀 해 보세요."

"그래요. 다시 한 번 해 보십시다. 다음번엔 제대로 된 구멍으로 소리를 내셔야 합니다, 아셨지요?"

도모니는 약음기를 소라껍데기에서 빼고, 오일레이의 엉덩이에서 몇 밀리미터 떨어진 곳에 소라 주둥이를 갖다 댔다. 그는 깊게 숨을 들이마신 뒤, 온 힘을 다해 불었다. 힘찬 소리가 달랑 방 하나짜리 작은 오두막에 울려 퍼지며 전체를 흔들었다. 오일레이는 그 소리가 똥구멍을 통해 들어가 뱃속을 샅샅이 여행하며 메탄가스와 뒤섞이면서 내장을 휘젓는 것을 느꼈다. 도모니는 불던 것을 멈추고 헐떡대며 물었다.

"이제 곡조를 들으셨습니까?"

"아직은 아닙니다. 하지만 제 뱃속에서 부글부글 끓는 소리가 들립니다."

"그놈의 부글거리는 소리 따윈 잊어요. 집중하란 말입니다!"

그는 다시 불기 시작했다. 오일레이는 뱃속이 부풀어 오르면서 짱짱하게 펴지는 것을 느끼더니 곧 퇴각하는 회오리바람처럼 모든 것을 뒤로 쓔웅 내뿜었다. 그것은 오일레이의 방귀 중 가장 요란한 소리를 내며 발사되어 소라껍데기에서 직통으로 나오는 소리와 정면충돌하더니 굉음을 내며 그 악기를 산산조각 냈다. 도모니는 뒤로 벌렁 넘어지면서 몸을 굽히고 있는 오일레이를 건드리고 말았다. 그 바람에 오일레이는 중앙 기둥 밑에 머리를 처박았다. 사람들이 안으로 몰려 들어왔다가 친애하는 도토레께서 온 사방으로 튄 소라껍데기 조각에 얼굴이 찢겨진 채 기절해 있는 모습을 발견했다. 오일레이 또한 정신을 잃었다. 기둥 밑을 제대로 박은 그의 머리통에서는 피가 줄줄 나오고, 알궁둥이는 하늘 높이 쳐들려 있었다.

거의 한 시간 후에 둘은 의식을 되찾았다. 오일레이는 일어나 산산조각 난 품위를 되는 대로 긁어모아 고통으로 지끈거리는 똥구멍을 달고 어기적어기적 버스 정류장으로 갔다. 도모니 티마일로말란지로 말하자면 신비한 그의 악기가 산산조각 나는 바람에 창창한 앞날 또한 산산이 부서지고 말았다.

오일레이는 다른 도토레들도 찾아다녀 보았지만 보람이 없었다. 오일레이의 똥구멍이 가장 고치기 어렵다는 소문이 티포타의 의료계에 쫙 퍼졌다. 기적 치료 도토레들은 전통의 지혜를 끊임없이 거부하는 구멍을 자기들이 지닌 기술과 권능을 시험할 도전 대상으로 여겼다. 도토레들은 차례차례 오일레이의 구멍과 씨름했다. 그런데 웬 기자들이 오일레이의 진행 사항을 확인하고 몸 바쳐 보도하는 바람에 그 도토레들의 명성조차 바닥에 떨어지고 말았다. 수많은 치료사들이 폐업이라는 직격탄을 맞았다. 어떤 이들은 소리 소문 없이 그렇게 되었지만, 도모니처럼 떠들썩하게 와르르 무너진 이들도 있었다.

오일레이 모르게 그의 증상 경과를 바짝 확인하는 사람 가운데는 흰 머리에 흰 콧수염을 하고 도우티를 두르고 다니는 노인이 있었다. 그는 재앙에 봉착한 모든 도토레들을 찾아다니며 피지의 난가랄레부에서 열리는 국제 전통 의학 학회에서 연구할 수 있도록 1년간 연구비를 제공했다. 실추된 명예를 회복하고 권능을 되찾을 기회가 온다면 지푸라기라도 잡고 싶었던 도모니 티마일로말란지며 다른 도토레들은 순순히 연구비를 받아 떠났다. 하지만 그 노인의 활동이 지역적, 세계적으로 중요하다는 것을 인지한 자는 하나도 없었다.

오일레이의 두통거리와 대적해서 명성을 훼손당하지 않은 도토레는 단 한 명뿐이었다. 그의 이름은 아미니 세세로, 서쪽으로 약 3킬로미터 떨어진, 티포타에서 가장 큰 국제 리조트 호텔 두 개 사이에 있는 해변 마을인 보누 출신이었다. 긴 바닷가와 비교적 건조한 기후 덕분에 관광 중심지가 된 곳으로 약 60킬로미터에 달하는 해변엔 수많은 호텔이 들어서 있었다. 사람들은 여기를 '선샤인 코스트(Sunshine Coast)'라고 불렀다.

아미니는 서던 파라다이스 대학을 다녔다. 졸업은 했지만 자신을 기다리는 직장은 그 어디에도 없었다. 하는 수 없이 부모에게 돌아갔지만, 그곳에도 위안은 없었다. 잔뜩 의기소침해진 그는 어느 날 바다 속으로 들어가 제 몸과 머리통을 상어 떼에게 양도하기로 작정했다. 어차피 아무도 그를 원치 않았으니까. 아이들 몇이 그를 발견했지만, 수영을 오래 하나 보다 싶어 그냥 지나쳐버렸다. 마침내 부모들이 그가 어디 갔는지를 수소문하게 되었다.

아미니는 먼 바다 쪽으로 3킬로미터 남짓 가 봤지만 상어들과 청새치들 또한 자신을 원치 않는다는 것만 확실히 깨달았다. 그는 되돌아 헤엄을 치기 시작했다. 이윽고 온

몸이 기진맥진해지더니 바다 속으로 꼬르륵 가라앉을 것
만 같았다. 그때 자기를 향해 동동 떠오는 구명보트가 보
였다. 그는 허우적거리며 다가가 간신히 올라타고는 이내
정신을 잃었다. 배가 딱딱한 바닥을 치는 바람에 아미니
는 깨어났다. 컴컴하긴 했지만, 그는 자기 동네 앞 해변에
와 있다는 것을 알아보았다.

아미니는 자기가 타고 온 배가 구명보트가 아니라는 사
실을 간파했다. 그것은 거대한 껍데기였다. 어마어마하게
큰 거북이껍데기가 분명했다. 아미니는 털퍼덕 앉아 감탄
하며 오랫동안 그것을 바라보다가 문득 멋진 생각을 떠올
렸다. 도모니 티마일로말란지가 신비로운 소라 껍데기를
발견하여 온 나라에 유명세를 떨쳤던 일이 떠올랐던 것이
다. 좋아, 좋아! 그는 생각했다. 별 볼일 없는 쓰레기 청소
부가 깨끗이 씻은 조그만 껍데기로 온 나라를 휘어잡을 수
있다면 남태평양에서 가장 뛰어난 지성의 중심에서 학사
학위를 받으신 이 아미니 세세 님은 온 세상의 큰 바다들이
키운 것 중에서 분명 가장 큰 거북이 껍데기로 훨씬 더 잘
해낼 수 있을 것이다. 한번 가닥이 잡히자마자 전공인 창의
적 회계학과 사회학에서 배운 바 있는 모든 이론들이 합해
져 번득이는 계획이 형체를 갖추었다. 그는 거북이 껍데기
가장자리를 토닥이며 자신만만하게 서던 파라다이스 대학
의 모토를 읊조렸다. "동지여, 미래는 우리의 것이다."

아미니는 어둠 속에서 빛을 내는 날벌레들을 잡아 다리
에 비볐다. 벌레들의 진액이 묻은 다리가 번쩍였다. 그러
고 나서 그는 나직하지만 오싹 소름이 끼치는 소리를 엄청
크게 지를 수 있을 때까지 연습에 연습을 거듭했다. 흡사
영화에서나 들어봄직한 소리였다. 모든 게 준비되자 그는
마을 잔디밭 한가운데로 그 껍데기를 가져가 내려놓았다.
그리고 무시무시할 정도로 찢어지는 목소리로 15초간 타
잔처럼 외치고는 껍데기 밑으로 들어갔다.

무슨 일인가 싶어 사람들이 집에서 몰려 나왔다. 어떤
이가 배터리 여섯 개짜리 회중전등으로 잔디밭을 휘익 살
피다가 매우 이상하게 움직이는 듯한 커다란 물체 위에 불
빛을 멈췄다. 다른 전등들도 그 물체에 불빛을 겨누며 서
로 빛을 합했다. 모두 거북이 껍데기의 어마어마한 크기
에 깜짝 놀랐다. 두려운 마음마저 들었다. 그들은 그 반만
한 것도 본 적이 없었다.

"아니, 이런 게 어떻게 여기 와 있지? 누가 가져온 거지?"
누가 물었다. 그러나 미처 누군가 대답을 하기도 전에,
그 껍데기가 움직였다. 껍데기 아래로 빛나는 두 다리가
보였다. 남자고 여자고 아이들이고 할 것 없이 모조리 비
명과 알아들을 수 없는 말을 내지르며 온 사방으로 흩어졌
다. 껍데기는 아미니의 부모가 사는 목제 집 쪽으로 걸어
갔다. 현관계단을 올라가자 아미니의 아버지와 어머니와

남자 형제들과 누이들은 비명을 지르며 서로 다투어 뒷문
으로 달아나기도 하고 창문으로 뛰어내리기도 했다. 아미
니는 그 껍데기를 잘 기울여서 문을 들어선 뒤, 순식간에
식구들이 없어진 거실 한복판에 그것을 내려놓았다.

동네가 잠잠해지자 아미니는 현관 계단 꼭대기에 서서
또 다시 타잔처럼 소리를 지르고는 우렁찬 목소리로 말
했다.

"귀 기울이시오! 귀 기울이시오! 내 말을 잘 들으시오.
나는 여러분이 죽었다고 포기했던 여러분의 아들이자 형
제인 아미니 세세요. 낮에 머리가 여덟 개 달린 위대하신
바다의 신, 토크 모아나께서 나를 태평양 한가운데로 이
끄셨소. 거기에서는 위대한 거북이의 혼인 산곤이 나를
그의 껍데기 안에 넣으시고 다시 이곳 티포타로 인도하셨
소. 아시는 분은 아시겠지만, 몇 백 년 전에 피지 사람들
이 산곤을 우리에게서 훔쳐갔고, 그다음에는 손버릇 나쁜
사모아 사람들이 도둑놈 같은 피지 사람들에게서 훔쳐갔
고, 마침내는 지저분한 통가 사람들이 더럽기 짝이 없는
사모아 사람들에게서 훔쳐갔소. 빌어먹을 통가 사람들이
가엾고 순결한 산곤을 동굴에 가둬 놓고 야만스럽기 그지
없는 악마들에게 지키게 하였소. 산곤은 비탄에 빠져 세
상을 떠났으나, 영혼은 계속 살아 바빌론 강가에서 제 껍
데기 속에서 흐느끼며, 그곳을 벗어나 고향으로, 사랑하

는 고향으로 돌아가려 노력했소. 3주 전에, 천 년간 갇혀 있던 산곤은 어리석은 간수들을 속이고 탈출해서 위대한 껍데기 속에 몸을 숨기고 사랑하는 고향을 향해 떠가고 있었소. 너무 많은 노래와 춤판을 벌이지 않기 위해, 하찮은 일을 산처럼 부풀리지 않기 위해, 나 자신을 찬양하는 노래를 하지 않기 위해 간단히 말하겠소. 여러분 모두에게 나는 선포하는 바이오. 오늘 밤부터, 시공간 중에 바로 이 순간부터, 그리고 차후 다른 것을 알리기 전까지, 산곤은 나를 그의 사자이자 예언자로 임명하시고, 선한 말을 널리 알리게 하고, 아픈 자를 낫게 하고, 눈먼 자를 보게 하며, 술 취한 자의 정신을 맑게 하고, 귀 먹은 자는 듣게 하고, 말 못하는 자는 말하게 하고, 절름발이는 뛰게 하고, 지능이 떨어지는 자는 이해하게끔 하시었소. 아버지들이여, 어머니들이여, 형제자매들이여, 모든 동료들이여. 내일 정오에 산곤 건강 휴양소가 문을 연다는 이 좋은 소식을 널리 알리도록 하시오! 모두 건강하고 행복하시오! 만세, 만세, 만만세!"

다음 날 정오부터 환자들이 밀려들기 시작했다. 아미니는 고해실의 성직자처럼 거대한 거북이 껍질 속에 제 몸을 숨기고, 그들을 따로 따로 맞았다. 껍데기 앞쪽 끝은 통나무 위에 걸쳐 있어서 아미니는 손을 뻗어 환자의 아픈 부위나 기관이나 조직을 만질 수 있었고, 치료 중에는 아무도 못 알아듣는 방언을 읊조렸다. 먼 바다에서 돌아온 뒤부터 아미니는 식구들 외엔 그 누구의 눈에도 보이지 않았다. 안 보인다는 사실이 그에게 신비한 영적 기운을 더해 주었다.

한 달 내에, 그리고 언론에서 아미니의 유명세를 알린 후에 텐트촌이 보누 안과 주변에 버섯처럼 돋아났다. 외국 정부들이 허리케인 원조품으로 기증한 군용 텐트들은 어쨌거나 그 마을에 자리를 잡았다. 티포타 전역에서 수백, 수천 명이 찾아 와서 위로를 받기도 하고 그 거대한 껍데기를 보고 경탄하기도 했다. 그야말로 메시아적인 기대감이 그 지역에 퍼져 갔지만, 사람들을 딱히 무슨 종교로 개종시키려는 시도는 없었기에 분위기는 흥겨웠다.

환자들이 셀 수 없을 만큼 불어났다. 따로따로 진료하기엔 역부족이었다. 아미니는 환자들이 앓는 병의 성격에 따라 무리를 짓고, 집단으로 치료했다. 환자들은 한쪽 끝이 거북이 껍데기로 연결된 기다란 로프를 잡았다. 아미니는 그것을 잡고 기도를 읊조리며 로프를 통해 자기의 권능을 그 무리의 한 명, 한 명에게 전했다. 회계학 전공자답게 머리가 쌩쌩 돌아가는 아미니는 대리인들을 시켜 환자들이 가져온 음식과 공예품들을 쿠루티에 있는 채소 시장은 물론, 다른 큰 시장에 보내 팔게 했다. 그 장사를 통해 남 밑에 고용되어 벌었을 수입을 훨씬 넘는 수익을 올렸다.

어마어마하게 커진 동네는 나날이 분위기가 흥겨워졌
다. 마침내 근처 휴양 호텔과 선샤인 코스트에 머무는 관
광객들이 동네를 오가는 수많은 사람들에게 관심을 기울
이게 되었다. 아미니가 기대했던 바였다. 어느 날 관광객
들은 동네 입구에 서 있는 커다란 간판을 보게 되었다. '산
곤 온천의 약수에 오신 것을 환영합니다'가 쓰인 간판으로
아래쪽 구석에는 '시간당 50센트'라고 씌어 있었다. 그 간
판 바로 옆의 기둥에는 동네 앞의 해변으로 향하는 화살표
시가 못 박혀 있었다. 호기심이 발동한 몇몇 관광객들이
요금을 내고 그 물에 들어가 보았다. 그들은 시원하고 맑
은 그 물에 반했다. 선샤인 코스트 외의 다른 지역의 짜고
미지근한 물과 놀랄 만큼 달랐기 때문이다. 전문가들의
설명에 따르면 최고 수위선 바로 밑에는 초호(환초에 둘러
싸인 얕은 바다)로 흘러드는 담수호들이 매우 많다는 것이
다. 지질학자들은 그 호수들이 지하에 있는 강의 하구들
이라고 말했다. 소문은 쏜살같이 퍼졌고, 병을 앓는 관광
객들이 점점 많이 찾아왔는데, 대부분은 자기들이 어느
정도 나았다고 믿었다.

티포타 관광청의 후원을 받은 언론은 또 다시 산곤 온천
을 국제적으로 홍보했다. 곧 전 세계의 가장 부유한 지역
에서 몸과 마음이 아프고 병든 자들이 파도처럼 밀려들었
다. 보누는 남태평양의 열대 낙원이자 의료센터가 되었

다. 항공사들은 티포타행 비행기 편수를 늘렸고, 선 샤인 코스트를 따라 늘어선 호텔들은 손님들을 받느라 시설을 확장했다. 보누의 물가를 따라 식당과 카페가 점점이 들어섰다. 더 이상 지역의 민속공예품들을 다른 곳까지 보내 판매할 필요가 없었다. 보누 사람들은 가장 인기 있게 팔리는 기념품인 작은 산곤 껍데기 복제품들을 생산했다. 아미니의 기도노래가 담긴 카세트테이프도 날개 돋친 듯 팔렸다. 그 누구도, 심지어 학식이 가장 높다는 언어학자들조차 아미니가 쓰는 언어가 무엇인지 알아내지 못했다. 테이프들을 분석하기 위해 대학에 큰 연구팀이 꾸려졌지만, 현재 쓰이거나 사멸한 언어의 단어와 간접적으로나마 관련 있는 단어는 단 하나도 없었다. 사용하고 있는 단어들에 대한 질문을 받을 때마다 그는 알 수 없는 언어로 대답하곤 해서 더 이상의 질문을 막아버렸다. 이 때문에 사람들은 어느 정도 그가 내놓는 이해 불가능한 단어들에 신비로운 능력이 있다고 믿었다. 그래서 그들은 바로 그 단어의 소리들이 귀먹은 자들과 말 못하는 자들을 낫게 한다고까지 생각했다.

얼굴을 보여달라는 요구가 사방에서 빗발쳤다. 하지만 제 모습을 드러내지 않으려는 아미니의 완고한 고집은 그를 그레타 가르보와 같은 반열에 올려놓았다. 좀 더 쉽게 만나게 해달라는 요구가 많아지자 그는 거북이 껍데기에서 해변에 이르는 길이 3킬로미터짜리 비닐 빨랫줄을 주문하는 것으로 한발 양보했다. 날마다 정오 때부터 10분간, 그의 권능을 느끼고 싶은 외국인 방문자들은 누구나 주먹을 줄 가까이 대고 아미니가 노래한 테이프를 들었다. 그럼 아미니는 껍데기를 쓴 채 그 줄의 다른 쪽 끝을 잡고 있었다. 모두들 자기가 겪은 것을 이루 형용할 수가 없다고 하면서, 그것은 몸속 가장 깊숙이 들어가 한동안 머무르다가 모든 근심, 걱정을 다 안고 사라진다고 말했다. 〈티포타 헤랄드〉지가 오스트레일리아인인 알코올 중독자의 말을 인용한 바에 따르면 그 경험은 '영원의 꼬리로 어루만져진' 느낌이었다.

아미니 세세는 정부 조직과 민간 부문의 두뇌들이 힘을 합해도 달성하기 어려운 것을 단독으로 성취했다. 경기 불황을 역전시키고, 조국을 경제 번영의 새 시대로 인도한 것이다.

그러나 이 모든 것은 아미니가 오일레이를 치료한 후에 일어난 것이었다. 완고하게 저항만 하는 유명 짜한 오일레이의 똥구멍과, 수많은 도토레들이 그를 치유하는 데 실패하고 몰락했다는 소식은 아미니가 치료를 시작한 첫 달 말미에 들려 왔다. 그래서 그는 오일레이가 나타날 경우를 대비해 방책을 곰곰이 생각해 볼 여유가 있었다. 오일레이는 여섯 번째 주에 보누로 찾아와 그를 단독으로 접견하는 영광을 누렸다.

"드디어 오셨군요."

껍데기 속에서 목소리가 들렸다.

"언젠가 찾아오실 줄 알았습니다. 선생의 문제를 해결할 수 있는 약이 있습니다만, 이것은 환자의 나이와 신진대사에 따라 오랜 기간을 복용해야만 효험이 있습니다. 선생 정도의 연세라면 지금부터 1년, 길어도 18개월이면 됩니다. 그때쯤 되면 선생의 질환은 틀림없이 나을 것입니다."

아미니는 뜸을 들였다가 0.5리터짜리 약병을 집었다.

"댁에 가셔서 이 약을 모두 드시도록 하세요. 그다음부터는 기다리기만 하면 됩니다. 아픈 곳을 제가 만져 봐도 되겠습니까?"

오일레이는 엉덩이를 보였다. 아미니가 손을 뻗어 그것을 만지고는 기도를 읊조렸다.

"자, 되었습니다. 하느님께서 그대와 함께 걸으시길."

그는 말하고 환자를 내보냈다.

혼자 남은 아미니는 안도의 한숨을 쉬었다. 열두 달 후면 그는 크게 성공해 있을 테고, 오일레이와 같은 환자조차 자기에게 심각한 영향을 미치지 않게 될 것이다. 그때쯤이면 오일레이는 이미 죽어버렸거나 다른 방법으로 나으리라는 사실을 그는 알고 있었다(나중에 밝혀지지만 상당히 정확했다). 어쨌거나 자기는 안전할 것이다.

아미니와 헤어져 집으로 돌아오면서 오일레이는 기분이 매우 우글쭈글했다. 빠른 해결책을 바라고 간 것인데, 외려 오랜 시간 기다려야 하는 처방을 받고 말았으니. 최근 들어 그는 이제까지의 고통만으로는 부족하다는 듯이 편두통까지 생겼다. 하루빨리 약을 찾아야지 아니면 미쳐버릴 것만 같았다.

이후 몇 주 동안 다른 도토레들을 찾아다녀 봤지만, 어느 누구도 그를 고통에서 해방시켜주지 못했다. 그는 아픔을 벗 삼아 살아가는 방법을 익혀야 했다. 처음 견뎌야 했던 게 끊임없는 고통뿐만은 아니었다. 그놈의 종기에서 고름이 쏟아지기 시작했던 것이다. 길면 반나절 동안 흘러내리다가 잠깐 잠깐 멈추기도 했다. 그럴 때면 고통에서 해방되었다. 그러나 고통이 다시 찾아오면 몇 시간씩 지속되었고, 그는 완전히 진이 빠져 모든 사람들에게 차마 입에 담기도 힘든 욕지거리를 퍼부어댔다. 사람들은 대개 그를 피했다. 새로 부임한 론고 타라타라 목사는 새 직책을 맡자마자 그를 찾아왔지만, 욕만 한 상 받아먹었다. 그 일을 겪은 목사는 메레에게 자기는 안전한 거리에서 오일레이를 위해 기도하는 편이 낫겠다고 말했다. 성직자로서 그는 어렵지 않게 다른 뺨을 내밀 수도 있고 자기에게 하는 욕설이야 꾹 참을 수 있지만, 오일레이에게 들은 그 험한 불경스런 말 따위에 주님 귀까지 구태여 더럽힐 수는 없었다.

오일레이는 또한 메레에게 투덜대는 습관이 생겼다. 전에는 안 하던 버릇이었다. 장모는 딸도 도울 겸 위로도 할 겸 해서 아예 그 집에 들어와 살고 있었다. 그녀는 오일레이의 독설을 맞받아치지 않고, 그저 남편과 아내 사이의 완충제 역할을 했다. 결혼생활을 하면서 오일레이는 단 한 번도 마카리타에게 손찌검을 한 적이 없었다. 티포타 남자들에게는 극히 찾아보기 힘든 억제력이었다. 아내에게 손을 댄다는 생각을 그는 꿈에서도 해 본 적이 없었다. 마카리타는 이것을 매우 잘 알고 있어서 자기가 받은 만큼 복수하기 위해 상황을 매우 잘 써먹었다. 그들은 사랑했고, 싸워댔다. 왜냐하면 달리 사는 방법을 몰랐기 때문이다.

한번은 마카리타가 오일레이더러 똥구멍에서 쏟은 피로 혈액은행을 시작해 보라고 하는 바람에 한바탕 싸움이 벌어졌다. 현관문을 요란하게 두들겨대는 소리에 둘은 잠시 휴전했다. 불불 보후트였다.

"꺼져, 아무도 없어!" 오일레이가 소리 질렀다.

불불은 문을 벌컥 열고 들어왔다.

"입 좀 잘 간수해라, 이 문디 자슥아."

그는 쾌활하게 야단치며 제 집처럼 느긋하게 행동했다.

그 말에 오일레이의 기분이 싹 풀렸다. 불불 보후트만큼 자기가 좋아하는 사람은 없었기 때문이다. 마카리타 또한 불불을 좋아했다. 그에겐 사람의 기분을 좋게 해주는 재주가 있었다. 지금은 장학금을 받아 집에서 떠나 있는 아이들은 그를 '황소아저씨(Bulbul의 이름을 황소 'bull'에 빗댄 것—옮긴이)'라고 불러댔다. 그는 늘 이 문제에 대해 장난스럽게 항의하곤 했다.

불불은 신앙치료 사건이 일어난 뒤 당장 오일레이를 찾아왔다. 그를 병원으로 데려가 수술을 받게 하려 했으나 허탕만 쳤다. 그때부터 그는 자기 택시에 오일레이를 태워 온 섬을 구석구석 이 잡듯 뒤지면서 도토레들을 찾아다녔다. 지금 그는 오일레이를 웬 노인에게 데려가려고 온 찾아온 참이었다. 그 노인은 코로다무에서 약 40킬로미터 떨어진 로보니 섬에 사는 유명한 도토레였다. 불불은 그 늙은 도토레가 내각의 장관들과 백인들을 비롯해 많은 중요 인사들을 낫게 했다는 이야기를 들었던 것이다.

4

오일레이와 불불은 쿠루티의 빈민 지역에서 이웃으로 자랐다. 오일레이가 쥐콩만 한 불불을 제 날개 밑에 감싼 것은 학교 다니기 시작할 때부터였다. 불불에게는 묘하게도 다른 아이들의 주먹질과 발길질을 부르는 특성이 있었다. 오일레이는 불불을 때리고 갈구는 모든 이들과 싸웠고, 저보다 나이 먹은 아이들과 겨뤄도 대개 이기곤 했다. 그는 초등학교와 중학교 내내 불불을 보호했다. 권투를 하면서 용맹성을 기르다 보니 나중에 최고 헤비급 선수가 되어 제 나라는 물론 남태평양 전역의 챔피언으로 등극했다. 오일레이와 불불의 관계는 불알친구 이상이었다.

오일레이가 열아홉 살에 권투를 시작할 때 불불은 매니저를 맡았다. 이 시기가 이들 인생의 전환점이었다. 불불은 이주민인 조상에게 물려받은 검약정신은 물론 기회를 잘 파악하는 기민함도 갖췄다. 이에 비해 오일레이는 전통적으로 조상에게 물려받은 전사로서의 특징, 즉 용맹과 호전성을 발휘했다. 처음에 오일레이는 권투로 돈을 벌었다. 불불은 친구가 흥청망청 써대려는 것을 완강하게 막고 대부분 저축했다. 오일레이가 권투로 벌어들인 수입을 독차지할 마음이 전혀 없었기에 이들은 저축한 돈으로 중고차 세 대를 사들였다. 불불이 장부를 맡아 택시 사업을 시작했다. 오일레이는 입과 무시무시한 평판을 이용해 제 밑의 운전기사들을 정직하게 만들었고, 사기꾼들과 강도들을 만나면 하느님을 두려워하는 고결한 시민으로 바꾸어 놓았다. 그들은 곧 중고차 세 대를 더 장만했고, 썩 부유하진 않아도 그럭저럭 잘살게 되었다.

이 시절에 오일레이는 이제 막 교직에 들어선 매우 아리따운 젊은 교사인 마카리타를 만났다. 빈 택시를 천천히 몰며 복작복작한 터미널을 지나가던 오일레이는 버스에 오르는 웬 처녀를 보았다. 그는 자신도 모르게 넋을 잃었다. 그를 매혹시킨 것이 어쩌면 그녀가 고개를 들던 모습이나 걸어가던 모습이었을지도 모르지만, 어쨌든 넋을 빼앗겼던 것이다. 그때까지 그는 욕망이 끝도 없는 로사나 토노카를 비롯한 많은 여자들과 놀았다. 하지만 이성에게 깊이 끌려 본 적은 없었다. 그는 여자들을 함께 즐기고 또 바꿀 수 있는 놀이상대로 대했다. 다행스럽게도 남자들과 의견이 똑같은 숙녀 분들은 별로 부족하지 않았다. 헤비급 챔피언으로서 티포타 전역에 잘 알려져 있던 그는 별다른 어려움 없이 여자들을 정복했다. 잘생긴 데다 키도 거의 2미터에 달했으므로 어디서나 유난히 눈에 띄었다. 모든 여학생들이 그의 사진을 문제집 안쪽에 붙여 놓았다는 소문도 돌았다.

마카리타를 본 순간 그는 "저 여자는 내 아내감이야"라고 외쳤다. 스스로도 놀랄 지경이었다. 그는 본능적으로 고개를 돌려 아무도 없는지 확인했다. 그러곤 버스를 뒤따라갔다. 코로다무에서 내려 걸어가는 그녀 뒤로 조심스레 차를 몰았다. 무슨 일이 벌어지고 있는지 전혀 낌새를 채지 못한 그녀는 집에 도착하자마자 뒤꼍에 있는 목욕탕에 들어가 몸을 씻었다.

오일레이는 전혀 알지도 못하는 그녀의 아버지를 만나 딸과 결혼하겠으니 허락해달라고 했다. 느닷없이 말이다. 마카리타의 아버지는 가난했다. 어쩌면 그 동네에서 가장 가난했을지도 모른다. 술주정뱅이였기 때문이다. 히로히토 군대에 저항하는 과달카날(남서태평양에 있는 솔로몬 제도에서 가장 큰 섬으로, 제2차 세계대전 당시 미군과 일본군 간에 격렬한 지상전과 해전이 벌어진 곳—옮긴이)에서 싸울 때 얻은 습관이었다. 복무 첫날, 잘못된 정보 때문에 미국 전함들과 폭격기들이 그가 속한 포병대대에 엄청난 포격을 퍼부었는데, 그날부터 그는 술꾼이 되었다고 한다.

곤드레만드레 상태였는지, 아니면 오일레이의 두터운 낯짝 때문에 탄환충격(폭탄으로 인한 기억력, 시각 상실증)을 받았는지는 몰라도, 마카리타의 아버지는 대답 대신 그저 입만 어 벌렸을 뿐이다. 맞춤한 시간에 그 자리에 나타난 메레가 얼른 구조에 나섰다. 그녀는 대번에 오일레이를 알아보았다. 권투선수인 그의 사진이 나라 안 거의 모든 집 벽을 장식하고 있었으니까. 게다가 티포타의 권투선수로는 유일하게 수입을 저축하고 성공한 사업가가 되었다는 평판도 있었다. 가난한 젊은이였으나 가장 남성적인 스포츠에서 성공을 거두고 떠오르는 거물 사업가가 된 오일레이. 이제 그는 모든 젊은이들의 귀감이 되었고 칭송도 자자했다.

메레는 그에게, 비록 우리가 매우 가난하고 보잘것없지만, 나와 병든 남편은 당신이 이 집에 와주고, 또한 둘의 결합으로 태어난 유일한 보석인 사랑하는 딸과 영광스러운 결혼을 하려는 마음에 깊이 감동받았다고 말했다. 사랑하는 남편이 히로히토의 무리 때문에 능력을 잃지만 않았어도, 오일레이가 짝으로 고를 수 있을 딸들을 더 많이 낳았을 거라는 말도 했다. 남편과 자신의 뜻을 대변하여 그녀는 그를 가족의 일원으로 맞아들이는 데 진심으로 기꺼이 환영하겠다고 했다.

"그런데 우리 딸애랑 이 문제로 얘긴 해 봤수? 말도 안 되는 질문이라는 건 알지만, 부모란 걱정이 많은 법이니까 안 물어볼 수가 없구려.”

메레가 적이 미안해하며 물었다.

“사실은 안 했습니다.”

오일레이가 차분하게 대답했다.

“그 애가 아무 말도 안 한 게 무리는 아니지. 아시겠지만 우린 아주 가깝다우. 우리 사이엔 비밀이 하나도 없다고 난 늘 생각했지. 아이고, 늙으면 한심해져. 내가 좀 더 잘 알았어야 했는데. 그 문제로 얘기한 게 없으시다면 다른 일에 대해선 나눈 얘기가 분명히 있긴 하겠지. 결혼 같은 대사를 의논하는 데까지 손이 미치려면 새록새록 말할 게 좀 많겠어? 서로 잘 알아야 하는 법이야. 풍덩, 어……그러니까 결혼이라는 것처럼 폭풍우 치는 바다 속에 뛰어들기 전에는 말이야. 무슨 말인지는 아시겠지? 새로운 얘기들을 하는 게 서로의 마음을 속속들이 아는 데 가장 윗길이거든.”

“아닙니다. 저희는 하나도 얘기한 게 없습니다.”

“그럼 오래된 거라도 얘기하긴 했겠지. 절절한 옛 추억이나 회상 같은 거 말이야.”

메레가 파고들기 시작했다.

“실은, 저희는 그런 얘기도 한 게 전혀 없습니다.”

“그럼 내 딸을 그 멋진 차에 태워 드라이브 정도쯤은 했겠지?”

“털어놓고 말씀드리지요. 저희는 그런 것도 안 했습니다.”

아이고 주님.

“여태까지 둘이 한 게 뭐란 말인가?”

메레는 불안해지기 시작했다.

“사실은 아무것도 안 했습니다. 전혀 한 게 없습니다.”

“요즘 젊은것들이 은근슬쩍 하는 것도 안 했단 말인가? 아니야? 도무지 모르겠군. 우리 때도 터놓고 하진 않았어도, 슬금슬금 하긴 했는데 말이야. 연애 얘기라면 할 말이 좀 있겠지?”

“없는데요.”

“아니, 왜?”

“연애를 안 했으니까요. 실은, 바로 오늘, 따님에게 연애감정을 느꼈거든요.”

“아이고, 그런 거였군. 그럼 지금까지 둘은 좋은 친구였다는 거군. 나 전혀 안 놀라네. 그런 일이야 늘 있지. 자기 감정이 진짜 어떤지 모르고 몇 년씩 친구로 지내는 사람들도 있으니까.”

“맞습니다. 그런데 말이죠.”

오일레이는 설명하려고 끙끙거렸다.

“따님과 저는 친구 사이인 적이 전혀 없습니다.”

“그럼 서로 원수인 척 지냈단 말이군. 일부러 관심 없는 척하며 말이지? 나 하나도 안 놀라네. 그런 일이야 왕왕 있지. 그러다가 흐드러지게 결혼하는 수도 있으니까.”

“저희는 원수인 적도 없습니다, 까놓고 말씀드리자면.”

아이고 주님.

“자네는 내 딸을 알긴 아나?”

“모르기도 하고 알기도 합니다.”

“알기도 하고 모르기도 하겠지.”

“모릅니다, 톡 까놓고 말씀드리자면. 그러니까 저는 따님을 모릅니다. 그런데 알기도 합니다. 영원토록 따님을 알고 지내던 것 같은 기분이니까요. 저는 따님을 위해 아주 오랫동안 기다렸습니다.”

주여, 저를 도우소서.

“자네 마카리타의 이름은 아는가?”

“지금 말씀하셨으니 압니다.”

“아까까진 몰랐다는 건가?”

“몰랐습니다.”

“그래도 딸애를 본 적이야 있겠지?”

“사실인즉, 있습니다.”

“이제야 얘기가 되는군. 그러니까 애한테 말은 안 걸고 빙빙 따라다녔군. 항상 그랬던 게야.”

“아니요, 실⋯⋯.”

“몇 번이나 봤누?”

“딱 한 번이요, 까놓고 말씀드리면.”

“뭐라고?”

“한 번이요. 그 말씀, 두 번째 드리는 건데요?”

“그때가 언젠데?”

“오늘이요, 실…….”

“뭐야?”

아이고, 자비로우신 주님.

“정확히 오늘 언제 봤는데?”

“약 한 시간 전에, 따님이 버스에 오를 때요.”

“아니, 잠깐. 내 귀여운 딸을 처음이자 단 한 번 본 게 오늘 그 애가 집에 오느라 버스 탔을 때고, 그래서 그 애와 결혼하겠다고 마음먹었다는 건가?”

“사실인즉 그렇습니다.”

아이고 주님. 제 죄를 용서하소서.

“자네 그 애를 자세히 보기나 했는가?”

“별로요.”

“뭐라고?”

“버스에 오르는 뒷모습만 보았습니다.”

“뭐야? 얼굴을 볼 생각도 안 했다는 거야?”

“보려고 했지요. 하지만 전 달리는 차 안에 있었습니다. 어쨌든, 제 입장으론, 따님 얼굴 보는 건 중요한 게 아니었습니다. 뒷모습만 봐도 나머지를 짐작해서 따님이 제 여자라는 걸 알 수 있었으니까요. 아실지 모르겠지만, 권투를 하면 사람을 순식간에 평가하는 능력을 배웁니다. 적이 등을 보이며 자기 코너에서 워밍업을 하고 있을 때 몸이 어떤지, 어떻게 생겼으며 힘이나 빠르기가 어느 정도인지를 순식간에 파악할 수 있답니다. 제가 마카리타의 등을 봤을 때도 마찬가지였습니다. '저 여자는 내 거다'라고 저는 말했지요."

똥물에 튀겨 죽일, 내 딸이 네놈 거라니.

"혹시나 그 애가 못생겼으면 어쩔 뻔했나?"

"그럴 리가 없지요, 진짜."

고우신 주님, 제 앞에 있는 놈이 색에 환장한 놈 아닙니까?

"그럼 자네는 내 딸과 결혼하겠다고 마음을 굳힌 건가?"

"그렇다고 볼 수 있습니다. 제 불알친구인 불불 보후트는 여자 얼굴 한 번 못 보고 결혼했지요. 결혼식 날 그 여자는 머리부터 발끝까지 다 가려져 있었습니다. 양가 간의 중매결혼이라 그랬답니다. 그리고 결혼식 후에도 며칠 동안 여자 얼굴을 못 봤습니다. 그게 그쪽에선 관습이라고 하더군요. 그쪽 사람들이 장사를 그토록 잘하는 이유가 그 때문이 아니겠습니까? 알지 못하는 것에 대해서는 모든 위험을 감수하고, 일할 때는 독종으로 해서…… 아, 죄송합니다…… 성공하는 거지요. 그래도 저는 따님을 조금이라도 보긴 했습니다."

이놈은 색에 환장도 했거니와 덤으로 거짓말도 징글징글하게 잘하는군. 메레는 단정 지었다. 마카리타를 어느 한구석 빠짐없이 샅샅이 본 걸 게야. 그러나 메레는 완전히 넘어갔다. 오일레이에겐 거부할 수 없는 면이 있었다. 마침내 그녀는 그를 보내면서, 진심으로 마카리타와 결혼하고 싶다면 힌두교 이단들처럼 굴지 말고 제대로 된 기독교인처럼 예를 갖춰 구혼하라고 점잔을 빼며 말했다. 마카리타의 어머니나 아버지는 오일레이의 말이라곤 딸과 결혼하겠다는 소망 외엔 하나도 믿지 않았다. 그들은 그와 마카리타가 연애사건을 숨기기 위해 이야기를 꾸며낸 거고, 마카리타가 임신하는 바람에 결혼하기로 마음먹었다고 단단히 믿었다. 그들은 지난 세월 동안 오일레이의 유명 짜한 탈선행위에 대해 들은 바 있었고, 그 정도 지위와 경험을 가진 남자가 제대로 보지도 못한 여자에게 푹 빠졌다고는 생각할 수 없었다.

그날 밤, 그들은 마카리타에게 숨기지 말고 털어놓으라고 윽박질렀다. 마카리타는 결백하다고 호소했다. 하지만 자기를 믿어주지 않으니 부모가 몰아세우고 꾸짖어도 입을 꼭 다물고 반항적으로 앉아 있었다. 마침내 부모는 가족의 명예를 위해 딸을 애인과 결혼시킬 수밖에 없다고 결론지었다. 동네 사람 모두가 오일레이의 차뿐만 아니라 그가 자기 딸을 따라 집에 오는 것을 이미 보았다. 이제 와서 부인하려 해 봤자 소용없었다. 무수한 입들을 잠재우려면 딸은 오일레이와 결혼해야만 한다. 어쨌든 그는 아주 유명하고 부유하고 이 동네에서 그 누구보다도 대단한 부자니까. 여자애들이라면 대개 그와 자겠다고 모든 것을 던져버릴 것이다. 오일레이가 다른 사람들을 찬 것과는 달리 마카리타를 버리지 않았으니 복이라 할 만했다.

오일레이는 다음 날 아침에 와서 기독교를 믿는 신사처럼 그녀에게 청혼하기 시작했다. 비록 그 누구도 그를 교회 안에서 본 적이 없지만 말이다. 그때부터 근 1년 동안 그는 코로다무에서 일하는 시간뿐 아니라 남는 시간도 대부분 여기서 지냈다. 그는 언제나 택시를 몰고, 마카리타에게 줄 선물도 챙겨 왔다. 차는 곧 그 동네 사람 모두의 공짜 교통수단이 되었다. 불불은 이 모든 것이 그들의 사업에 영향을 미칠까 봐 걱정했지만, 친구가 곧 결혼하기를 바랐기에 근심을 전혀 내비치지 않았다. 이 일을 진척시키느라 그는 오일레이가 구애에 필요한 것들을 구입하는 데 약 절반 정도의 금액을 지불해주었고, 한편으론 그 동네에서 재배되는 채소를 도시의 시장까지 트럭으로 날라주면서 사업 영역을 넓혔다. 택시 수입이 줄어드는 것을 벌충하려고 시작한 일이었지만, 나중에는 상당한 수익을 올리게 되었다.

처음에 오일레이는 자기의 존재를 무시하는 마카리타만

빼고 코로다무에 있는 모든 사람에게 구애하는 것 같았다. 그녀도 마침내 누그러졌다. 하지만 직접적인 대답을 회피해서 그를 괴롭게 만들었다. 그가 초대하면 "글쎄요"라고 대답하기 일쑤였고, 일부러 바람맞히는 일도 많았다. 하지만 그녀가 튕기면 튕길수록 오일레이는 더욱 마음이 끌렸다. 헤플 정도로 넉넉하게 동네에 베푸는 것으로 그 마음을 입증했다. 모두들 그를 좋아했다. 마카리타의 행동 또한 그를 전에 챔피언으로 만들었던 마음속의 결의에 불을 지폈다.

마카리타도 그에게 단단히 끌렸다. 결국엔 그를 받아들일 수밖에 없다는 것도 인정했다. 마침내 결혼을 응낙하기 전, 그녀는 자기네 부족 소유인 코로다무의 빈 터에 살겠다는 약속을 받아냈다. 태어나서 지금까지 그 동네에만 살았기 때문에 도시로 이사한다는 건 상상만 해도 진저리쳐지는 일이었다. 심지어 자기가 다녔고, 가르치는 중학교도 코로다무에서 걸어 다닐 만한 거리에 있었다. 도시 생활을 혐오한다고 해서, 쿠루티를 다른 나라로 여기는 외딴 동네 사람들만큼 혐오하는 것은 아니었다. 코로다무는 수도인 쿠루티에서 일상적인 영향을 받을 만큼 거리가 가까웠다. 그 동네에서 몇 달째 빈둥거리며 지냈던 오일레이도 마카리타의 입장을 별 무리 없이 받아들였다. 그는 코로다무를 좋아하게 되었다. 시골스런 분위기도 점점 마음에 들었다. 무엇보다도 그곳은 쿠루티와 가까워 편리했다. 그러면서 도시의 교통 체증과 소음과 혼탁한 공기는 없었다. 사실 애초부터 그는 마카리타가 살겠다는 곳이면 어디든 함께 있을 작정이었다.

마카리타는 부모 근처에서 살고 싶다는, 특히 아버지의 건강이 급격히 악화되고 있었기에 그 동네에 살겠다는 결정을 더욱 굳혔다. 그녀는 아버지가 그다지 오래 버티지 못하리라는 것을 알고 있었다. 아버지에 대한 감정은 어머니에 대해 느끼는 사랑과는 달리 의무감이 더 컸다. 그녀가 남자들을 눈 아래로 보는 데는 아버지가 한몫 단단히 했다. 아버지는 골골거리면서도 술만 퍼마셨고, 남들의 동정만 사는 술고래였다. 오일레이는 달랐다. 그는 남자다웠다. 하지만 내면에 어린아이 같은 구석도 있었고, 아버지에게는 찾아볼 수 없는 거친 면도 지니고 있었다.

그녀가 오일레이의 거친 면을 처음 제대로 겪은 것은 결혼식 날 밤이었다. 그녀의 어머니는 집에다 특별히 신혼 침대를 마련했다. 메레는 풀을 빳빳하게 먹인 새 침대보를 신혼 침대인 겹겹의 돗자리 위에 깔았다. 또 갓 잡은 닭의 피를 담은 병도 그 옆에 놓아두었다. 분명 필요할 거라 생각한 탓이다. 집 안에는 신랑, 신부 외엔 아무도 없었다. 메레와 동네 여자들 대부분이 근처의 커다란 망고 나무 밑에 앉아서 마카리타의 순결을 시험할 준비를 갖췄다.

그런 것을 믿는 여자는 단 한 명도 없었지만, 나름대로 의식만은 철저하게 지켰다.

마카리타는 옷을 벗고 알몸으로 침대에 누워 눈을 꼭 감았다. 몸을 부들부들 떨며 자기가 잘 지켜온 순결이 찢어질 것을 고대하고 있었다. 거의 1년 동안이나 그답지 않은 금욕생활을 한 덕에 오일레이는 의기충천했다. 그는 욱하는 들소만큼 힘차게 그리고 대단히 온순하고 섬세하게 작업에 집중했다. 그러나 거사를 세 번 치른 마카리타가 황홀한 그 맛에 흥분해서 더 많이, 더 빨리 하라고 요구하자 오일레이는 축 늘어지기 시작했다.

바깥의 망고 나무 밑에서 여자들은 첫 번째 판이 끝났다는 것을 알아채고는 그 길이와 쉬는 시간을 재 보려고 시계를 들여다보았다. 처음에 그들은 오일레이의 정력과 빠른 회복과 지속 시간에 경탄했다. 그러나 세 번째 판이 끝난 후에 그들은 어떤 변화를 감지했다. 그때부터 마카리타가 우세했다. 여편네 하나가 처마 밑에 쭈그리고 앉아 나머지 사람들에게 판이 시작되고 끝나는 것을 신호로 알리고, 누가 누구에게 무엇을 하고 있는지를 몸짓으로 전달해주는 역할을 맡았다.

새벽에 치른 열두 번째 판 도중에 오일레이는 자기는 그야말로 완전히 진이 빠졌다고 고백했다. 신호가 전달되자 메레는 살금살금 집 안으로 들어가 그들 밑에서 혼례용 침대보를 끌어내서 허둥지둥 밖으로 나가 자기 딸의 순결은 오늘에야 끝났다는, 반박할 수 없는 증거를 모든 이에게 보여주었다. 요란한 박수 소리가 고요한 아침을 흔들고는, 마카리타더러 나오라는 외침이 이어졌다. 마침내 문이 열리더니 마카리타가 기진맥진한 기색이 확연한 남편을 질질 끌며 의기양양하게 걸어 나왔다.

그날 늦게야 메레는 손도 대지 않은 채 그대로 놓인, 닭 피가 든 병을 발견했다. 놀랍고 뿌듯했다. 신혼 첫날밤은 앞으로 몇 년간 그들 부부가 사는 방식을 결정해주었다. 장기간에 걸친 의지의 전투 때마다 마카리타는 받은 만큼 되돌려주었고 때로는 더 적극적으로 나오기도 했다.

결혼식 날 이후 오일레이는 택시 사업권과 낡지만 보존이 잘된 방갈로에 대한 50% 지분을 친구인 불불에게 팔았다. 그는 처가의 비좁은 오두막들이 모인 지역으로 터를 옮겨 동네의 전문가들을 데리고 수세식 화장실과 전기가 들어오는 방 세 개짜리 커다란 콘크리트 집을 지었다. 쿠루티의 잘사는 지역에 있는 중산층 주택의 기준으로 보면 수준이 떨어지지만, 그래도 코로다무에서는 가장 현대적인 주택이었다. 그는 나머지 자금을 장인의 땅에 채소를 키우고 작은 카바(폴리네시아산 후추나무속의 관목―옮긴이) 농장에 투자하는 데 썼다. 그것은 후에 주 수입원이 되었다. 운송업으로 농부들과 도시의 시장 상인들 간의 중요한 중개인이 되어 있던 불불에게 그야말로 모든 채소를 좋은 값에 팔았던 것이다.

그의 장인은 그 동네의 토지 소유 부족 중 유일한 생존자였다. 그런 까닭에 그는 그 지역 전체에서 관습적인 소작권을 통해 개인이 점유하고 있는 가장 넓은 땅인 부족 땅 30헥타르의 독점권을 가지고 있었다. 딸을 결혼시킨 해에 아버지가 죽자 그 땅은 마카리타에게 넘어왔다. 그것은 즉 그녀의 남편이 효율적으로 좌지우지한다는 것을 의미했다. 오일레이는 그 계약으로 뛸 듯이 기뻤다. 그가 차지한 땅은 관습적인 소유지에 티포타 원주민들이 돈 되는 투기를 하려다가 아수라장이 된 토지 분쟁 따위에서 완전히 자유로웠다. 따라서 전통의 굴레에서 자유로운 오일레이는 방해받지 않고 그 땅을 경작해서 얻은 수입으로 마을에서 유지 반열에 올랐다. 비록 그 수입이 여타 투자금을 모을 만큼 충분치는 않았지만 말이다. 마침내 그는 마을 의회 의장이 되었고, 주기적으로 뽑는 도 자문위원회에서도 한자리를 차지했다. 그와 마카리타는 아들과 딸을 두었는데, 둘 다 영특해서 장학금을 받고 오스트레일리아 대학으로 유학을 갔다. 하나는 수의학을, 하나는 농경제학을 공부하고 있었다. 그가 아픈 시기에 아이들은 여전히 유학 중이었다. 성적표에 따르면 둘 다 잘하고 있는 게 틀림없었다.

여전히 유명한 전 권투 챔피언이자 성공한 농업인, 코로다무 및 점차 뻗어가는 도의 기둥, 뛰어난 대학생들의 아버지이자 공석 중인 상원의원직 후보자인 오일레이가 개인적으로는 성공의 정점에 이르러 뜻밖에 허를 찔렸다. 바로 제 똥구멍 때문에 나락으로 떨어진 것이다. 그는 이 일을 생각할 때마다(아픈 이래 참 많이도 생각했다) 그 부당함에 낙담하고 좌절했다. 식구에게 투정하는 수밖엔 달리 방법이 없었다.

5

불불은 고통이 똥구멍뿐 아니라 머릿속까지 침입해서 널브러진 오일레이를 뒷좌석에 태우고 코로다무에서 로보니 랜딩까지 차를 몰았다. 목적지에 도착하려면 다른 길이 없었다. 쿠루티를 통과해야만 했다. 빽빽이 들어찬 맹그로브를 밀어버린 해변에 있는 로보니 랜딩은 해변에서 1킬로미터 떨어져 있었다. 초호 안에 있는 바위섬이었지만, 작은 부두가 있어서 수많은 작은 배들이 본토 사이를 오갔다. 썰물 때 그 섬까지 걸어서 오가는 사람들도 있었지만, 짐을 들고 끈끈한 진창을 걸어가는 게 쉽지 않아 대개는 밀물 때 작은 배로 건너갔다.

19세기 후반 '팍스 브리타니카'가 뿌리를 내리기 전, 로보니에는 '나는 여우(큰 박쥐의 별명)' 떼들만 살았다. 숫자도 엄청 났다. 놈들은 밤이면 본토의 과일 나무들을 공격했다. 그러곤 새벽이 오기 전에 퇴각해 이 섬에서 가장 많이 자라는 카수아리나 나무(하와이 연안에 서식하는 소나무 비슷한, 바늘이 있는 나무—옮긴이)에 안전하게 둥지를 틀었다. 기독교 선교사들이 들어와서 개종자들로 전투 부대를 꾸려 낯선 종교를 전국에 강요했을 때 권능 있는 주술사들과 딸린 식구들은 본토 동네에서 쫓겨나 로보니에 자리 잡았다. 그들은 아직도 자기들의 위험한 주술을 겁내는 사회와 떨어져 지냈다. 이번 세기가 20년 지날 무렵 섬사람들은 완전히 기독교화되었다. 주술사 가족은 더 이상 마술을 부리지 못하고 1급 치유사와 치료사로 변신했다. 덕분에 이곳은 티포타 전역을 통해 도토레들이 가장 많이 몰려 있는 곳이 되었다. 그 섬에 살고 있는 그런 의료인들이 적어도 백은 된다는 소문이 있었다.

로보니 랜딩은 그 섬으로 가는 배를 기다리는 환자들과 그들을 데려온 친척들로 늘 붐볐다. 환자들이 저마다 들고 있는 것들은 대개 날 음식이 담긴 바구니들이었고, 드문드문 돗자리 만 것들이나 타파 천이 보이기도 했다. 살아 있는 작은 짐승들과 새들도 보였는데, 물론 다 도토레들에게 갖다 줄 것들이었다. 로보니는 작물을 키우기에 토지가 적합하지 않았다. 그래서 마을 사람들은 일상 용품을 환자들이 가져오는 선물에 크게 의존하곤 했다. 아이들은 초호와 바다 쪽으로 난 모래톱에서 물고기를 잡아 부족한 양식을 메웠지만, 대개 쿠루티의 어시장에 내다

팔았다. 바로 이것이 이 섬의 주요한 현금 수입원이었다.

불불은 오일레이를 데려가면서도 그 유명한 늙은 도토레의 이름을 알지 못했다. 모든 도토레들은 한 줌도 안 되는 사람들에게만 알려졌을 뿐이었다. 도토레의 이름조차 들어본 적은 없었지만, 유명하다고 추천을 받았다. 누가 거기 가도록 설득하려면 그저 "로보니에 유명한 늙은 도토레가 있는데, 자네 똥구멍을 고칠 수 있다네"라는 말만으로도 충분했다. 특히 그 환자가 유명한 도토레들을 찾아다녀 봤으나 아무 소용없었고, 절망감에 빠져 있는 경우라면 말이다. 모든 도토레들은 제 입으로든 남의 입으로든 자기네가 내각 장관들, 정부 고위 관리들, 판사들, 변호사들, 고위 성직자들, 스포츠계와 언론계 인사들 등 매우 중요한 인물들을 치료했다고 주장했다. 또 중요인물인지 아닌지를 떠나 백인들과 의사들과 병원들이 못 고치겠다고 손든 사람들을 고쳤다고 주장했다.

불불은 쿠루티에 살고 있는 빌리소니 마테니라는 친구에게 로보니의 이 유명한 늙은 도토레에 대해 대강 들었다. 그 친구는 쿠루티에서 17킬로미터 떨어진 읍이자 나루터 가는 길에 있는 티로이코에 사는 친구인 카일로마 존스에게서 그것을 들었다. 카일로마 존스는 전에 오일레이와 똑같은 병에 걸렸는데, 듣기로는 그 노인이 고쳐주었다고 했다.

불불은 빌리소니를 11시 30분에 파라데시아 호텔에서
태워 카일로마를 만나러 티코이코의 그린 코코넛 클럽으
로 가기로 약속해 뒀다. 그러면 그 친구가 이들을 나루터
에서 기다리고 있을 그 늙은 도토레에게 소개해줄 터였다.
이들이 쿠루티 외곽에 이르렀을 때 오일레이의 편두통과
엉덩이의 고통은 그야말로 미치고 팔짝 뛸 정도였다. 갈
길이 머나먼 까닭에, 불불은 잠깐이라도 그 고통을 꺼줘
야 했다. 또 빌리소니 마테니의 속을 잘 아는 관계로, 자
기네는 그 호텔에서 늦어질 확률이 높다고 생각했다. 그
때 문득 친구인 상인 아소우가 떠올랐다. 그는 골목길로
꺾고, 또 몇 번이나 길을 다시 꺾어서 '용의 연고'라는 가
게의 주차장에 차를 댔다. 그곳은 가족 경영 회사로, 극동
의 향신료들, 국수, 사탕이나 과자, 말린 과일, 해산물 그
리고 이 나라에 있는 모든 중국 식당의 요리에 들어가는
이름 모를 것들을 대단히 많이 갖춘 가게였다.

아소우는 적어도 10년 전쯤 침술을 자기 장사에 끼워
넣었다. 그의 아버지와 할아버지는 침 치료를 했지만, 티
포타에서 태어난 아소우는 그것을 원시적인 방법이라 여
기고 경멸했다. 그러나 중국인을 제외한 사람들 사이에
침술에 대한 관심이 일어나자 아소우는 아버지가 그만두
었던 것을 익혔다. 그는 조상들의 책으로 매우 세심하게
공부했고 홍콩에 침 세트를 주문했다. 일요일만 빼고 매

일 아침 7시부터 정오까지 그는 회사의 1층 직판점 바로
위층의 널찍한 방에 차린 치료소에서 일했고, 아내와 조
카딸은 가게를 돌보았다. 그의 본명은 이호정이었지만,
대화할 때 늘 "아, 소우!(Ah, SO! 아, 그렇습니까!)"라고
말을 시작했기 때문에 그것이 별명으로 굳어졌다.

전에 불불은 가볍지만 짜증스러운 무릎 통증으로 그의
치료를 받은 적이 있었다. 이 씨의 침은 두 번 맞는 것으로
충분했다. 아소우는 온갖 통증과 고통을 다룰 줄 알았고,
특히 근육과 관절을 능숙하게 치료했다. 그는 또한 편두
통, 시력 장애와 청각 장애, 부비강염을 치료했고, 관심
있는 통증이라면 무엇이든 치료했다. 무엇보다도 그는 발
기불능을 치유하는 실력이 출중했다. 그의 환자 중 대다
수가 어떻게 해서든 성 기능을 유지하거나 되찾거나 증대
시키고자 하는 중년의 중산층 남성들이었다. 아소우의 방
법은 간단하면서도 효과적이었다. 그는 남성의 물건 밑에
침을 꽂고, 축 늘어진 그것이 벌떡 설 때까지 침을 돌렸
다. 그러고 나서도 그는 지속 시간을 알아보기 위해 좀 더
오래 침을 돌렸다.

그 시술은 3분도 채 안 걸렸다. 그의 표현대로라면, 이른
바 '쉬운 환자들'은 자신의 기둥을 자랑스럽게 세울 수 있을
때까지 몇 번 더 침을 맞으러 왔다. 때때로 그는 아주 특별
한 고객에게는 집에 가져가서 직접 놓을 수 있게 침을 주었

다. 특별 환자들에게는 저마다 작은 병에 든 인삼을 처방했
는데, 그것은 비싸지만 효능이 좋아서 투자가치가 있었다.
성 기능 때문에 그를 찾아왔다고 인정하는 고객은 단 한 명
도 없었다. 그 치료가 그렇고 그런지라 그들은 반박할 수
없는 온갖 그럴싸한 이유를 나름대로 준비해 왔다.

이 씨는 그들 모두의 급소를 쥐고서 한문으로 처방전을
쓰고 신비로운 미소를 지으면서 가장 비싼 인삼을 팔아넘
겼다. 그들은 인삼을 아래층의 가게에서 살 수밖에 없었다.
아소우가 국내 인삼 수입 독점권을 갖고 있어 달리 살 곳이
없었기 때문이다. 아소우는 또한 특별 고객들에게 다른 고
객들한테보다 치료비를 세 배 더 부풀려 청구했다. 한번은
고주망태가 되어 제정신이 아닌 그가 불불에게 털어놓았
다. 사람들이 더 큰 죄를 저지르게 해달라고 자기에게 요구
한다면 값을 더욱 호되게 치러야 할 거라고 말이다.

"어차피 나도 지옥에 갈 거 싸구려로 갈 수는 없지, 아
무렴!"

아소우의 특별 치료는 효과가 있다고들 했다. 유명한
사람들이 그 병원에 늘 줄지어 오는 것을 보면 알 수 있었
다. 어느 기자는 전국에서 가장 부유하고, 가장 유력하고,
찾기 힘든 인물의 얼굴을 보려면 아소우의 치료소에 가서
기다리면 된다는 것을 알아냈다. 가끔 인삼이 떨어지는
경우도 있었지만 일주일 안이면 들어오곤 했다. 서울에

있는 인삼 공급자는 너무 기뻐서 크리스마스 때마다 그에게 카드와 온갖 다양한 포즈를 취한 매력적인 한국 여인들이 실린 달력과, 미국, 유럽, 일본의 최상급 고객들만을 위한 가장 특별한 인삼을 열두 통 보냈다. 이 씨는 혈기왕성한 일흔일곱 살이었고, 그 반도 안 되는 나이의 여섯 번째 아내와 결혼한 지 얼마 되지 않았다. 친구들은 그를 '푸른 수염'(유럽 민담의 주인공. 아내를 여럿 얻음―옮긴이)이라고 불렀다. 하지만 정작 그는 그게 무슨 말인지를 몰랐다.

'용의 연고'의 고객 주차장에 차가 서자 오일레이는 불불이 무슨 생각을 하는지 알아채고는 거세게 저항했다. 엉덩이에 침을 꽂는다고 생각하자 진저리가 쳐졌다. 그러나 하도 통증이 심하다 보니 마음이 그럭저럭 가라앉았다. 마라마와 로사나까지 겪은 마당에 어떤 형벌인들 무서울쏘냐는 말까지 했다. 불불에게 들은 바에 따르면 이 치료는 아프지 않다고 했다. 게다가 병원에는 간호사들도 없다고 하지 않았는가. 나중에 불불은 이렇게 말했다.

"침술은 영예로운 분야야. 닉슨 대통령도 북경에 갔을 때 맞으려 했다네. 그리고 자네도 알다시피 국무총리를 비롯해…… 아무한테도 말하지 마, 그랬다간 국외로 추방당할 테니까…… 이 나라의 높으신 어른들이 아소우의 치료를 받으러 왔잖아. 그러니까 그분들이 아침마다 인삼주를 항상 마시지. 전에 축구공을 질질 끌면서 들어왔다가

10분 뒤엔 기껏해야 작은 거북이 알을 달고 나간 분도 있었다니까. 진짜야.”

불불은 신음하는 오일레이를 차에 두고, 아소우가 있나 확인하러 갔다. 아소우는 그에게 지난 10년 동안 똥구멍이 아파서 온 환자는 겨우 열두 명 뿐이라고 말했다.

“또 다시 침을 맞으러 온 사람은 하나도 없었소. 그래서 내가 제대로 치료해준 건지는 잘 모르겠소. 그래도 오일레이를 이리 데려오시오. 한번 침을 놓아 볼 만하니까. 하지만 보장은 못 하겠소.”

오일레이는 옷을 벗고, 힘들게 소파로 기어 올라가 배를 대고 쭉 엎드렸다.

“아, 소우!”

이 씨가 말했다.

“이거 꽤 아프겠군, 하! 머리도 아프신가? 그렇군! 우선 아픈 걸 좀 멎게 해드리지.”

그는 오일레이의 양 발목에 침을 놓고 슬슬 돌렸다. 1분쯤 지나자 그는 동작을 멈췄다.

“아픈 건 어떠신가? 아직도 아프신가? 아니라고? 편두통은? 그것도 없어졌나? 좋아요, 아주 좋아. 며칠은 괜찮을 거요. 그때 오시면 침을 더 놓아드리지. 그때 맞는 게 좋으니까, 하! 자, 그럼 두통거리 좀 봅시다.”

그는 오일레이의 궁둥짝을 벌렸다가 얼른 도로 붙였다.

"아, 소우! 보기가 썩 즐겁진 않군. 이만저만 아프지 않
겠어, 하! 여태 살면서 똥구멍을 참 많이도 봤지만, 이런
건 또 처음이군, 하!"

그는 마스크를 쓰고 또 한 번 들여다보고는 그 부분에
지극히 조심스럽게 손가락을 넣었다. 그가 뭔가 만지자
오일레이의 몸이 저절로 씰룩거렸다.

"아, 소우! 엉덩이 안쪽에 종기가 새로 돋았어. 그걸 째
서 고름을 짜내야 하겠군. 남김없이 다 짜야 낫겠어. 하!
침을 두 대 놓아드리겠소. 구멍 속 말고, 고름이 나오고
있는 안쪽 말이야. 자자, 이제 나오는군, 좋아, 소우! 아
프시오? 좋아. 그럼 침을 빼겠소. 아주 좋아. 피고름이 많
이 나오는군. 으윽, 솜을 넣어드리지. 솜이 다 흡수했소.
자 그건 버리고 새 솜을 더 넣어드리지. 자, 이제 다른 쪽
종기를 해결해드리지. 침 두 대 들어가오. 자, 첫 번째 침!
자아, 두 번째 침이요! 하! 아무것도 안 나오는군. 희한한
일이야. 그럼 자아, 세 번째 침! 아아악! 아이고 더러워라!
우라질 똥구멍 같으니!"

아소우는 비명을 지르고 캑캑대더니 코를 횡 풀었다.

오일레이는 고개를 돌리다 때마침 더듬더듬 솜을 찾고
있는 아소우를 보았다. 그의 얼굴에는 피고름이 잔뜩 튀
어 있었다. 오일레이는 엉덩이에 아직도 침이 꽂혀 있어
서 도와주고 싶어도 도울 수 없었다. 아소우는 마침내 솜

을 찾아 눈과 코를 닦아내고 방 저편의 개수대까지 비척비척 걸어갔다. 그는 수돗물을 틀고 얼굴을 깨끗이 씻고 나서 위쪽 벽장에서 병을 꺼내 한 모금 마시고 입을 헹구었다. 오일레이는 그가 돌아와 소파 옆 의자에 앉는 것을 꼼짝도 못 하고 그저 누워서 바라보기만 했다. 아소우는 숨을 돌리긴 했지만, 나이가 70대니만치 시간이 좀 걸렸다. 그는 오일레이에게 몸을 돌려 아수라장을 만들고 자기도 엉망이 된 것에 대해 사과했다.

"아, 소우! 이런 일은 처음이군. 완전 질겁했소. 압력이 하도 세서 머리를 맞은 게야. 자 또 한 번 살펴봅시다."

그는 일어나서 잔뜩 경계하면서 오일레이의 엉덩이를 들여다보았다. 침을 조심스럽게 빼고 솜을 넣자 순식간에 푹 젖어들었다.

"이제 잘 나오는군. 피고름이 많이 나와."

그는 솜을 더 넣었다.

"좋은 징조야, 하! 피고름이 좀 잠잠해지거나 완전히 멎을 때까지 그대로 계시게."

오일레이는 잠시 동안 가만히 있었다. 고통은 이미 사라졌다. 그는 고통이 엄습하고 난 뒤 늘 찾아오는 기진맥진한 상태에 접어들었다. 그는 곧 혼곤한 잠에 빠졌다. 아소우는 불불에게 나가라고 했다.

"저절로 깨어날 때까지 그냥 쉬게 내버려 두시오. 어차피 묻 닫을 시간은 지났으니. 측은하기도 하지. 고통이 얼마나 끔찍했을꼬, 하! 어쨌든 나흘 뒤에 다시 오라고 하시오."

한 시간 반 후에 깨어난 오일레이는 자기가 깨끗한 이불을 덮고 이상한 소파에 있는 것을 깨달았다. 여기가 어딘가 싶었다. 잠시 후에 정신이 맑아지자 그는 주섬주섬 옷을 입고 방에서 나왔다. 기분이 아주 개운했다. 아래층으로 가 보니 불불이 이 씨 부인과 한가하게 이야기를 나누고 있었다.

"아하, 잠자는 숲 속의 미남께서 이제야 내려오시는군. 시간도 징하게 늦었어. 얼른 가자고, 지금쯤이면 빌리소니가 잔뜩 열 받아 있을 거야. 벌써 많이 늦었다니까. 감사합니다, 미차우 부인. 며칠 있다가 다시 들르지요."

"천만의 말씀, 만만의 콩떡."

오일레이가 밝은 투로 덧붙이자 불불의 마음도 환해졌다. 오랜 친구가 제 모습을 거의 되찾은 것을 보니 반가웠다.

마침내 그들은 호텔 라운지의 바에 들어섰다. 빌리소니 마테니는 기분이 엉망인 채 술에 잔뜩 취해 있었다.

"똥물에 튀겨 죽일 놈들. 지금 몇 시냐? 죽고 싶지 않으면 왜 늦었나 먹힐 이유를 대 봐."

불불은 로사나 토노카의 얼굴이라도 누그러질 만한 솜

씨로 그 상황을 설명했다.

"그런 거였다면……."

빌리소니는 한숨을 쉬었다.

"아소우의 침을 위해 건배나 하자고. 그런 거라면 상관
없어. 하지만 사람 새끼건 짐승 새끼건 이 빌리소니 마테
니 님이 좀생이 같다고 하는 꼴은 못 보지!"

그들은 한 잔 두 잔, 곱에 곱 잔을 마시고 마침내 자리
에서 일어났다. 빌리소니는 차 속에서 내내 요란하게 노
래를 불러댔다. 시간은 세 시였고, 카일로마와의 약속은
열두 시였다.

빌리소니는 카일로마 존스를 찾으러 그린 코코넛 클럽
으로 들어갔다. 술에 취한 카일로마는 바에 기댄 채 바텐
더에게 장광설을 늘어놓고 있었다. 취했다 하면 늘 하는
이야기를 지껄이면서 웃어댔지만 바텐더는 멍하니 쳐다보
기만 했다. 카일로마는 자기가 혼잣말을 하고 있다는 것
도 깨닫지 못했다.

클럽 안에 다른 사람들은 보이지 않았다. 사람들은 4시
30분이나 되어야 나타나곤 했다. 그는 정오부터 거기 있
었지만, 세 시쯤 되니 처음에 왜 여기 들어왔는지를 이미
까맣게 잊고 있었다. 그래서 빌리소니가 늦게 나타나 이
야기를 막아도 화를 내지 않았다.

그들이 왜 만난 건지 상기시켜주자 그는 떠나기 전에 두

어 잔 마셔야 한다고 우겨댔다.

"나가서 오일레이를 데려오슈."

그가 빌리소니의 옆구리를 쿡 찌르며 말했다.

"그 친구한테 술을 산 다음에 나갈 테니까. 그 친구 권투 경기 하는 데마다 쫓아다니긴 했어도 직접 보는 건 처음이군. 그땐 참 대단했지. 난 조무래기였고. 한 100년은 지났나벼."

그는 껄껄거리면서 빌리소니의 어깨를 탁 때렸다.

"어서 가슈. 그 친구 좀 데려오라니까."

카일로마가 아까 하던 얘기로 돌아가자 불불이 끼어들었다.

"자네도 엉덩이에 그런 문제가 있었잖아. 그 얘기나 좀 해 보지 그래?"

바텐더가 너털웃음을 터트렸다. 질문 내용 때문이 아니라 연설이 또 끊기자 카일로마가 얼굴을 우그러뜨렸기 때문이었다. 그는 그 이야기를 다 끝내 본 적이 한 번도 없었다. 언제나 한창 읊고 있는 중에 방해받곤 했다. 그 누구도 구태여 결말을 들으려 하지 않았다. 심지어 내용에 관심을 보이는 사람도 없었다. 모두들 끝나기만을 바랄 뿐이었다. 이야기가 길기도 길었을 뿐더러 술에 취한 카일로마는 이야기꾼으론 형편없는 낙제생이었다. 정신이 맑을 때는 그 이야기를 꺼낼 생각조차 하지 않았지만, 일단 술에 취하면 다른 이야기 따윈 안중에도 없었다.

"뭐라고 했지?"

"자네 엉덩이의 그 종기 말이야. 어떻게 나았다고 했지?"

"하! 참 끝내줬지. 겪어 보지 않은 사람은 정말 몰라. 이 오일레이 씨는 그걸 잘 알겠지. 나로 말하자면 약이란 약은 안 써 본 게 없수다. 그런데 하나도 안 듣더군. 그러다 세루 드라우니카우한테 가게 된 거야. 우리가 오늘 만나게 될 영감 말이야. 이런 젠장!"

그는 시계를 쳐다보았다.

"이제 가자고. 영감이 나루터에서 팔팔 뛰고 있겠군. 두 시 전에 도착할 거라고 말해 뒀거든. 영감은 주로 환자들을 섬에서 받아."

그는 오일레이에게 고개를 끄덕여 보였다.

"하지만 중요 인사는 예외로 대하더라고."

떠나기 전에 그들은 오일레이의 돈으로 노인에게 줄 맥주 세 상자와 진 한 병을 샀다. 카일로마는 세루는 오로지 진만 밝히고, 또 영감쟁이가 나루터에서 그들을 맞는 이유는 그 섬에서는 술을 가지고 있거나 마시는 일이 금지되어 있기 때문이라고 설명했다. 어찌나 법이 강경한지 섬 주민들은 저녁나절에 술타령하고 싶으면 나루터에 있는 헛간으로 가는 방법 외엔 별수가 없었다. 그래서 동네 남자들이 그곳을 즐겨 찾는다는 것이다. 티포타 항만청은

삼면이 벽인 그곳을 선거 기간 동안 별다른 경제적 이유도 없이 지어 놓은 터였다. 그곳에서 폭력이 자행된다는 건 널리 알려진 얘기였다. 최근에 깨진 맥주병에 찔려 두 남자의 목숨이 날아가자 경찰은 그곳을 주기적으로 급습했고, 경찰 보트가 엔진을 끄고 바다에서 몰래 숨어들기도 했다.

세루 드라우니카우는 이 나라에서 젊은 시절 좋은 교육을 받고 여행도 많이 해 본, 그 연배에서는 찾아보기 힘든 노인이었다. 전도유망한 학생이었던 그를 교사인 한 선교사가 영국으로 돌아갈 때 데려 갔고 그곳에서 고등교육을 받게 했다. 세루는 12년간 런던에서 살았다. 대학 교육을 마친 후 고향으로 돌아와 기독교 학교인 모교에서 교편을 잡기 시작해서 교감 자리까지 올라갔는데, 그만 2차 세계 대전이 터졌다. 런던과의 교분을 이용해 세루는 영국으로 돌아가 입대한 후 북아프리카와 유럽에서 벌어진 전투에 참가했다. 전역 후에 그는 제대 군인으로서는 드문 행동을 했다. 즉 현대 세계를 거부하고 고향인 로보니 섬으로 돌아와 전통적인 것에 빠졌던 것이다. 그러나 그는 군 생활 중 생긴 음주 습관만큼은 버리지 못했다. 또한 단파 방송 라디오로 BBC와 ‘미국의 소리(Voice of America)’ 방송을 주로 들으며 현대 세계의 사건들을 놓치지 않았다. 그 결과 그는 주변에서 진행되는 모든 개발과 거리를 두겠다는 결심을 더욱 다지게 되었다. 나이가 들수록 행동이 점점 기이해진다는 평판도 분분했다.

불불이 나루터에 주차했을 때는 다섯 시가 훨씬 넘어 있었다. 노인이 팔팔 뛰고 있을 줄 알았는데 천만의 말씀이었다. 그는 땅바닥에 주저앉아 헛간에 몸을 기댄 채 새로 딴 진 병을 들고 있었다. 앞에는 빈 병이 하나 놓여 있었고, 그 옆으로 열두 살 난 손자 바라니가 날개를 묶은 닭 두 마리를 안고 앉아 있었다. 이들 외에, 나루터는 휑하니 비어 있었다.

세루 드라우니카우는 허리에서 무릎 사이에 생기는 모든 병의 치료에 관해 로보니에선 으뜸이었고, 티포타의 엉덩이 전문 도토레 중에서는 그를 넘을 자가 없었다. 그러나 고객들이 같은 병을 앓는 사람들에게만 알음알음 알렸던 터라 그리 떠들썩하게 이름이 나지는 않았다. 그도, 고객들도 자기들이 하는 바가 일반 대중에게 소문나는 것을 꺼렸다. 특히 이 나라의 최고 권력층 일부가 관련되어 있을 때는 더욱 그랬다.

"반갑구려."

세루는 오일레이와 악수하며 말했다.

"이 병 보이시나? 내각 장관이 가져온 거지. 저쪽의 빈 병 보이시지? 반대당의 거물이 갖다 준 거야. 똥구멍들이 차마 눈뜨고 볼 수 없을 지경이었지. 저 암탉들은

TTUC(티포타 노동조합) 의장이 가져온 거야. 그치 것도 봤어야 하는데……. 폐기처분된 공장의 용광로 같더라니까.”

그는 포켓판 성경을 꺼냈다.

“대주교의 인사말이 쓰인 거야. 야비하고 쩨쩨한 게으름뱅이 같으니. 굶주리고 있는 사람한테 이런 것 따위를 줄 생각을 하다니! 자, 자네나 갖게.”

그가 불불에게 책을 던지며 말했다.

“못 읽는다면 욕이나 한 바가지 안기게!”

영감이 클클거렸다.

“자, 그럼 앉아, 앉으라고. 고치기 전에 한잔해야지.”

이제 아픈 부위를 어떻게 좀 해 봐야 할 시간 아니냐고 오일레이가 넌지시 말했을 때는 한참 어두워진 뒤였다. 세루는 고개를 끄덕이며 일어나 환자에게 따라오라는 몸짓을 했다. 그들은 헛간 안, 바다로 열린 쪽으로 갔다. 오일레이는 바지를 내리고 앞으로 몸을 숙였다. 영감은 횃불을 밝히고 그의 엉덩이에 희미해진 눈을 바짝 갖다 댔다. 오일레이는 그가 똥구멍에 대고 숨을 몰아쉬는 것을 느꼈다.

“흐익! 처참하군. 증기 요법을 쓸 수밖에 없겠어. 내가…….”

“꼼짝마랏! 움직이지 마, 이 메스꺼운 비역쟁이들아!”

확성기가 신나게 소리쳤다.

갑자기 눈부시게 환한 탐색등이 오일레이와 세루가 서 있는 지점을 비췄다. 순시선이 바다에서 몰래 숨어들어 누군가의 엉덩이를 향하는 횃불을 보고 프레스토(presto, 매우 빠르게)로 활동을 개시한 것이었다.

순간적으로 몸이 굳었던 오일레이가 외쳤다.

"경찰이다! 달아낫! 빨리 차로 갓! 얼른!"

술에 취했는데도 그들은 마치 올림픽 100미터 트랙을 뛰듯이 쌩쌩 달렸다. 세루는 진을 낚아채고, 바라니는 꼬꼬댁거리는 닭들을 끌어안고, 다른 사람들은 아직 남은 맥주를 챙겨서 도망질쳤다.

"느그 할아비가 변태다, 이놈아!"

"네놈 할배 밑구멍이나 비춰 봐라! 이 미친놈아!"

"네 할아비더러 내 똥구멍이나 핥으라고 해라!"

그들은 골목길로 5킬로미터쯤 차를 달린 뒤 숨넘어갈 듯 웃어대며 멈춰 섰다. 바라니만 예외였다. 제 할아버지가 엄연히 눈앞에 있어 감히 아무 말도 하지 못했던 것이다.

오일레이는 몇 달 만에 어찌나 재미를 느꼈는지 엉덩이에 대한 걱정이 싹 날아갔다. 아소우의 침은 효과가 놀라웠다. 하지만 잠시 그럴 뿐, 다시 침을 맞으러 가야 했다. 일단 그는 걱정을 밀쳐내고 신바람에 동참했다.

눈에 보이는 것을 남김없이 마셔 치운 뒤 불불은 사람들을 다시 나루터로 데리고 갔다. 우선 해안에 아무도 없는지부터 확인하고 차를 세웠다. 다들 우르르 내린 후, 세루는 약초를 가지러 바라니를 데리고 맹그로브 숲으로 사라졌다. 카일로마가 아직도 그 옛날이야기를 반도 채 못 했는데, 영감과 애놈이 잎이 아직 붙어 있는 작은 나뭇가지들을 들고 숲에서 나타났다. 빌어먹을! 카일로마는 시무룩해졌다.

세루는 오일레이에게 닷새간 증기 치료를 할 정도로 잎이 넉넉하다고 말했다.

"집에 가면 잎을 떼어서 냉장고 안에 넣고 필요할 때만 꺼내게. 물을 끓여서 통에 붓고 그 위에 알몸으로 앉아야하네. 증기가 새 나가면 안 되니까 담요로 자네 몸과 뜨거운 물을 가리게. 너무 뜨겁다 싶으면 일어나서 몸을 좀 식혔다가 다시 앉게. 미련하게 계속 앉아 있진 말게, 그랬다가는 불알을 델 테니까.

하루 두 번 하게. 사흘째엔 한결 나을 거고, 닷새째엔 아픈 게 싹 가실 거야. 내가 그 귀인들을 치료했다는 걸 잊지 말게. 그저 나만 믿고 맡기면 되네."

오일레이는 영감에게 고맙다는 말을 수도 없이 하고, 바라니에게 차에 있던 진을 건넸다.

"할아버지께 드려라."

그는 소년의 머리를 토닥이며 말했다.

넷은 차에 올라 갈 길을 갔다. 떠나기 직전에 오일레이
는 세루가 이렇게 말하는 것을 어깨 너머로 들었다.

"그건 은닉처에 파묻어 놔라."

그들은 티코이코에 카일로마 존스를, 쿠루티에 있는 집
에 빌리소니를 내려준 뒤 불불의 집에서 밤을 보냈다. 그
리고 다음 날 오후에 일어나 간단하게 식사를 하고 코로다
무로 돌아왔다.

마카리타는 잔뜩 화가 나 있었지만 불불이 화려한 말솜
씨로 설명하자 금방 누그러졌다. 경찰이 급습한 얘기를
들을 때는 깔깔거리며 오일레이를 놀려 먹었다. 그런데
뜻밖에도 남편이 그 놀림을 허허거리며 받아들이는 게 아
닌가? 그렇게 오래 놀려 먹으면 부르르 화를 낼 거라고 예
상했는데. 안 그런 걸 보니 전날 좋은 일이 있었던 게 분명
했다.

그녀가 주전자를 올려놓으러 부엌으로 흥얼거리며 간
사이에 오일레이는 좌욕하기에 알맞은 통을 찾아보았다.
한 되들이(반 갤런, 약 2리터) 빈 밀로표 양철통이 적당해
보였지만, 부자연스런 자세로 다리를 넓게 벌리고 그 위
에 주저앉아 있기 어려울 것 같았다. 좀 더 편안한 방법을
찾아야만 했다. 화장실 옆을 지나는데 좋은 생각이 스쳤
다. 그는 화장실로 들어가 그 통을 변기 안에 넣어 보았
다. 통은 딱 맞았고 높이도 변기의 엉덩이 부분까지 왔다.

한번 앉아 보니 제 몸으로 그 통을 넉넉하게 가릴 수 있어서 증기가 못 빠져나가게 할 담요도 필요 없을 것 같았다.

물이 팔팔 끓자 오일레이는 양철통에 물을 부은 뒤 약초 잎을 두어 줌 뿌리고 그 위에 걸터앉았다. 뜨겁기가 이루 말할 수 없었다. 일어나 잠시 몸을 식힌 뒤 다시 앉았다. 이렇게 여러 번 되풀이했다.

마카리타와 불불이 식탁에 앉아 차를 마시며 이야기를 나누는데 웬 비명 소리가 들렸다.

"아아, 젠장! 리타! 리타!"

"또 시작이네."

마카리타가 투덜거리며 일어났고, 그 뒤를 불불이 따랐다. 오일레이는 엉덩이를 치켜들고 사타구니를 벅벅 긁고 있었다.

"왜 그래?"

마카리타가 웃음을 비죽비죽 흘리며 물었다.

"긁어 봐, 리타. 가려워 미치겠네. 빨리 긁으라고!"

"어딜 긁으란 말이야?"

그녀가 배꼽을 잡고 킬킬거렸다.

"엉덩이 말이야, 이 망할 년아! 빨랑!"

"잘난 당신이 긁……."

그녀는 말을 맺을 수 없었다. 오일레이가 벌떡 일어나 억센 주먹을 날렸기 때문이다. 주먹은 그녀의 관자놀이를

스쳐 갔지만, 그래도 그녀를 순식간에 뻗게 할 정도로 힘
이 엄청났다.

　마카리타가 뒤로 쿵 넘어져 거실 안쪽으로 쓰러지자 오
일레이는 그녀에게 펄쩍 뛰어올라 목으로 손을 뻗었다.
닥칠 일을 예감한 불불은 눈에 보이는 의자를 번쩍 들어
오일레이의 머리를 향해 내리쳤다. 오일레이는 축 늘어진
마카리타의 몸 위로 쓰러졌다.

　불불은 오일레이를 끌어내려 몸을 뒤집어 바로 눕히고
가슴과 눈, 머리를 확인했다. 머리에는 커다란 혹이 돋아
있었다. 그는 방으로 들어가 이불을 끌어내 오일레이의
알몸을 덮어주었다. 그런 다음 마카리타도 돌보았는데,
그녀는 옷을 다 입고 있어서 옷매무새만 잘 매만져주면 되
었다. 권투 시합장에서 겪은 무수한 경험으로 보건대 이
들은 한동안 머리만 좀 아플 뿐 괜찮을 것이다.

　불불은 팔걸이 없는 긴 의자에 앉아 방금 일어난 일을
곰곰이 생각해 보았다. 오일레이가 한 번도 마카리타에게
손찌검을 한 적이 없다는 것을 그는 알고 있었다. 권투를
한 이래 오일레이가 남에게 주먹질을 한 적도 절대 없었
다. 뭔가 견딜 수 없는 일이 생긴 게 분명했다. 그는 오일
레이가 마카리타에게 긁어달라고 닦달했을 때의 얼굴을
떠올려 봤다. 표정이 생생했다. 그 얼굴은 포악한 짐승이
나 다름없었다. 가려워 미치겠다고 했지, 그거야. 그 치료

법을 해 보는 데 뭔가가 가려움증을 유발했던 거야. 그러니까 긁어달라고 외치고, 포악한 짐승 같은 표정으로 야만스럽게 주먹을 날린 거지.

그는 몸을 굽혀 오일레이의 사타구니와 엉덩이를 자세히 살펴보았다. 벌겋게 부푼 자국은 물론 물집까지 돋아나 있었다. 그는 부엌에 가서 주전자에 남은 찌꺼기를 그릇에 쏟아내서 소금을 뿌린 뒤 밖으로 나와 레몬을 따서 그것을 짜 넣었다. 그리곤 잘 섞은 다음 거실로 돌아와 오일레이의 은밀한 부위와 엉덩이에 발라주었다. 나머지를 부엌에 갖다 놓고, 그는 의자에 다시 앉아 기다렸다.

마카리타가 몸을 뒤척였다. 불불은 그녀가 일어날 수 있도록 몸을 부축했다. 그녀는 화를 내며 그를 떨쳐내고는 한동안 가만히 앉아 있었다. 조심조심 일어나 불불을 바라봤다가 오일레이 쪽을 쳐다보며 혐오감에 진저리를 쳤다.

"둘이 같이 살아요. 난 이 집에서 나갈 거야. 다신 돌아오지 않겠어."

그녀는 한 마디 한 마디 꼭꼭 다져 말했다.

한 시간쯤 지나자 오일레이가 눈을 떴다. 불불은 여차하며 튈 생각으로 문에 붙어 서 있었다. 이미 차로 가서 시동까지 걸어 놓고 재빨리 달아날 준비를 마쳤던 것이다. 마카리타의 고발로 조사차 와 있던 부타코 경관 역시, 몸

집 큰 그자가 포악하게 행동할 경우를 대비해 밖에 서서 얼른 퇴각할 준비를 갖추고 있었다.

오일레이는 일어나 앉아 고개를 흔들고는 뭐가 뭔지 전혀 모르겠다는 표정을 지었다.

"무슨 일이 있었나?"

그는 불불에게 물었다.

포악한 표정은 사라져 있었다. 불불은 미리 준비한 신호를 부타코에게 보내 시동을 끄게 했다. 그는 안도의 한숨을 쉬고, 오일레이에게 가서 슬쩍 몸에 손을 대 보고 옆에 앉았다. 불불은 그간 벌어진 일을 이야기하며 그 약이 수상쩍다는 것을 말했다. 오일레이는 아무것도 기억할 수 없었다. 가려움증은 다 사라졌다. 깊숙한 데는 아직 좀 가렵지만.

"내가 로보니에 가서 그 영감을 만나 해결하고 오겠네. 대답을 한참 들어야 해. 리타가 하마터면 죽을 뻔했어. 이게 다 그 영감쟁이 탓이야."

불불이 말했다.

"그래. 리타도 불쌍하고, 나도 가여워. 뭘 어찌 해야 할지 모르겠어. 그 작자를 만나고 곧바로 돌아올 거지? 난 자네가 필요해. 리타도 그런 것 같고. 진짜 내가 리타를 때렸다는 게 믿어지지 않아. 분명히 정신이 어떻게 된 걸 거야. 리타가 절대 안 돌아온다 해도 할 말이 없어."

“그건 두고 봐야 알지.”

불불은 비장하게 말하고는 길을 떠났다.

해가 너울너울 질 때 노인은 2마력짜리 갈매기표 선외 모터로 가는 작은 보트를 타고 부두로 들어왔다. 갈매기표 모터는 가난한 사람들에게 가장 인기 있었다. 기름 넣기도, 유지하기도 쉬웠다. 그것을 달면 누구나 능란한 정비공이 될 수 있었다. 고장 난 갈매기표 모터를 달고 초호 안에서 목적 없이 떠도는 작은 배 몇 척이 늘 보였다. 사람들은 아무리 오래 걸려도 어김없이 그 모터를 되살아나게 했다. 세루는 배를 부두에 잡아매고, 배에서 내려 맹그로브 숲으로 사라졌다. 그는 진 병을 끌어안고 곧 나와 터벅터벅 헛간으로 가 기대앉았다. 두 모금째 마시고 있을 때 불불이 올라왔다. 그가 나뭇가지 하나를 획 던졌다.

“대체 무슨 짓인가?”

세루가 불불의 무례한 짓에 놀라 다그쳤다.

“그게 바로 영감이 간밤에 오일레이에게 준 거요. 한번 자세히 보고 그게 뭔지 말해주시오.”

한동안 그 잎들을 꼼꼼히 들여다보던 세루의 얼굴에 공포가 뚜렷이 어렸다. 짐작한 바가 맞는다고 확신하자 그는 그 가지를 조심스럽게 옆에 놓고는 불불을 올려다보고 말했다.

"아이고 자비로우신 주님. 내가 진짜로 이걸 그 친구한
테 줬단 말인가?"

그는 병나발을 길게 불었다. 손이 떨리고 있었다.

"그 친구는 괜찮은가? 그 동네 사람들은 어때? 다친 사
람은 없는가?"

"내가 나올 때 괜찮았는데, 영감 덕분에 그 친구가 마누
라를 죽일 뻔했소. 이 풀에 대해 알려달라니까."

불불은 노인이 눈에 띄게 걱정하는데도 전혀 상관 안 하
고 말했다.

세루는 또 한 모금을 주욱 마시고는 마개를 도로 끼우
고, 쭉 뻗은 다리 가랑이 사이에 병을 내려놓은 뒤, 그 풀
에 대해 이야기했다.

기독교와 식민정책이 부족 간의 전투를 금하기 전 오랜
옛날, 어떤 추장들은 적과 맞서 싸우기 직전에 그 카우탐
부 잎을 자기 전사들의 몸에 발랐다. 그 잎을 바른 전사들
은 몸이 너무 가려워서, 피에 굶주린 짐승이자 자비라곤
없는 살인마로 바뀌었다. 만약 적들이 보이지 않는데 계
속 가렵게 되면 전사들은 제 부족과 심지어 가장 가까운
친척들을 살육했다. 카우탐부는 극히 조심스럽게 쓰였다.
그러나 다행히도 그 풀은 대단히 희귀했다. 경작되지도
않는 풀이었다. 또 무리 지어 자라지도 않았다. 카우탐부
는 언제나 한 포기씩 따로 발견되었고, 그것도 이미 발견

된 것들과는 뚝 떨어진 데서 자랐다. 발견된 뒤에는 오래 살지도 않았다. 기껏해야 몇 달뿐이었다. 그 풀이 어떻게 자라는지는 도무지 모를 수수께끼였다.

추장들은 주로 주술사들로 이루어진 전문가를 고용해 거의 늘 그 풀만 찾아다니게 했다. 아주 약한 부족이라 해도 그 풀을 사용하게 되면 눈에 보이는 족족 적을 살육했다. 가려움증의 효과는 대략 한 시간쯤 지속되었지만, 엄청난 살상을 일으키기에는 넉넉한 시간이었다.

세루는 자기가 어렸을 때 약초를 찾아다니는 할아버지를 따라나섰다고 증언했다. 할아버지가 카우탐부를 발견하던 때를 그는 생생하게 기억했다. 세루도 보았기 때문에, 할아버지는 그게 무엇인지, 어떤 효과가 나타나는지를 설명해주었다. 할아버지는 그날과 다음 날 하루 종일 마른 나무를 그 풀 주변에 쌓아놓고 그게 절대 보이지 않도록 가렸다. 지나칠 정도로 단단히 단속했다는 것을 확신한 후, 그는 모닥불을 지폈다.

세루는 카우탐부가 엉덩이 증기 요법에 쓰이는 약초인 캄바왕가와 아주 비슷해서 골칫거리라고 말했다. 훈련이 매우 잘된 눈만이 그 차이를 구별할 수 있었다. 세루는 살아 있는 사람 중에서 아마도 카우탐부를 마지막으로 본 사람일 것이었다.

"나는 아마 여생을 카우탐부를 찾아다니며 멸절시키는

일을 하게 될 걸세."

그는 불불을 똑바로 쳐다봤다.

"그건 세상에서 가장 위험한 풀이야. 오일레이와 마카리타에게 그런 일이 생겼다니 참으로 안타까울 뿐이네."

"그러면 미안하다는 뜻을 제대로 보여주시는 게 어떻겠소?"

불불이 제안했다.

"물론이지. 내일이나 늦어도 모레에 내 직접 코로다무로 가겠네."

비참한 심경으로 집에 홀로 있던 오일레이는 밖에서 나는 차 소리를 들었다. 문 두드리는 소리가 나더니 곧이어 불불과 마카리타, 메레가 보였다. 나루터에서 오는 길에 불불은 곧바로 메레의 집에 가서 이야기를 한바탕 하고 노인이 일을 바로잡으러 올 거라는 얘기까지 했던 것이다. 어찌나 말재간을 부려 이야기했던지 메레는 눈물을 흩뿌렸고 마카리타는 흑흑 흐느껴 울었다. 그리고 채 깨닫지도 못한 사이에 그들은 집으로 향하는 차 안에 타고 있었던 것이다.

"당신, 처음으로 해 저문 뒤 들어왔군."

오일레이가 비꼬았다.

"그렇게 맞았는데 당연하지 않아?"

마카리타가 울먹였다.

“목숨이 붙어 있는 게 다행인 줄 알아.”
“당신이나 다행인 줄 알아. 내가 돌아와 줬으니까, 이 긁적긁적 엉덩이야.”
마카리타는 말대답하며 곧장 자기 방으로 향했다.

6

불불이 떠난 뒤, 세루는 오랫동안 꼼짝 않고 앉아서 그간 일어난 일과 앞으로 해야 할 바에 대해 곰곰이 생각했다. 그는 생각하는 동안 술이라곤 한 모금도 들이켜지 않았다. 앞으로 찾아오는 환자를 어떻게 치료할지 걱정이 태산이었다. 그 일에는 식구의 생계가 달려 있었다. 술에 취해서 그가 국가의 영웅에게 재앙을 초래할 뻔했다는 말이 퍼지면 식구들 역시 고통을 겪을 것이다. 소문이란 원래 눈덩이처럼 부풀고 완전히 엉뚱하게 바뀌기 마련이니까.

되도록 빨리 오일레이를 만나 그의 엉덩이를 제대로 돌려놓아야 한다. 평판을 유지하고 싶다면 혼자서 그 일을 해야만 한다. 증기 요법을 계속해 보겠다는 생각은 물 건너갔다. 오일레이는 그 제안을 단칼에 거부할 것이다. 그렇다고 그를 탓할 사람은 하나도 없다. 다른 치료법을 받아들이도록 그를 설득해야 한다. 필요하다면 억지로라도 우겨야 한다.

세루는 일어나 부두가로 가서 술병을 박살내버렸다. 그리고 병 주둥이를 들고 힘껏 저 멀리 물속으로 던졌다. 집으로 가면서 그는 술이란 놈을 다시는 한 방울도 마시지 않겠다고 맹세했다.

그날 밤 자다가 그는 크게 보아서는 인간 질병의 근본 원인이고, 자세히 들어가면 오일레이가 겪는 병의 진정한 성격을 분명히 밝혀주는 꿈을 꾸었다. 무엇보다도 그는 자기가 비전을 가졌으며 모든 의료를 혁명적으로 바꿀 임무를 수행하기 위해 '보이지 않는 분'의 명을 받았다고 확신했다. 오일레이도 그 새로운 시도의 최초 수혜자로 같은 분의 명을 받았던 것이다.

세루는 꿈 때문에 깨어났다. 황홀하고 벅차서 남은 밤을 꼴딱 새웠다. 이제부터 그가 해야 할 일은 자신의 사생활이나 식구의 안녕에 더 이상 신경을 쓰지 않는 것이었다. 앞으로 그는 인간들이 어디 살든 간에 모든 이들의 유익을 위해 일해야만 한다. 이제 그는 새롭게 태어난 자이며 예언자였다.

새벽이 오기 직전에 그는 졸음에 겨워하는 아내의 도움을 받아 뗏목에 쌓아 두었던 최고급 돗자리 중 다섯 장을 골라냈다. 아들에게는 돼지우리에 가서 가장 큼직한 돼지를 잡아오고, 카바를 큰 것으로 한 단 준비하라고 시켰다.

그들은 쿠루티행 일곱 시 버스를 잡아타려고 일찍이 섬을 떠났다. 나루터에서 세루는 바라니를 맹그로브 숲으로 심부름 보냈고, 그동안 아들과 뒤에 있는 덤불로 들어갔다. 그들은 곧 서로 종류가 다른 잎들이 담긴 비닐 쇼핑백 두 개를 가지고 나타났다. 바라니는 은닉처에 잘 두었던 술 일곱 병을 챙겨 이미 돌아와 있었다. 삼대 사이에는 말이 거의 오가지 않았다. 세루는 전과 달라 보였다. 예전에는 느끼지 못했던 어떤 기운이 감돌고 있는 것 같았다. 그는 권위의 오라, 즉 신비를 보고 그것을 풀어낸 사람이 갖는 기운에 은은히 감싸여 있었다.

오일레이는 긴 의자에 편안하게 앉아 마카리타, 메레와 이야기를 하다가 로보니에서 온 손님들을 맞았다. 버스를 타고 온 그들은 오일레이의 집에서 약간 떨어진 곳에 내려 옷을 벗고 타파 천으로 몸을 감았다. 그리고 타히티 밤나무 잎들로 엮은 관을 쓰고 낯선 물가로 밀려오는 내용의 전통 노래를 부르면서 천천히 오일레이의 집으로 향했다. 남자들은 어깨에 짐을 멨고, 여자들은 머리에 돗자리를 이고 있었다.

메레와 마카리타는 모든 가구를 안 쓰는 방으로 옮기고 커다란 그릇과 물 한 동이, 거실 한끝에 두었던 카바 가루 한 팩을 가져왔다. 이제 그들은 오일레이에게서 뒤로 약간 떨어진 곳에 앉아 문 입구를 쳐다보았다. 세루는 식구들과 선물을 들고 들어와 거실 한가운데에 내려놓았다. 그의 아들은 자기들이 가져온 카바를 들어 오일레이의 앞에 내려놓고, 제 식구들이 앉아 있는 방 한 구석으로 물러났다. 오일레이는 카바에 손을 댄 뒤, 모두들 그를 주시할 때까지 기다렸다.

세루가 증정식에 따르는 격식과 겸손과 다른 이들에 대한 칭송을 고루 갖추어 입을 열었다. 그는 부유하고 유명한 사람이라야만 지을 수 있었던 이 아름다운 집에 자기와 가난하고 비천한 가족을 받아들이는 영광을 누리게 해준 오일레이에게 감사했다.

"태평양의 모든 이들이 알다시피 로보니는 바위투성이 불모지입니다."

세루는 말을 이었다.

"빈곤한 그곳 사람들은 옥토에 살고 계신 그대가 양적으로나 질적으로나 아무 어려움 없이 생산할 수 있는 그 어느 것도 키우거나 만들어낼 수 없습니다. 그러나 우리가 생산해내는 것들이 아무리 작다 해도, 우리는 그것을 사랑으로 돌보고 가꿉니다. 그것은 엄니가 거대한 멧돼지들이나 황소를 받는 게 참으로 당연하신 그대, 오일레이 봄보키 님께 제가 감히 선물로 가져온 이 작은 새끼돼지의 행복하고 만족스런 표정에서 볼 수 있습니다. 고개 조아려 부탁드리오니 저희가 가져온 이 비루한 선물을 받아주십시오.

저는 무거운 마음을 안고 그대에게 왔습니다. 제가 그대에게 행한 잘못은 오로지 쇠락 길에 접어든 늙은이의 부주의와 어리석음 탓입니다. 따라서 저는 그대가 저를 용서하시고, 여호와나 다른 신에게, 저를 데리고 가는 나팔 소리에 제가 귀 기울이기 전에, 얼마 남지 않는 나날을 허락하시기를 앙망하나이다.

그대가 저를 용서하시고 비참한 삶이나마 살게 해주신다면 저는 여호와께서 신비롭게 그대의 몸에 내리신 그 고통을 없애는 데 온 힘을 다하겠나이다. 저는 그대에게 기술을 다하여 최선을 다해드리고자 합니다. 최근에 비극적 경험을 하신 후이니, 그대가 제 제안을 후안무치하다고 여기시리라는 것을 저는 누구보다도 잘 알고 있습니다. 또한 그대가 저를 내치시거나 때려누인다 하셔도 백 번 마땅합니다. 그러나 선지자 다니엘이 여호와의 말씀을 받들어 사자의 발톱에서 가시를 제거하러 사자 굴에 들어갔듯이, 저는 거룩하신 구세주의 뜻대로 그대의…… 어…… 신체 부위에서 가시를 제거하기 위해 제 육신과 또한 제 가족의 육신을 감히 바치려 합니다. 고개 조아려 부탁드리오니 이것을 부디 매우 진지하게, 또 지극히 호의적으로 고려해주시기를 바라옵니다.”

오일레이는 속이 부글부글 끓었다. 이러한 선물증정식

을 치르는 상황에서는 예의범절은 물론 그에 마땅한 의례를 갖춰 처신해야만 한다는 관습이 없었더라면 그는 폭발했을 것이다. 하지만 그는 이미 앞에 놓인 카바를 받아들였고 아내에게 손님들을 위해 카바를 준비하라고 일렀다. 양쪽에 카바가 있고, 제 집 거실 한복판에서 전형적인 속죄 의식보다 훨씬 장대한 의식이 치러지고 있는 마당에 폭발할 수는 없었다. 한 올이라도 분노의 기미를 보여서는 안 되었다. 오일레이가 속으로 더욱 분개한 이유는 이 영감탱이가 체면을 몹시 구기지 않고는 빠져나갈 수 없는 구석으로 자기를 몰아넣었기 때문이다. 그는 영감의 제안을 뻔뻔스럽게 거절할 수도, 요청을 거부할 수도 없었다. 특히나 자기를 이롭게 하자는 제안이니 말이다. 거부한다면 그는 불명예의 나락에 빠질 터였다. 그놈의 카바와 선물만 없었더라면 오일레이는 한 치의 망설임 없이 세루와 그 붙이들을 집 밖으로 내쫓아버렸을 것이다. 따라서 그는 대답을 하기 전에 몇 분 동안 조금도 움직이지 않고 가만히 앉아 있었다. 영감탱이의 연설에 하나하나 답변하고 손님들을 자극하지 않고도 마수에서 벗어날 수 있도록 품격을 갖춰 그의 말을 칭송해야 하는 것이다.

마침내 그는 지극히 겸손하고 예의 바르게 말을 꺼냈다. 그는 세루와 그의 가족이 자신의 누옥을 직접 찾아 영광이라며 감사했다. 세상이 창조된 이래 아름다운 섬, 널리 이름나는 게 당연한 그들의 섬의 해변에 불던 맑고 향기로운 바람을 함께 가져온 것에도 감사했다.

"저는 남태평양을 통틀어 가장 위대한 치유의 중심지인 로보니의 저명하신 도토레들에 감히 견줄 수 없는, 가난하고 무지한 농사꾼에 지나지 않습니다. 사랑하는 티포타의 모든 이들의 건강과 행복은 선생의 방대한 의학 지식과 손바닥을 읽듯 환한 재주에 거의 전적으로 의존하고 있습니다.

선생이 제게 베푸신 것은 선생의 섬에 사는 이들 같은 분들에게는 하찮은 것에 지나지 않을 것입니다. 왜냐하면 그대들은 뛰어난 머리와 재주 있는 섬세한 손으로 참으로 크게 버시므로, 그 어떤 금덩어리라 해도 기꺼이 돼지우리 속에 던져 넣으실 테니, 성경에 나왔다시피 그것이 그대들에게는 아무것도 아닌 까닭입니다. 하지만 가난하고 무지한 농사꾼인 저는 선생께서 그토록 너그러이 베풀어주신 큰 보물을 영원토록 귀히 여길 것입니다. 이 거대한 짐승은 선생께는 고작 새끼돼지에 지나지 않겠지요. 로보니의 돼지들은 날 때부터 거대하니 말입니다. 저희는 코끼리보다 거대한 그곳의 돼지들을 보고 늘 경탄해 마지않았습니다. 지금까지 살면서 저는 선생이 제게 영광되이 베풀어주신 것과 같은 것을 받아본 적이 없습니다. 그 거대한 짐승과 돗자리와 카바 말고 다른 것을 말씀드리는 것입니다. 그 어느 누구도, 심지어 가장 부유한 제 친구도 화주 두 병보다 더 많은 것을 제게 준 사람이 없습니다. 너무도 가난하여 저는 남들은 고사하고 저 자신을 위해서 한 병 이상은 살 능력이 없었습니다. 한 사람에게 진 일곱 병을 받는다는 것은 믿을 수 없을 만큼 놀라운 선물이며, 오로지 로보니에 사시는 분만이 주실 수 있는 선물입니다.

세루 드라우니카우 선생이시여. 선생은 여덟 병 넘게 또는 여섯 병이 안 되게 주실 수도 있었습니다만, 로보니의 큰 지식인으로서 선생은 저를 위해 일곱 병을 선택하셨습니다. 숫자 중에서 으뜸으로 신비한 숫자인 일곱에는 대단히 큰 중요성과 이 우주만큼이나 오래된 역사가 스며들어 있습니다. 일곱 날 동안 여호와께서는 태양계와 우주를 창조하셨습니다. 일곱 사도들은 마침내 죽지 않고도 천국에 들어갈 수 있었습니다. 이스라엘의 왕 솔로몬에게는 더도 덜도 아닌 일곱 아내와 일곱에 백을 곱한 것 이상의 많은 여자들이 있었습니다. 그것은 성경에 기록된 바입니다. 일곱은 또한 할리우드에서 만든 가장 뛰어난 영화들, 즉 「황야의 7인」, 「일곱 명의 신부와 형제들」, 「원저가의 일곱 부인들」, 「잠자는 숲 속의 공주 위의 일곱 난쟁이」(「백설 공주와 일곱 난쟁이」, 「잠자는 숲 속의 공주」를 섞어 놓은 것임—옮긴이), 「일곱 가지 대죄」를 상징합니다. 저는 세루 선생에게 받은 진 일곱 병으로 오늘 무한한 영광과

축복을 받았습니다. 티포타 역사상 참으로 가장 특이하고 찬란한 선물이 아닐 수 없습니다.

선생은 제게 당신을 용서하라고 하셨습니다. 제가 감히 누구를 용서할 만한 자입니까? 성경에는 용서란 오로지 주님의 특권이라고 나와 있습니다. 제 마음속에는 선생과 지극히 짧게 나누었긴 하나 참으로 다정하고 감미로운 우정의 기억들만이 남아 있습니다. 이틀 전에 선생은 제가 오랫동안, 참으로 오랫동안 간직할 가장 즐거운 저녁을 선사해주셨습니다. 그리고 선생께서 주신 선물은 제가 어제 겪었던 것보다 열 배는 더 귀한 것입니다. 비록 제가 자발적으로 그것을 또 겪고 싶어하지는 않겠지만 말입니다. 선생께서 이미 주님 안에서 평화를 얻었다면 저는 더 이상 간절히 바랄 것이 없습니다. 사실 저는 지난밤 거의 내내 그리스도 안에서의 제 친구요 형제인 선생을 잘 보살펴달라고 하늘에 계신 아버지께 기도했습니다.

마지막으로 제 병의 차후 치료에 관해 말씀드리고 싶은 것이 있습니다. 이것은 선생과 저와 주님 간에 결정해야 할 문제입니다. 실로 저는 발에 가시가 박힌 어마어마하게 큰 사자에 비유되는 영광을 누렸습니다. 그리고 저는 왜 선하신 주님께서 당신의 예언자인 다니엘을 사자 굴속으로 보내셨는지를 깨달을 수 있었습니다. 수사자들과 암사자들은 주님의 피조물 중에서 가장 놀라운 짐승들이며 제가 학창 시절에 읽었던 바, 위대한 영국 시인인 윌리엄 블라이는 동물에 관한 시 중 가장 위대한 시에서 한밤중에 불처럼 찬란히 빛나는 장엄한 사자를 칭송했습니다. 그렇습니다, 주님은 실로 사자를 구하기 위해 예언자를 보내신 것입니다. 그러나 저는 똑같은 바로 그 주님이 보잘것없는 쥐새끼를 구하러 예언자를 쥐구멍으로 보내셨다는 데 대해 상당한 의구심을 감출 길이 없습니다. 특히 주님 자신이 바로 그 설치류의 어…… 몸에 종기를 나게 하신 바이니까요. 저는, 달리 말해, 그리고 간단히 말해 선생이나 거룩하신 구세주께서 더 이상의 의료적 관심을 기울이실 가치가 없는 자입니다. 제가 마지막으로 원하는 것은 하늘이 내리신 선생의 재주와 재능에 더 이상 부담이 되고 싶지 않다는 것입니다. 춘추 높으신 데도 오늘 놀랄 만큼 진력을 다하시어 곤하실 줄 믿습니다. 따라서 저는 선생께서 이름나고 공기 맑은 고향 섬으로 돌아가시기 전에 다과를 좀 드시고 이제 모든 것을 잊으시고 편안히 쉬셨으면 합니다."

자신의 제안이 보란 듯이 거절당하자 세루는 부드럽게 선언했다.

"이미 말씀드렸다시피 우리 주 여호와께서는 장대한 짐승의 장엄한 발에서 가시를 제거하기 위해 저를 사자 굴로 보내셨습니다. 독실한 기독교인으로서 저는 비록 그 사자가 저를 갈기갈기 찢어 먹으려 한다 해도 전능하신 하느님의 뜻에 순종해야 합니다. 저는 이제 사자 굴속에 들어와 있으니 만약 그것이 주님의 뜻이라면, 혹시라도 제 육신의 찌꺼기가 남는다면 제 가족이 그것을 수습해 고향으로 가져가 존경하는 제 아버님과 사랑하는 제 어머님 옆에 묻어줄 것입니다.”

오일레이는 그 자리에 앉아 믿을 수 없다는 듯이 세루를 응시하면서 자기가 교활한 영감쟁이의 꾀에 넘어갔다는 것을 깨달았다. 이제는 그의 도움에 다시 한 번 자신을 의탁할 수밖에 없었다.

“정히 그러시다면 주님의 뜻이 이루어지게 하소서. 그러나 친애하는 친구여, 저는 선생이 극히 조심스럽고 정확하게 하늘의 명을 수행하시길 정성껏 간구합니다. 그 까닭은, 이번에 혹시라도 일이 덧난다면 저는 하늘에 계신 아버지께서 당신의 비천한 종인 저를 통해 선생께 어떤 일을 내리실지 전혀 짐작할 수 없기 때문입니다. 마카리타, 카바를 드리시게.”

오일레이는 대단히 차분하게 말하고, 링 위에서 맞수를 때려눕히기 위해 벌떡 일어나기 전에 늘 하던 식으로 세루에게 공손히 절했다.

첫 카바를 모두에게 돌리고, 이제 공식적인 행사가 마무리되자 손님들은 평상복으로 갈아입고 편안히 앉았다.

아니, 정확히 표현하자면 카바 단지를 놓고 둘러앉아 집 주인들과 마음 편히 있으려고 했다. 그러나 마음을 턱 놓고 쉬기에는 분위기가 눈에 띄게 팽팽했다. 곧 여자들은 점심 준비를 하러 부엌으로 자리를 옮겼고, 남자들은 두런두런 이야기를 나누었다. 그들의 대화가 속으로 가장 중요하게 생각하는 것, 즉 치료법으로 흘러가는 게 당연했다. 세루가 인체와 그 속에 사는 것들에 대해 놀라운 꿈을 꾸었다고 말머리를 꺼낸 것은 바로 그때였다.

그의 비전에서 세루는 인체가 자체적인 세계, 즉 인간 비슷하게 생긴 툭툭들이 사는 세계라는 것을 깨닫게 되었다. 이들의 부족은 여럿이고, 차지한 영토는 장기와 조직들을 포함한 곳으로, 가장 인구 밀도가 높은 지역은 성적으로 민감한 하부 지역이었다. 팔다리에는 단 한 명도 살지 않았고, 때때로 겁 없는 사냥꾼들만이 그곳을 찾았다.

툭툭이 사는 곳은 위 지역과 아래 지역으로 나뉘어져 있었다. 위툭 부족은 명치 바로 위의 영토를 차지했고, 밑툭 부족은 복부 밑쪽 땅에 살고 있었다. 각 지역의 부족 내에는 상대적 위치, 즉 서로 위쪽이냐 아래쪽이냐에 따라 계급이 나뉘어져 있었다. 으뜸 계급은 두뇌 영토에 사는 자들이며, 가장 비천한 계급은 엉덩이와 생식기에 사는 툭툭들이었다.

계급 제도를 창안한 것은 두뇌 부족이었다. 그들은 주

요한 구멍들에 다가갈 수 있는 이점이 있어 자신들만이 인체 세계 밖의 것들을 보고, 듣고, 냄새 맡을 수 있다고 했다. 또한 복부의 오물과 똥구멍 지역의 더러움과는 한창 멀고 가장 높직이 자리한 땅에 사는 까닭에 자신들이 모든 툭툭 중에서 최고이며 가장 깨끗하다고 주장했다. 또한 자기들은 인체 세계에서 가장 좋은 곳에 살 만큼 분별력이 있으니 가장 똑똑하다고 생각했다. 그들은 가장 나쁘고, 추잡하고, 더럽고, 냄새 나고, 천하고, 전체적으로 가장 잡스러운 툭툭들은 거의가 늪지대인 똥구멍 지역을 차지한 자들이라고 말했다. 가장 타락하고, 호색을 일삼으며, 외설적인 것만 생각하고, 징글징글할 정도로 음란하고, 변태적이고, 전체적으로 가장 음탕하고 파렴치하며 혐오스러운 자들은 생식기 지역에 사는 툭툭들이었다.

툭툭들은 세균을 먹이로 삼는, 말코손바닥사슴(매춘부라는 뜻도 있음—옮긴이)같이 생긴 니농들을 사냥해서 먹고살았다. 사냥 도구는 활과 화살과 창과 부메랑이었다. 니농들은 여러 다른 환경에서 살고, 가지가지 형태의 세균들을 먹이로 삼아서 종류나 크기, 맛, 영양 구성 등이 매우 다양했다. 가장 귀하게 여기는 먹이는 오로지 생식기 지역과 똥구멍 지역에서만 발견되는 '남바완 니농'이었다. 그들은 가장 크고, 맛있고, 영양분이 많았다. 이 거룩한 피조물들은, 가장 아래쪽 지역에서만 살고 그 외 어느 곳

에서도 찾아볼 수 없는 사면발이들이 옮기는 특별한 형태
의 세균을 먹고 살았다. 따라서 똥구멍과 생식기 툭툭들
이 인체 세계 중에서도 자기들 지역을 '행복한 사냥터'라고
부르는 것이 잘못된 일은 아니었다.

남바완 니농의 젖에서 성모마리아치즈(독일에서는 여성의
성기를 치즈에 빗댄 야한 농담이 있음—옮긴이)라고 알려진 독
특한 치즈가 만들어졌는데, 그것에서는 '소돔의 붉은 향'
이라는 향과 '금지된 과일' 스무 종이 어우러진 향이 풍겼
다. 이 치즈는 똥구멍지역 늪 속에 10년 동안 묻어놓아야
만 숙성되기 때문에 똥구멍지역에 사는 툭툭들만이 독점
적으로 생산할 수 있었다. 툭툭들은 성모마리아치즈를 단
한 입 먹겠다고 온 식구를 깡그리 팔아치우는 것으로 유명
했다.

툭툭들은 니농들과 니농에서 나온 유제품만을 먹고 살
기 때문에, 식단을 다양화하고 영양적 기반을 넓히기 위
해서는 서로 거래를 하지 않을 수 없었다. 니농 거래는 두
뇌지역 부족만이 장악했다. 그것은 자신들의 조직력과 상
업적 정직성이 남보다 훨씬 낫다고 다른 부족을 수긍시킨
결과였다. 척추가 두뇌지역으로 거래가 오가는 큰길 역할
을 맡았고, 신경들은 인체 세계 각처로 가지 쳐 뻗어나가
는 곁길을 담당했다. 니농 상인들과 길게 이어지는 마차
들은 늘 곳곳을 오가며 니농 제품을 사고팔았다. 인체 세

계에 성모마리아치즈와 남바완 니농들을 유통하기 위한 상인들 간의 경쟁은 엄청 치열했다.

두뇌지역의 위툭들과 똥구멍과 생식기 지역의 밑툭들은 서로를 혐오했다. 그 적의는 대부분 자기들이 최고로 원하는 것을 가장 아래쪽 지역에서 구할 수밖에 없는 위툭들의 분개에서 생긴 것이었다. 최고급 먹이를 얻기 위해 이들은 자기들이 보기에 극히 비위생적이고, 불결하고, 혐오스러운 그놈의 땅으로 가야만 하고, 지성 면에서나 신체적, 도덕적, 청결 면에서나 수준이 한참 낮은 부족을 상대해야만 했다. 두뇌지역 위툭들은 가장 아래쪽 지역을 잘 알고 있으므로 환경의 두드러진 특징과 관련된 별명들을 집대성해서 밑툭들에게 마음껏 퍼부어댔다. 위툭들은 밑툭들을 똥구멍, 아첨쟁이, 비역쟁이, 방탕한 놈들, 부랄, 자지, 가죽피리, 좆 같은 것, 좆만도 못한 것, 확 뽑아버릴 놈들, 탐욕쟁이, 똥싸개, 똥 덩어리, 주물럭등심 등등 어디로 보나 대단히 모욕적인 표현들로 불렀다. 그들은 밑툭들의 정신적, 도덕적 역량을 약한 오줌발 및 똥바가지라고 묘사했고, 그들의 업적을 좆대가리라고 놀려댔다. 밑툭족의 문신가들, 동굴 벽화가들, 뼈 조각가들, 코피리 연주가들, 영창가들 및 기우춤꾼들은 좆도 아니면서 예술가인 척하는 비역쟁이들이라는 것이다. 비난에 관한 한 밑툭들은 대단히 불리한 입장이었다. 그들은 위툭들이 자기네를 욕하려고 짜낸 그 말들을 사용할 수 없었다. 그래 봤자 자기들이 극히 좋아하고 자랑스러워하는 환경을 한껏 낮추는 말에 지나지 않았다. 그리고 어느 누구도 두뇌지역에 가 본 적이 없어서 밑툭들은 높직하니 자리 잡은 그 지역의 생활에 대해 아는 게 전혀 없었다. 위툭들에 대해 할 수 있는 말이라곤 돌대가리, 멍청이, 바보, 얼간이, 새대가리, 쪼다, 머저리, 더펄이, 병신, 머저리, 골빈 놈, 얼띤 놈 등등 별로 모욕적이지 않는 비슷비슷한 표현에 지나지 않았다.

모든 지역에 니농들이 풍부하고, 각 부족들이 제 몫의 사냥터를 벗어나지 않고, 아무도 니농 거래를 독점하거나 어떤 식으로든 방해하지 않고, 툭툭들이 욕지거리나 오가는 정도에서 갈등하고 있는 한 인체 세계는 평화와 안정, 번영을 누렸다.

"툭툭들이 인체 안에서 서로서로 평화롭게 살 때만이 인류는 건강합니다."

세루가 말했다.

"그러나 완벽한 인체 세계라는 것은 없기 때문에 툭툭들은 늘 서로 부딪히고 있지요. 때로는 그 갈등이 한 지역 내에서만 일어나기도 하고, 때로는 두세 군데 이상의 지역이 관련되어 있고, 가끔은 온 인체 세계가 전쟁판이 되기도 합니다. 사람의 몸과 마음에 생기는 모든 병과 질환은 툭툭 부족 안팎의 어지러운 관계에서 비롯되는 것입니다.

오일레이여. 그대의 엉덩이는 괴롭고, 머리는 어지러우니 그 까닭은 똥구멍지역 툭툭과 두뇌지역 툭툭간, 또한 두뇌지역 툭툭 내부에서 줄곧 벌어지는 기나긴 갈등 때문입니다.”

세루의 말에 따르면 오일레이가 그 병에 걸리기 수년 전에 가장 세력이 약한 두뇌지역 부족의 추장인 봉고툭이 이끄는 니농 거래단이 맏딸의 성년식 축하연에 쓰려고 되도록 많은 남바완 니농들과 성모마리아치즈를 구하기 위해 똥구멍지역으로 길을 나섰다. 원정 도중 봉고툭은 자연의 부르심을 해결하느라 그 지역 안쪽 깊숙이 있는 유일한 언덕으로 길을 틀었다. 덤불 속으로 조금 들어갔더니 동굴이 나왔고, 자그마한 입구를 들어가 보니 안에는 자연적으로 생긴 커다란 방이 있었다. 그곳에는 툭툭의 해골들이 산처럼 쌓여 있었다. 봉고툭은 자기가 똥구멍 툭툭들의 신성한 묘지 안에 우연히 들어왔다는 것을 바로 깨달았다. 그곳은 그들의 신성한 땅 중에서 으뜸이 되는 신성한 곳으로, 그때까지는 외부의 툭툭들은 단 한 명도 본 적이 없는 장소였다. 밑툭들에 대한 경멸감이 뿌리박힌 위툭인 봉고툭은 털끝만 한 양심의 가책도 없이 그 동굴 안에 오줌발을 날렸다. 그리고는 쭈그리고 앉아서 반짝이는 둥근 물체를 집어 통통 튕겨 보기 시작했다. 그 비슷한 것들이 동굴 안에 높이 쌓여 있는 것을 보고 그는 중얼거렸다.

"어린 자식놈들한테 몇 개 가져다 줘야겠군."

그는 어깨에 멨던 보따리에 많은 공들을 쑤셔 담고 그곳을 떠났다.

거래단이 고향으로 돌아온 뒤 봉고툭은 자식들 앞에서 공 하나를 튀겨 보았다. 통통거리다 화로로 톡 들어간 공이 큰 소리를 내며 폭발하는 서슬에 단지 가득 든 니농들이 산산조각 났다. 봉고툭은 깜짝 놀랐다. 공을 하나 더 던져 보니 그것도 굉음을 내며 폭발했다. 이번에는 니농 한 단을 화로 옆에 두고, 공 하나를 또 던져 보니 폭발 소리와 함께 니농들은 곧바로 죽고 말았다. 그는 곰곰이 생각에 잠겼다. 잠시 후 그는 두뇌지역 툭툭답게 가늘고 긴 인화성 높은 재료를 찾아내 다른 공에 묶은 뒤, 불을 붙여 그놈을 공중에 던져 보았다. 공은 폭발하며 근처에 날아다니던 커다란 세균을 산산이 날려 보냈다.

잔인하고 사악한 지도자인 봉고툭은 머리를 굴렸다. 그는 그 공을 오랫동안 품어왔던 야심을 달성할 수단으로 이용하기로 마음먹었다. 그 공으로 모든 두뇌 부족을 아우르는 대족장이 되어 니농과 성모마리아치즈 거래를 모두 장악하겠다는 계획을 세웠다. 그는 아들 셋과 믿을 만한 부하들을 은밀히 그 동굴로 보내 공들을 많이 가져오게 했다. 그것으로 그는 아직까지 독립적인 모든 두뇌 부족에 대한 지배권을 확립하고 최초로 그들을 단일한 지배 아래 복속시켰다. 그는 또한 강력한 군대를 보내 그 동굴을 점령하고 그 누구도 근접하지 못하게 했다.

똥구멍 툭툭들은 자기들의 신성한 땅이 모독당하자 반발하며 격렬하게 저항했다. 저항이 묵살되자 그들은 연이은 공격을 감행했다. 그러나 폭탄으로 수많은 자들이 죽어갔고 결국 어이없이 패하고 말았다. 살아남은 자들은 끝까지 추적한 위툭들에게 무자비하게 학살되었고, 가족 역시 모조리 살육당했다. 곧 봉고툭은 똥구멍 툭툭들과 생식기 툭툭들을 복속시키고 그들에게 남바완 니농을 키우고 더 많은 성모마리아치즈를 만들라고 강요했다. 또한 그들의 모든 생산품에 70퍼센트라는 무거운 세금을 물렸다. 봉고툭은 밑툭 지역에 사는 다른 모든 부족을 정복하고, 나머지 인체 세계를 점령할 작정을 했다. 후방에서 봉고툭의 부족은 새로운 최고의 권력을 누리는 지배계층이 되어 다른 모든 부족을 니농 거래에서 짐꾼의 지위로 격하시켰다. 봉고툭은 제 땅 안팎을 막론하고 혐오의 대상이 되었다.

"그대가 똥구멍에 고통을 느끼기 시작하기 바로 직전인 약 1년 전에……."

세루가 오일레이에게 말을 늘어놓았다.

"똥구멍 툭툭들은 견딜 수 없는 억압과 가장 신성한 땅에 대한 저들의 끝없는 신성모독 때문에 압제자에 대항해 공개적으로 반기를 들었습니다. 처음부터 그들은 게릴라 전법으로 나왔지요. 그 까닭은 보잘것없는 무기가 봉고툭 군대의 무기에 한참 못 미쳤기 때문입니다. 그들은 주로 매복해서 봉고툭 부대들을 공격하고, 가장 깊숙하고 우거 진 늪지대로 재빨리 퇴각했으니 그곳은 불결하고 악취가 심하다는 이유로 적의 군사들이 가려 하지 않는 곳입니다. 화살을 쏘아 폭탄 미사일에 불을 붙이며 위툭들은 이 늪지 대에 공격을 퍼붓고 있고, 따라서 그대의 똥구멍이 불쾌 한 고통을 겪고 있는 것입니다.

게다가 최근에는 두뇌 부족 중에서도 억압받는 툭툭들 이 밑툭들의 반란으로 야기된 양동작전을 이용하여 자유 를 쟁취하고자 봉기에 나섰습니다. 그들은 지배 계급을 전복시킬 마음을 먹고 있지요. 봉고툭 군대는 반역자들에 게 융단공격을 퍼붓고 있는데, 이로 인하여 그대의 고통 을 배가시키는 끔찍스런 편두통이 생겨난 것입니다.

요점은, 그대의 인체 세계에서는 두 곳에서 전면적인 반란이 진행되고 있다는 것입니다. 머리에서는 내전이 벌 어졌고, 외국의 지배에 반기를 든 밑툭들의 게릴라전 또 한 벌어지고 있습니다. 이러한 갈등이 해결되지 않고 계 속되는 한 그대의 고통 또한 지속될 것입니다. 만약 밑툭 지역에 사는 다른 부족도 봉고툭에게 반기를 든다면 그대의 고통은 더욱 격심해질 것입니다.”

“그 말씀은 제가 들어본 것 중에서 가장 환상적인 이야기군요, 세루 선생.”

오일레이가 경탄했다.

“그 반란들은 선생께서 날마다 BBC 뉴스에서 들은 것과 정확히 일치하는 것 같습니다그려.”

“그대가 무엇에든 비교하시거나 마음대로 유사점을 찾아보실 자유가 있습니다만, 저는 그대의 병증 호소에만 관심을 두고 있습니다. 아시다시피 우리는 똥구멍 툭툭들이 침략자들을 쫓아내도록 도와야 하며, 또한 두뇌지역의 다른 툭툭 부족들이 바로 그 압제자들을 뒤엎도록 일조해야 합니다.

간단히 말씀드려 저는 우리가 서로 관련된 두 혁명을 일으킨 자유 투쟁 전사들을 돕고, 압제받는 모든 툭툭들을 해방시켜야 한다고 말씀드리고 싶습니다. 일단 우리가 봉고툭 떼거리를 그대의 똥구멍과 머리에서 제거하게 되면 다른 지역에 있는 그의 추종자들과 아첨배들은 쉽게 소탕될 것입니다. 이것이 이루어져야만 그대의 고통이 사라질 것입니다.”

집 안의 모든 이들은 세루가 받은 계시에 깊이 감동되었다. 이런 말은 생전 처음 들어보는 것이었다. 그들은 오랫동안 꼼짝 않고 늙은 도토레를 경외에 찬 눈빛으로 바라보았다. 저마다에게 그는 '거룩하신 치유자'의 아버지인 바로 그 모습으로 보였다. 마침내 그 침묵을 깬 것은 오일레이였다.

"죄송합니다만, 세루 선생. 왜 나머지 툭툭들은 다른 동굴에 가서 나름대로 폭탄을 찾아보지 않은 것입니까?"

"그대의 몸 세상에 있는 모든 폭탄들은 오로지 똥구멍 동굴 한 군데에서만 발견됩니다."

세루가 설명했다.

"똥구멍 툭툭들은 죽어가는 친족을 동굴에 데려가 조상들의 유해 한가운데서 죽도록 놓아둡니다. 생명줄을 놓기 전에 그들은 몸 안에 있는 모든 메탄가스를 방출시킵니다. 동굴 내부는 다른 곳에서는 발견되지 않는 특정한 가스로 꽉 차 있습니다. 방귀가 나올 때마다 동굴 내부의 독특한 환경에 노출되고, 그것은 동그랗게 말리면서 굳어져 반짝이고 통통 튀는 공으로 바뀌는데, 이 공은 뜨거운 것에 닿으면 폭발하지요. 이 설명에 만족스러우셨기를 바랍니다. 자, 그럼 이제 그대의 문제로 돌아가도록 하십시다.

그대는 엉덩이와 머리에 일련의 흡연 치료를 받게 될 것입니다. 이것은 처음 시도되는 새로운 치료법으로, 간밤에 오로지 제게만 계시된 것입니다. 그대가 혁명적인 무기로 사용하실 약초가 두 종류 있습니다. 하나는 그대의 똥구멍에 있는 침략자 위툭들을 가스로 공격하기 위한 것입니다. 다른 하나는 그대의 머리에 있는 봉고툭 지배 계급을 전복시키기 위한 것입니다.”

세루는 잠시 말을 멈추고 오일레이에게 자루를 하나 주었다.

“이 안에 있는 약초 잎을 천천히 연기가 피어오르는 불 위에 넣고, 그 위에 맨 엉덩이를 대셔야 합니다. 어떻게 하는지는 나중에 직접 보여드리겠습니다. 모두 세 차례 하게 될 텐데, 그래야 밑에 있는 모든 위툭 침략자들을 제거하는 데 부족함이 없을 겁니다.”

세루는 오일레이에게 또 다시 자루 하나를 주었다.

“그 자루에 있는 약초 잎을 마른 바나나 껍질에 말아 담배를 만드세요. 엉덩이로 연기를 쐬는 동안 그 담배에 불을 붙여 연기를 마시도록 하세요. 그러면 그대의 머릿속에서 쾌적하게 살고 있는 봉고툭과 그 일당은 멸망하게 될 것입니다.

저는 첫 치료를 그대와 함께 받겠습니다. 물론 제 엉덩이는 제가 아는 몇몇 이들과 달리 아무 병도 없지만서두요. 그대가 준비되시는 대로 함께 시작하십시다. 나무 상자를 튼튼한 놈으로 두 개, 마른 코코넛 껍질과 바나나 잎 약간, 그리고 우리가 남의 눈에 전혀 뜨이지 않을 장소만 갖춰지면 됩니다.

시작하기 전에, 새로운 이 치료법은 모든 인류를 이롭

게 할 잠재력이 있다는 것을 말씀드리고 싶습니다. 아이작 뉴턴의 연구가 물리학을 완전히 뒤엎었듯이 저는 이것이 의학계에 혁명을 가져올 거라고 확신합니다. 툭툭들을 발견한 것은 루이 파스퇴르가 세균을 발견한 것보다 한층 뛰어난 성과일 것입니다.”

오일레이는 세루를 뒷마당에 있는, 낡고 상당히 황폐하지만 건조한 헛간으로 안내했다. 그곳의 콘크리트 바닥은 카바와 다른 농작물들을 묶고 보관하는 장소로 쓰였다. 입구엔 도구 상자가 놓인 목공 작업대가 있었다. 물건이라곤 낡은 보따리 몇 개와 여기저기 바닥에 흩어진 나무 상자들, 그리고 구석 벽에 기대놓은 오일레이의 농기구가 전부였다. 그는 바닥을 정돈하고 가장 크고 튼튼한 상자 두 개를 골라냈다. 각 상자 바닥에 사람 궁둥이가 들어가기 불편하지 않을 만한 네모난 구멍을 뚫었다. 그는 그 상자들을 바닥에 놓고 번갈아 앉아 보았다. 상자들은 탄탄했다. 그는 밖으로 나갔다가 마른 코코넛 껍질과 바나나 잎을 가지고 돌아왔다. 이제 필요한 것은 다 갖춰졌다.

세루는 오일레이에게 정확히 무엇을 해야 하는지 지시를 내리고, 자신은 급히 자연의 부름에 따라야 한다며 양해를 구했다. 나중에 돌아와 보니 모든 것이 다 준비되어 있었다. 바닥 한가운데는 2미터쯤 사이를 둔 작은 모닥불 두 개가 천천히 타오르고 있었다. 오일레이는 녹색 잎들을 던져 넣었다. 헛간을 뿌옇게 덮을 정도는 아니었지만, 연기는 끊임없이 뭉게뭉게 피어올랐다. 오일레이는 15센티미터가량의 담배를 두 개 말아 놓고는, 하나를 세루에게 건넸다. 세루는 눈을 감고 잠깐 기도를 하더니 오일레이에게 시작하라는 신호를 보냈다. 그들은 알몸이 되어 불 위에 놓인 상자를 하나씩 차지하고 앉아 서로를 바라보았다. 그런 뒤에 담뱃불을 붙이고 코를 바짝 들이대되 불편하지 않을 정도로 연기를 마셨다.

약 10분쯤 후에, 세루는 아직도 담뱃불이 살아 있지만 더 이상 코로 들이마실 수 없다는 것을 깨달았다. 다시 한 번 맡아 보았지만, 뭔가 이상하고 대단히 수상했다. 전에는 한 번도 겪어 보지 못한 느낌이었다. 그는 숨을 이미 멈췄다. 공기는 그의 코나 입을 통해서 들락거리지 않았다. 그는 다시 한 번 시도했지만 아무 일도 일어나지 않았다. 그는 공포에 질리지 않았다. 숨이 찬 것은 아니었기 때문이다. 그의 폐와 심장은 평소처럼 잘 돌아가는 것 같았고, 맥박도 정상이었다. 그제야 그는 무슨 일이 일어났는지 깨달으며 공포에 휩싸였다. 그는 재빠르게 오일레이를 바라보았다. 오일레이 역시 놀라서 거의 굳은 표정으로 그를 쳐다보고 있었다.

"선생도 저와 똑같은 것을 겪고 계십니까?"

세루가 기묘한 목소리로 물었다.

"그럼 선생도 똥구멍으로 호흡하고 계시다는 겁니까?"

오일레이가 쉰 목소리로 맞받았다.

세루가 미처 대답하기 전에 오일레이는 방귀를 뀌었다. 바로 코를 통해서. 그리고 세루도 제 방귀에 놀라며 마주 뀌었다. 마찬가지로 코를 통해서.

"이런 염병할!"

"미치겠네!"

세루가 두서없이 담배를 도로 펴는데, 마치 죽어가는 마피아 대부가 마지막 유언을 말하듯이 오일레이가 끄륵거리는 소리가 들렸다.

"이건 기적이야!"

오일레이가 바보같이 킬킬대기 시작했다. 그러나 소리는 제대로 나오지 않았다.

"기적은 무슨 얼어 죽을 놈의 기적!"

세루가 화가 나서 끄륵거렸지만 상대방에게는 거의 들리지 않았다.

"엉뚱한 잎으로 담배를 말았잖아, 이 돌대가리야!"

그는 오일레이가 불을 피우느라 꺼냈던 약초 잎들이 든 비닐 가방을 바닥에서 집어 들었다. 그것 또한 다른 잎들이었다.

세루는 일어나서 가방을 바꾸고 다시 불을 두 개 피우고 제대로 된 잎들을 던져 넣었다. 그는 손을 부들부들 떨며 새로이 담배를 두 개 말아 불을 붙이고 나서 그중 하나에 놓인 자기 몫의 상자에 앉아 불붙인 담배를 코에 바짝 들이댔다.

그는 곧 엉덩이를 통해 연기가 들어와 요란하게 폭발하는 것을 느꼈다. 즉시 그의 엉덩이가 호흡을 멈췄다. 공기가 콧구멍을 통해 들어오기 시작했다. 그는 안도감을 느끼며 오래 오래 숨을 들이마시다가 오일레이를 바라보았다. 그쪽은 여전히 소리도 제대로 못 내며 클클거리고 있었다. 아무리 봐도 쇼크 상태였다. 맙소사, 미쳤구나. 세루는 중얼거리고 일어나 오일레이와 나무 상자를 새로 지핀 불 위로 옮겼다.

세루는 담배를 또 하나 붙여 오일레이의 코 밑에 들이밀었다. 잠시 후, 오일레이의 정신이 돌아와 제대로 숨을 쉬기 시작하자 세루는 자기 상자로 돌아가 앉았다.

일을 바로잡고 나니 비로소 몸과 머릿속에 효과가 나타나기 시작했다. 그들은 좀비처럼 앉아 엄청나게 예민한 각자의 관능적인 세계에 완전히 넋을 빼앗겼다. 오일레이는 눈을 감았다. 연기가 밑을 한 바퀴 돌며 구석구석을 떠다니다가 첩첩 구릉처럼 동그랗게 말려 형용할 수 없는 다른 것들로 변하자, 그가 오로지 느끼고 본 것이라곤 마카리타의 달콤한 손이 이 골짜기 저 골짜기를 오오, 너무도 가볍게 움직이다가 그들의 혼례식날 밤의 버드나무 위를 오르는 것뿐이었다. 그가 맡은 연기는 콧구멍을 부드럽게 어루만지다가 그 속 깊숙한 방들을 나른하게 흘러 다녔다. 그러다가 양 뇌로 매끄럽게 올라갔다. 오래전 밀월의 그 밤, 오일레이가 마카리타의 허벅지와 귀와 머리 옆을 부드럽게 어루만지던 때의 흥분이 되살아나는 것 같았다. 오일레이와 세루는 많은 것들을 느끼고, 맛보고, 보고, 냄새 맡았다. 하지만 서로 다른 것들이었다. 그들은 각자, 이제까지 경험했던 것들 중 으뜸가는 것을 좀 더 강렬하게 느꼈다. 이렇게 내내 넋을 빼앗기며 오일레이는 제 몸속에서 혁명적인 전투가 벌어지는 것은 안중에도 없었다.

그들이 정신을 차리고 보니 모닥불과 담배는 완전히 식어 있었다. 바깥세상은 암흑천지였다. 귀뚤귀뚤 귀뚜라미 울음소리밖에 들리지 않았다. 등불 하나만 헛간을 밝히고 있었다. 누군가가 그곳에 슬그머니 들어왔다 나간 게 틀림없었다. 오일레이가 시계를 보니 네 시였다. 그들은 열여섯 시간 넘게 나와 있었던 것이다. 그들은 서로를 바라보고 엉거주춤 웃으며 옷을 주워 입었다.

"제 인생에서 가장 아름다운 경험이었습니다. 만약 모든 혁명이 이와 같다면 저는 언제 어디서라도 잔혹한 툭툭들과 싸울 것입니다."

흐뭇해진 오일레이가 말했다.

"그대는 앞으로 다섯 번만 이렇게 할 수 있습니다. 그러면 끝납니다. 우리는 욕망을 억제하면서 세상 사람들에게 진정 필요한 것이 무엇인가 깨달아야 합니다. 그리고 그 일을 해야 합니다.”

세루는 오일레이의 어깨에 손을 얹었다.

“아까 벌어졌던 사고에 대해서는 아무에게도 말하지 마세요, 아시겠습니까?”

“제 엉덩이를 걸고 맹세하지요.”

오일레이가 대답했다.

그들은 헛간에서 나와 집으로 향했다. 오일레이는 방으로 들어가 금방 잠에 취했다. 세루가 다른 방으로 들어가 보니 온 식구들이 바닥에서 함께 자고 있었다. 노인은 거실로 도로 나와 앉았다. 아무리 생각해도 경이롭기 그지없는 발견이었다. 얼마 후 새들이 지저귀기 시작했다. 새날이 밝았다고 알려주는 것 같았다. 암, 인류 역사의 새로운 새벽이지. 세루는 중얼거리며 일어나 기지개를 켜고 화장실로 들어갔다.

화장실에서 손을 씻던 세루는 거울을 보고 그대로 얼어붙었다. 거무튀튀한 얼굴 위로 코가 분홍색으로 반짝거렸기 때문이다. 그는 다시 자세히 들여다보았지만 틀림없었다. 분홍색이었다. 그는 거울을 떼서 바닥에 놓고 좀 더 잘 보이게 불을 켜고는 쭈그려 앉았다. 엉덩이는 몽땅 희미한 회색이었다. 틀림없었다. 맙소사. 그는 중얼거렸다.

코와 아마도 뇌는 엉덩이 색깔로 바뀌고, 엉덩이는 뇌 색깔로 바뀐 모양이다. 그놈의 사고 때문이야. 멍청한 오일레이 같으니!

집 주인을 향해 고함을 지르려던 순간, 그는 오일레이가 의식을 행할 때 마지막으로 했던 말이 생각났다.

"만약 이번에도 무슨 일이 생긴다면……."

세루는 이번 일이 오일레이 탓이라는 것을 알고 있었지만, 궁극적인 책임은 자기 몫이라는 것 또한 깨달았다. 그것은 자기가 권한 치료약이었다. 주저하는 오일레이를 덫으로 끌어들이려고 무자비하게 의식을 이용했던 것도 자신이었다. 오일레이 또한 그것을 알고 있었다. 따라서 은근하지만 제대로 협박을 한 것이다. 자신과 왕년의 권투 챔피언 간에는 되도록 거리를 멀리 두어야만 한다. 그는 얼굴을 손수건으로 묶고, 눈만 내놓았다. 그러고는 손님방으로 가 아내의 바구니에서 짙은 색 선글라스를 꺼내 썼다. 그는 살금살금 다가가 제 식구들을 남김없이 깨우고 조용히 하라는 신호를 보냈다. 다들 준비가 되자 그들은 몰래 그 집을 빠져나와 줄행랑쳤다. 그 동네에서 10여 킬로미터 떨어진 곳까지 가자 쿠루티행 첫 버스가 지나갔다.

수도에서 세루는 식구들을 로보니로 보내며 자기는 나중에 뒤따라가겠다고 일렀다. 그는 주벌리 공원에 가서 남들 눈을 피해 낮은 덤불 밑에서 한숨 눈 붙였다. 사방이 어두워지자 그는 서둘러 바닷가로 갔다. 50마력짜리 야마하 엔진을 단 고깃배 한 척이 눈에 띄었다. 낚시꾼이나 배몰이꾼이 항해를 위해 충분히 연료를 채워놓은 것이었다. 일주일 이상 견딜 수 있을 만큼 음식과 물도 있었다. 아마 주인이 식량을 더 많이 가져오려고 떠난 게 아닐까? 안됐군. 그는 그 배를 접수했다.

서른 시간 후에 그는 어느 섬을 보고 바로 그곳의 해변으로 향했다가 놀랍게도 로사나 토노카, 마라마 카바스, 도모니 티마일로말란지 및 티포타에서 온 수많은 다른 도토레들과 전에는 한 번도 보지 못한 사람들을 수백 명이나 발견했다. 그들은 모두 완전히 알몸으로 요가를 연습하는 것은 물론, 다른 것도 하고 있어 그를 기절초풍하게 만들었다.

마라마는 몸무게가 최소한 30킬로그램은 빠진 것 같았다. 그녀는 날씬했고, 외모도 나이에 걸맞아 보였다. 따스한 환영을 받은 세루는 그곳에 머무르기로 마음먹었다.

그는 난가랄레부에 도착한 것이다.

오일레이는 정오가 지나 일어났다. 그는 침대에 누워 자기가 받은 놀라운 치료의 여운을 만끽했다. 그러다 갑자기 감각이 민감해지면서 마카리타를 간절히 원하게 됐다. 그는 그녀의 허벅지가 자기 귀를 마주 비비고 그녀의 손이 그의 샅을 주물럭거리는 것을 느낄 수 있었다. 그는 몸을 일으켜 그녀를 불렀다. 그러다가 침대 발치에서 약간 떨어져 있는 서랍장 거울에 비친 제 모습을 보았다. 믿을 수 없었다. 고개를 설레설레 젓고 눈을 깜박여 봤지만 분명 거기 그것이 있었다. 연갈색 얼굴 위로 두드러진 반짝이는 분홍색 코. 그는 엉금엉금 기어 침대 발치로 가서 찬찬히 뜯어보았다. 확실했다. 잘못 본 것이기를 바라면서 비틀어 보고 잡아당겨도 보았지만, 분홍색 코는 떨어지지 않았다. 문득 사고가 일어나면서 엉뚱한 구멍을 통해 숨 쉬던 것이 떠올랐다. 벌떡 일어나 재빨리 잠옷을 벗고 거울에 맨 엉덩이를 비춰 보았다. 온 엉덩이가 희미한 회색으로 빛나고 있었다.

오일레이는 충격 때문에 어쩔 줄을 몰랐다. 분노가 솟구쳤다. 세루가 그에게 두 번이나 이런 짓을 한 것이다. 그는 침대에서 뛰쳐나와 고함을 질렀다.

"콱 죽여버릴 테다, 우라질 툭툭 같으니!"

그는 손님방으로 뛰어 들어갔다.

"그 죽일 놈, 어디로 갔어? 리타! 리타!"

마카리타는 자기 방에서 블라우스를 깁다 말고 현관 쪽으로 쏜살같이 뛰어나왔다. 공포심에 질린 그녀의 표정을 보고 오일레이는 너무 놀란 나머지 자기도 모르게 분노의 불길을 가라앉혔다. 그가 그녀를 부드럽게 가슴에 안았다. 그녀는 울음을 터뜨리다가 자지러지게 웃다가 흐느껴 댔다. 그녀는 되도록 그를 보지 않으려 했지만, 그는 얼굴 을 피하는 그녀를 꼭 끌어안았다.

"이 악마! 이 짐승! 당신이 날 죽이려는 줄 알았잖아!"

그녀는 손을 뻗어 그의 머리를 마구 잡아당기고 목 뒤를 쓰라릴 정도로 할퀴었다. 그리고 미처 모르는 새에 둘은 침대로 가 십대들처럼 격렬하게 사랑을 나누었다.

그 후에야 오일레이는 기억이 났다.

"어디 간 거야?"

그는 분노보다 호기심이 앞서 물었다.

"누구 말이야?"

"로보니에서 온 돼지들."

"아아. 남들 깨기 전에 떠났어. 급한 일이 생겼나 봐."

"그럴 줄 알았어. 안 갔으면 죽여버렸을 텐데. 그놈, 운 좋은 거야."

잠시 후에 그는 나직하게 덧붙였다.

"그런데, 사실 다 내 탓이었어."

그는 마카리타에게 그간의 일을 모두 털어놓았다. 그쯤 되자 아내는 그의 코 색깔이 바뀐 것에 더 이상 놀라지 않 았다.

"그렇구나. 뇌 색깔은 내려오고, 엉덩이 색깔은 올라간 거네? 당신, 정신병원에 가야겠군."

그녀가 허리를 잡고 낄낄거렸다.

"그래도 그건 대단한 혁명이었어. 권력층은 거대한 사면발이 속으로 추방되고, 약한 놈들이 그곳을 접수했으니 말이야. 그런데 심각하긴 하네. 이제 우린 어떻게 하지? 이 코를 하고 나다닐 수 없잖아?"

"불불한테 물어보자."

마카리타가 제안했다.

"언제나 그 친구한테 물어보면 돼. 보건소에 가서 내가 전화해 볼게. 그런데 공짜는 없는 법이야."

7

오후가 기울어서야 불불이 도착했다. 그는 운전석에서 나와 맞은편으로 가서 문을 열었다. 키 크고 지긋한 나이, 흰 머리에 흰 턱수염을 기른 호리호리한 남자가 내렸다. 그는 도우티를 두르고 손에는 낡은 서류가방을 들고 있었다. 그는 심호흡을 한 뒤 불불의 안내를 받아 이 집으로 향하는 오솔길로 가볍게 올라왔다.

오일레이는 현관에서 두 사람을 지켜보며 자기 친구가 운전기사처럼 행동하는 것을 보고 은근히 놀랐다. 불불은 부자와 권력자에게 절대 머리를 조아리지 않는 사람이었다. 하지만 덕 높은 종교인들에게는 종교의 구별 없이 늘 경의를 표했다.

"위대한 요가 선생이자 현인이신 바부 비베카난드 선생을 모셔왔네. 이분이 자네에게 치료법을 가르쳐주시겠다니 참으로 너그럽고 감사한 일이지 뭔가. 바부 선생, 이쪽

은 제 단짝친구인 오일레이 봄보키입니다. 이미 말씀드렸
지요."

불불은 어려워하는 태도로 서로를 소개했다.

"만물의 창조주께서 그대를 축복하고 계십니다."

바부가 말했다.

"저는 그대에 대해 많은 것을 들었습니다. 참으로 인상
적이었지요. 저와 제가 속한 단체는 그대에게 많은 것을
빚지고 있습니다. 잘 모르시겠지만, 그대는 저희에게 많
은 일을 해주셨습니다. 질문은 하지 말아주십시오. 때가
되면 모든 것이 밝혀질 것입니다. 제가 그대에게 조금이
나마 도움을 드릴 기회가 있어 참으로 기쁩니다. 이제 안
으로 들어가도 될까요? 감사합니다."

바부는 들어서면서 감탄을 늘어놓았다.

"집이 아주 좋군요. 환기가 매우 잘되고 있어요. 어느
집에서나 환기가 아주 중요하지요. 막힌 공간에서는 공기
가 늘 자유롭게 흘러야 합니다. 아…… 의자라뇨, 사양하
겠습니다. 저는 바닥이 더 좋습니다. 서거나 앉거나 누울
때는 바닥이 늘 딱딱하고 탄탄해야 합니다. 그래야 등뼈
가 곧아지고 호흡과 순환이 잘되거든요."

바부는 바닥에 앉아 가볍게 연꽃자세(결가부좌)를 취했
다. 오일레이와 불불도 따라 했지만 결국은 양반다리(반
가부좌)로 앉아 그를 바라보았다. 그 현자는 한동안 상담

을 하고 나서 드디어 의사로서의 권위를 갖추고 치료를 시
작했다.

"얼굴에서 손수건을 떼시지요. 감사합니다. 이 친구가
그대의 문제를 설명할 때 의미한 바를 이제야 알겠군요.
이 세상의 모든 문제들은 겉보기에는 달라도 실은 서로 연
관되어 있습니다. 관계가 없거나 독특한 문제 따위는 없
습니다. 그것들을 떼어 다루는 게 더 쉬워서 서로 분리시
키는 것뿐이지요. 바로 그 때문에 더 큰 문제가 생겨나는
겁니다. 우리가 단편적인 방법으로 현실을 다루는 한, 절
대 영구적인 해결책을 찾아낼 수 없습니다. 우리가 내놓
는 것은 늘 단편적인 해결책입니다. 때문에 더욱 크고, 더
더욱 고치기 어려운 문제들만 생겨납니다.

그대의 질병을 예로 들어봅시다. 그대는 항문만이 문제
라고 생각하셨기에 항문 치료법을 찾아다니셨습니다. 어
제, 여기 있는 우리의 친구가 제게 알렸듯이 그대는 그것
이 몸의 다른 곳에서 벌어진 문제들과 연관되어 있다는 것
을 발견하셨습니다. 비록 로보니의 전문가 분이 원인의 근
본적 성격을 오해하셨긴 했지만 말입니다. 툭툭 같은 것은
없습니다. 그러나 그대의 항문문제가 광범위하게 가지를
치고 있는데도 그것을 협소하고 엉뚱하게 이해한다는 것
은 곧, 만물이 연관되었다는 것에 대한 증거가 됩니다.

우리는 사물들이 분리되어 있고 독특한 것처럼 말합니

다. 실제는 단 하나일 뿐인데 말입니다. 우리와 나머지 모든 것은 그것을 발현시키는 것이지요. 우리는 '무한한 존재', 즉 '만물의 절대적 조물주' 안에서 하나입니다. 따로 떨어져 있는 존재란 없습니다. 그대의 특이한 경우를 살펴보는 동안 그 말을 꼭 기억하시기 바랍니다.

그대 항문의 문제는 '무한한 존재'를 고립시키고 쪼개어 발현시키려는 인간의 본질적인 성향에 뿌리를 두고 있습니다. 예를 들어 인체는 서로 다른 부분으로 나뉘어 각각에 서로 다른 가치를 부여합니다. 그대뿐만 아니라 사람들은 보통 몸의 이곳저곳을 보며 어떤 것은 좋고 아름답다고 하는 반면 어떤 것은 나쁘고 불쾌하다고 말합니다. 어떤 것은 자랑스럽게, 어떤 것은 부끄럽게 여기지요. 예를 들어 항문을 눈과 같은 수준으로 놓고 이야기하려 들지는 않습니다. 몸 그 자체는 하나의 단일체이며, 정신과 영혼이 합쳐 더욱 큰 단일체를 만드는 것입니다. 그렇게 출발해야 그대가 끝없이 뻗어나갈 수 있습니다. 모든 현상은 매우 복잡하며, 완전히 이해하려면 크나큰 지적 노력이 필요합니다. 여기서는 그 점을 더 파고들지 않겠습니다. 말로는 세세히 설명될 수 없는 부분이기 때문입니다. 그대는 요가를 하면서 점차 깨닫게 될 것입니다.

인체의 모든 부분의 가치는 똑같습니다. 그러나 그대는 실제를 매우 편협하게 받아들여 그것들을 이제까지 매우 다르게 평가했습니다. 사람들은 눈과 입술과 손과 가슴의 아름다움에 대해 수없이 많은 노래를 지었습니다. 그러나 항문에 관해서는 그 장점을 찬양하는 음악도, 시도 없습니다. 그대는 그대의 얼굴과 몸의 다른 부분들을 꾸미고 과시하지만, 남들 앞에서 감히 항문을 드러낸다면 외설스럽다는 이유로 체포될 것입니다.

그대는 제가 '항문'이라는 말을 쓰고 있지, '똥구멍'이라고 하지 않는다는 점을 이미 파악하셨어야 합니다. '똥구멍'이란 다른 그 어느 것만큼이나 훌륭하고 아름다우며 서정시의 가치가 있는 몸의 한 부분과 관련된 것으로, 극히 혐오스런 의미를 담은 말이지요. 항문이란 인체의 부분 중 가장 악하고 가장 부당하게 혐오되며 가장 학대받는 곳입니다. 행동이 형편없는 자들은 똥구멍만도 못하다고 여겨집니다. 순결한 항문을 사회의 쓰레기들과 비교하는 것은 지극히 괘씸한 짓입니다. 극도로 불쾌한 사람들은 악취가 진동하는 똥구멍들이라고 불리기도 합니다. 실상 악취 나는 겨드랑이나 냄새 나는 입이라고 불릴 수도 있는데 말이지요. 바로 그 부분들 역시 다른 데서 나오는 냄새만큼 강한 향을 발산하는 것은 분명합니다. 또 불결한 사람들은 더러운 똥구멍 같은 작자들이라고 불립니다. 항문은 몸의 다른 부분만큼이나 깨끗합니다. 객관적으로 생각한다면 항문을 몸의 다른 부분보다 더욱 속속들이 닦는다는 것을 알게 될 것입니다. 사람들은 대개 샤워할 때 그것을 유난히도 박박 씻습니다. 마치 그것이 그 자리에 있기 때문에 벌을 주고 있다거나 그것을 문질러 없애버리기라도 할 것처럼 말입니다. 그러나 항문은 있어야 할 곳에 있을 권리를, 또한 존중과 사랑으로 대우받을 권리를 갖고 있습니다. 우리는 우리의 머리를 존경으로 대하며, 우리의 지도자들을 우두머리라고 부릅니다. 그럼 마찬가지로 그들을 항문이라고 부를 수도 있지 않겠습니까?

항문은 사회의 낮은 계층과 같습니다. 가장 달갑지 못한 임무를 처리하지요. 그 누구도 자기 딸을 쓰레기 수거인과 결혼시키고 싶지는 않을 겁니다. 하지만 그것은 최하위층에 대한 계급적 편견에 불과합니다. 큰 스승이신 나사렛 예수께서는 사회에서 가장 보잘것없는 사람을 대할 때 나를 대하듯 하라고 제자들에게 말씀하셨습니다. 우리는 우리의 항문을 대할 때 바로 그같이 행동해야 합니다. 따라서 항문에 대한 그대의 태도 전반을 다시 살펴야 하겠지요. 그대는 태도를 바꾸어 항문은 좋고 아름다우며 사랑스럽고 존중해야 할 대상이라고 확신하셔야 합니다.

그리 오래전은 아니지만, 모라르지 데사이 국무총리가 자신의 소변을 마셨다고 인정했던 때를 기억하시겠지요. 전 세계의 반이 경악하며 불쾌감을 느꼈습니다. 그러나 나머지 반은 웃음을 터뜨렸습니다. 거의 모든 이들이 국무총리의 행동에 상징적 의미가 컸다는 것을 간과했습니다. 즉 인간의 어떤 부분이나 산물도, 따라서 그 어느 인간도 본질적으로 불쾌하거나 혐오스러울 수 없다는 점 말입니다. 따라서 우리는 항문이 오랫동안 거부당했던 존엄성을 그곳에 부여해야만 하며, 우리 몸에서 존중받는 다른 부분들 사이에서 항문의 정당하고 동등한 위치를 되찾아주어야 합니다. 그대가 그대 몸의 가장 낮은 부분의 권리를 사랑하고 존중할 때만이, 그대는 그대가 속한 사회에서 가장 비천한 이들의 권리를 진실로 사랑하고 존중해줄 수 있습니다. 마하트마 간디는 불가촉천민들을 '신의 자녀들'이라고 부르며 그들에게 동등한 권리를 부여함으로써 인도를 새로운 길로 이끌었습니다. 우리는 몸과 마음과 영혼이 이끄는 존경받는 삼두정치에, 이제까지 비천했던 항문도 더해야 합니다.

자신의 항문과 인류 동포의 항문에 사랑과 존경심을 가득 담아 입을 맞출 수 있을 때만이 그대는 모든 외설과 편견에서 그대 자신을 정화하고, 가장 두려운 공포심을 극복했다는 것을 알게 될 것입니다. 그때에야 비로소 그대는 만물의 조화와 평등의 본질인 아름다움의 참된 본성을 또렷하게 볼 수 있게 될 것입니다. 그대가 제 몸의 여러 부분에 가치를 서로 달리 두고 어떤 곳들을 더럽고 불쾌하며 수치스럽다고 여기는 한, 다른 이들의 몸속 비슷한 부분에도 계속 그렇게 가치를 매기되 훨씬 더 경멸하게 될 것입니다. 그것은 바로 그 부분들을 혐오하고 꺼리는 지름길입니다. 그대가 제 몸의 모든 부분을 동등하게 대할 때야말로 진정한 사랑을 향한 여행을 시작할 수 있게 됩니다. 그리고 그렇게 되면 그대의 삶은 '무한한 존재'와 조화를 이루게 되고, 모든 고통과 오한은 사라질 것입니다. 우리 존재 내의 부조화 때문에 아픔, 질병, 그리고 죽음이 우리를 치는 것입니다. 그러나 우리가 삶을 '우주의 영원한 프로그램'에 맞춘다면 우리는 영원히 살게 될 것입니다.

이제 그대는 제가 말하는 바, 모든 삶이 서로 연관되어 있다는 게 무슨 의미인지, 또 이런 연관성이 약화되거나 깨지면 무슨 일이 일어나는지를 이해하실 수 있을 것입니다. 이런 식으로 계속 설명할 수도 있지만, 그대가 자기 문제를 보다 더 넓은 맥락에서 파악하셨기에 지금은 여기까지만 하지요. 자, 그대가 항문을 신체 다른 부분 및 '무한한 존재'와 화해시켜 병을 낫게 하기 위해 실제로 밟아야 할 단계가 있습니다. 이것들은 요가 두 세트로 이루어져 있습니다.

첫 번째 세트는 익히기가 비교적 쉽습니다. 자신의 항문을 자주, 그리고 오랫동안 가까이 바라봄으로써 더 이상 이상하고 역겹다는 기분이 들지 않게 하는 것이 목적이지요. 그대는 자신의 손바닥과 코를 보듯 그것을 정상적이고 친숙하게, 또 봄에 갓 돋아나는 새싹같이 느끼게 될 것입니다. 그대는 또한 그것의 구조와 형태와 운동의 리듬에 경탄하게 될 것입니다. 이 모든 것이 다 이루어질 때가 되면 그대는 '사랑스런 나의 항문이여!'라는 시를 써 놓으셨을 테고, 그것에 곡을 붙여 열광적인 청중 앞에서 노래하게 되겠지요."

바부는 잠시 뜸을 들였다가 요가 운동 첫 세트가 끝날 때쯤 오일레이가 성취해주었으면 하는 것을 직접 보여주려고 일어섰다. 그는 도우티를 풀어 단정하게 접어 옆에 놓았다. 그리고 양손은 뒤로한 채 허리를 아주 쉽게 구부린 뒤 머리를 무릎 사이에 끼우고 엉덩이를 벌려 자신의 항문을 올려다보았다. 오일레이는 이 노인의 유연성에 넋을 잃었다.

요가 선생은 다시 옷을 입고 앉은 자세로 돌아왔다.

"두 번째 세트를 익히면 그대의 코가 항문에 닿게 될 것입니다."

이렇게 말하고 그는 누워서 몸을 쭉 뻗은 뒤 다리와 허리를 올려 몸을 직각으로 만들었다. 그런 다음 등뼈만 대고 몸통까지 올렸다. 그는 다리를 활짝 벌리고 머리를 구부려 코가 제 엉덩이에 닿게 했다. 잠시 후 느릿느릿 우아하게 머리를 다시 펴고 몸을 내린 뒤 다시 처음에 앉은 자세로 돌아왔다.

"이 두 번째 동작을 연습하시면 제가 방금 한 것을 그대로 하실 수 있게 됩니다. 쉽지 않지만 정성껏 정확히 하신다면 여섯 달에서 열두 달 사이에 목표를 이루실 수 있습니다. 그러나 모든 것은 집중력과 성공의지가 있어야 가능합니다. 그대는 젊은 시절 그런 힘과 의지를 분명 지니고 계셨지요. 그대의 항문을 위해, 지금도 그런 성품이 남아 있기를 바랍니다.

코를 항문에 닿게 하는 단계에 이르면 항문에 여러 번 입맞춤을 하세요. 그리고 그 자세를 유지하면서 항문에 대해 사색하세요. 그러면 머릿속에 품고 있던 혐오감을 쉽게 떨치고, 만물의 조화 속에 깃든 사랑을 거부하는 태도를 버리게 되고, 존재 자체만으로도 모든 병에서 자신을 치유하는 조화로운 상태를 이루게 될 것입니다. 그때부터 그대는 다른 이들의 항문에 입 맞추는, 보다 높은 경지에 오르실 것입니다. 그러나 먼저 그분들의 동의를 받고, 남들이 안 볼 때 하셔야 합니다. 아니면 법과 마찰을 빚게 될 테니까요. 이 운동이 널리 퍼지면 우리는 법 개정 압력을 행사하게 될 것입니다. 전에는 혐오스러웠던 여러 운동들이 합법화되었듯이 우리도 개혁을 이룰 수 있을 것입니다."

오일레이는 이 모든 것을 이해할 수 없었다. 제 똥구멍과 남들의 똥구멍에 쪽쪽거린다는 생각은 도무지 말도 안

되고 역겹기만 했던 것이다.

"바부 선생."

그가 머뭇거리며 말했다.

"말씀이야 그렇게 하시지만 진짜로, 그 말대로…… 그러니까 선생의 똥구멍…… 어…… 그러니까 항문에 입 맞추는…… 그런 행동을 하실 거란 말입니까?"

"그렇다마다요. 이미 수도 없이 했답니다. 자, 저를 자세히 보세요."

위대한 현자는 옷을 벗고 누워서 몸을 쭉 뻗은 뒤 아까처럼 몸 아랫부분과 윗부분을 올렸다. 그리고 다리를 활짝 벌려 엉덩이를 양손으로 벌리고 코를 그 안에 파묻었다. 그는 지극히 품위 있고 우아한 동작으로 몇 번 그렇게 되풀이하다가 다시 도우티를 두르고 연꽃자세로 되돌아왔다.

그 행동에 넋을 빼앗긴 오일레이가 진지하게 물었다.

"바부 선생, 제 항문에도 입 맞추실 수 있겠습니까?"

"물론이지요. 기꺼이 하겠습니다. 실은 그렇게 말씀하시리라 짐작했답니다."

오일레이는 옷을 벗고 맨 엉덩이를 거룩한 이에게 드러냈다. 속으로 과연 그렇게 할까 의심하면서. 그러나 바부는 무릎을 꿇고, 오일레이의 엉덩이를 세심하게 벌린 뒤 경건하고 신성하게 자기 코를 그 속에 갖다 댔다. 그는 뒤

로 물러났다가 반복하기를 세 번 한 뒤 다시 연꽃자세로
돌아와 말했다.

"저는 선생의 신성한 항문에 사랑과 존경을 담아 입을
맞추었습니다. 만약 미국과 소련의 두 지도자들이 다음번
회담에서 이렇게 한다면 핵으로 인한 전멸의 위협은 더 이
상 없을 테고, 세계 모든 지도자들의 본보기가 될 것입니
다. 대개의 경우 우리는 위에서 시작해 아래로 내려가야
합니다. 위가 아래와 만날 때 영원한 평화가 이루어질 것
입니다."

바부는 잠시 머뭇거리다가 자기를 더욱 걱정스럽게 했
던 내용을 펼치기 시작했다. 그 순간 오일레이는 이 노인
의 표정에서 약간의 변화를 감지했다.

"당신도 이해하셨겠지만, 항문은 불쾌한 것도 구역질
나는 것도 아닙니다. 지금 우리 삶에서 가장 끔찍하고 욕
지기나는 것은 핵무기입니다. 전멸의 위협이죠. 왜냐고
요? 우리 모두에게 파괴의 망령을 드리우니까요. 핵무기
가 존재하는 한 우리는 두려움과 의심과 증오에 눈이 멀어
창조의 아름다움을 직시할 수 없게 됩니다. 영원히, 서로
사랑하고 신뢰하고 존중하지 못하게 되는 겁니다.

가장 위험한 파괴수단을 소유하고 통제하는 자들은 정
신질환을 일으키는, 늘어만 가는 망상증과 더불어 살도록
스스로에게 선고했습니다. 이것은 자신들의 심각한 파멸

과 우리 모두의 파멸을 불러올 것입니다. 그들은 이웃들, 위성 국가들, 그리고 종속국들에게까지 그런 망상을 번지게 했습니다. 그들과 밀접한 관련이 있는 모든 나라는 치유 불가능한 병에 걸렸습니다. 평화를 지키기 위한 버팀대로 그들이 붙잡고 있는 공포의 균형, 즉 핵무기 확산으로 인한 전쟁억지상태는 국민들을 공포에 빠뜨립니다. 그들은 평화란 단지 전쟁이 없는 불확실한 상태라고만 알고 있지요. 공포의 균형은 인간의 두뇌가 만든 가장 구역질나는 발명품입니다. 그것을 믿는 자들은 경계 상태로 위장한 공포 속에서 살아갑니다. 영원한 평화를 위한 전제조건인 모든 생명에 대한 진정한 사랑과 정신의 평온을 절대 발견할 수 없습니다. 가장 파괴적인 무기를 장악하는 자들, 제 땅을 그런 무기로 채우려는 자들, 그들의 영향을 직접적으로 크게 받는 자들은 모든 의미에서 정신병적인 폭력성만 키워 나갈 따름입니다. 그리고 점점 그들은 폭력과 복수심에 불타는 람보주의를 존경하고 경배하게 될 것입니다.

그대가 남태평양에 계시다는 게 그나마 행운입니다. 이곳에서 그들과 그대와의 관계는 다른 이들처럼 피부에 와 닿는 게 아니니까요. 따라서 그대는 그것들을 적절히 멀리 하십시오. 그래야 그대의 상황을 참게 해줄 교양과 인성이 최소한 시늉으로나마 유지될 것입니다. 공포의 균형을 제공하는 자들은 사절과 원자력선과 잠수함을 귀국의 연안에 보내 소용돌이치는 망상증으로 그대를 끌어들이고 있습니다. 그들은 자기네 사회의 기초를 남몰래 갉아먹는, 자초적인 두려움에서 완전히 자유롭고, 또 자유롭게 남아 있고 싶어하는 사람들이 있다는 생각 자체를 해 본 적도, 참아낼 수도 없기 때문입니다. 공룡들은 서로 죽인 게 아니었다는 사실을 기억하셔야만 합니다. 스스로 자신을 죽인 것입니다.

그대의 지역에서 단 한 나라만이 공포의 제공자들에게 그 광증은 너희나 가지라고 할 만큼 분별력과 용기를 갖고 있었습니다. 그대는 이 나라에 합류해서 두려움이 만연한 폭력적 사회에 사는 남녀들, 즉 우리의 집단적 실존에 온전한 정신을 되돌려주기 위해 투쟁하는 분들과 합류해야 합니다.

세계 평화에 기여하는 한 가지 방법은 인체의 모든 부분은 신들이 보시기엔 아름답고 신성하다는 복음을 널리 알리는 것입니다. 그대의 문제가 다른 것과 아무 관련 없고 독특한 자신만의 문제인 것 같아도, 바로 이 점에서 실은 위대한 순간의 세계적 문제들과 관련되어 있는 것입니다. 이 복음을 다른 곳에 전파하기 전에, 우리는 자신부터, 우리 몸의 가장 낮은 곳에 있는 기관에서부터 시작해야 합니다. 우리는 정신과 마음을 찬양하듯이 항문을 찬미할 수 있어야 하며, '무한한 존재'의 나라에 이른 우리는 사람들을 똥구멍, 비역쟁이, 보지, 소시지, 좆 같은 것, 좆만도 못한 것, 확 뽑아버릴 놈들, 또는 주물럭 등심이라고 부르지 않겠다고 선언할 수 있어야 합니다. 우리는 금기의 영역 한가운데서 서로 인사를 나누고 사랑하며 춤을 추어야 합니다. 왜냐하면 우리가 만든 것은 진짜 금기가 아니라 잘못된 망상을 갖는 무한한 능력에서 비롯된 두려움과 공포뿐이기 때문입니다. 그것들은 우리의 소중한 관습을 끝까지 몰아가 우리를 괴롭히고 광증과 폭력에 빠지게 합니다.

오일레이여, 그대는 자신과 이웃들의 항문을 사랑하는 법을 배우고, 두 번 다시 그것을 똥구멍이라고 불러서는 안 됩니다. 그대와 저들의 항문에 입을 맞추세요. 그러면 그대는 우리의 집단 자아를 치유하는 데 기여하는 길에 접어들게 될 것입니다."

위대한 현인은 잠시 말을 멈추고는 서류가방에서 서류철을 꺼내 오일레이에게 건넸다.

"이 안에 운동 방법이 들어 있으니 매일 아침 따라 하세요. 목표를 이루려면 여러 달 걸리겠지만, 오래 걸려 이룬 것이 가장 낫다는 것을 늘 기억하십시오.

마지막으로 말씀드리자면 앞으로는 음담과 욕설을 끊으세요. 그러면 머릿속의 뿌연 안개가 걷히고 영혼의 더러움이 씻길 것입니다. 제가 떠난 후 언젠가 그대는 기적을 보시게 될 겁니다.”

그날 저녁 오일레이는 침대에 누워 바부가 말하고 행한 그 모든 것을 깊이 생각했다. 마카리타가 곁으로 살금살금 다가오더니 그의 샅을 슬쩍 만지면서 달착지근하게 속삭였다.

“이봐, 챔피언. 한판 하자……. 쉬, 부랄장군. 내 말 들려?”

그녀가 수동착암기(성기를 뜻하는 말―옮긴이)를 잡아끌었다.

“뭐라고?”

“걸쭉하게 한판 하자니까?”

“친애하는 리타.”

오일레이는 거리를 두고 말했다.

“이제 그런 말은 쓰지 마세. 그러면 정신에 뿌연 안개가 끼고 영혼이 더러워진다네. 그대는 이렇게 말해야 했어. ‘우리의 신체 기관을 서서히 넣어 신성한 사랑의 관계를 맺읍시다.’ 그렇게 말하는 것이 그 행위를 가장 정결하게 표현하는 방법이라네.”

“신체 기관을…… 신성한…… 사랑의…… 관계를 맺어…… 어휴, 지랄! 개똥같은 소리 하고 자빠졌네!”

“그런 말도 쓰면 안 되네. 똥이란 농사에 반드시 필요한, 극히 좋고 유익한 것이라네.”

“농사? 개똥이랑 그게 무슨 상관인데?”

“친애하는 리타…….”

“그놈의 ‘친애하는’ 소리 좀 집어치워, 이 똥구멍 같은 작자가 미쳤나?!”

“그런 말은 애정을 나타낼 때 쓰는 표현이 아니네.”

“애정이라니! 당신 진짜 미쳤어? 자지가 떨어져나갔나?”

“사랑스런 내 반쪽이여…….”

“사랑스런 반쪽이라니! 미치고 팔짝 뛰긋네! 알아듣게 좀 말해! 한판 뛸 상대가 필요해, 안 필요해?”

“리타, 귀여운 리타. 그대의 이름에서 에덴동산의 소리가 울려 퍼지는구려. 부디, 날개를 활짝 펴고 팔다리를 펴도록 하시게. 그럼 곧 우리는 낙원에서 각자의 신체 기관을…….”

“아이고 주여. 당신, 이제 진짜로 맛이 갔구나. 아까 내가 하자고 한 건 잊어. 잊어뿌리라구! 참 낭만적이기도 하시군! 앞으론 절대 한판 따윈 안 해! 알았어? 내가 차라리 수녀원에 들어가는 게 낫지!”

리타는 좌절감에 휩싸여 부르르 떨며 나가버렸다.

오일레이는 가만히 천장만 바라보았다. 요가 선생 바부에게서 항문의 기름부음을 내리받은 뒤로 그는 크게 바뀌었다. 눈을 천천히 내리깔고 거울에 비친 제 모습을 바라보았다. 참으로 기쁘게도 코는 더 이상 분홍색이 아니었다. 엉덩이도 확인해 보았다. 그것 역시 원래 색으로 돌아와 있었다. 사랑과 존경을 담아 입을 맞춰 이렇게 된 게 틀림없어. 그는 생각하며 잠 속으로 빠져들었다.

꼭두새벽에 마카리타는 자연의 부르심에 화답하느라 깨어났다. 늦은 시간인데도 불이 켜져 있는 걸 발견하고 그녀는 놀라서 방으로 들어갔다. 오일레이는 올빼미 타입과는 거리가 멀었다. 문을 연 순간 그녀는 남편이 드디어 완전히 미쳤다고 단정 지었다. 그가 잠에 완전히 취해 누워 있으면서도 입은 무언가에 입 맞추는 모습으로 굳어 있었기 때문이다. 아이고, 구역질 나서 못 보겠네. 마카리타는 생각했다.

몇 시간 뒤, 그녀는 거실로 들어갔다가 이리저리 이상한 동작을 취하는 오일레이의 모습을 보게 되었다. 사실 그녀는 남편이 운동하는 꼴을 그동안 한 번도 보지 못했다. 그의 몸은 적당히 말라 있었다. 운동을 따로 하지 않아도 될 만큼 농사일을 열심히 한 덕이다. 얼마 전 병이 도진 뒤로 그는 오랫동안 몸을 움직이지 않았다. 그래서 지금 운동을 하는 모양인가 보다고 그녀는 추측했다.

"지금 뭐하는 거야?"

그녀가 물었다.

"요가를 하고 있네, 그대여."

"요가?"

마카리타는 그런 말은 처음이었다. 오일레이도 바부를
만나기 전에는 몰랐다.

"이것은 사람들이 위대한 일을 할 수 있게 해주는 특별
한 운동이라네."

"그럼 앞으로 권투는 안 하는 거야?"

"허, 참. 안 하지, 내 사랑. 이것이 훨씬 더 중요한 것이
라네. 권투는 여기에 댈 바도 아니지. 이것은 평화로운 성
관계에 크게 기여할 것으로……."

"어젯밤에는 나하고 안 하려고 했잖아."

"나는 그것을 정결하게 하려 했지만 그대가 들을 마음
이 없었던 게지. 어쨌든 지금 말하는 뜻은, 지금 내가 하
고 있는 것이 세계 평화를 진작시킬 그 무엇인가로 이끌어
줄 거라는 점이네."

"귀신 씻나락 까먹는 소리 하고 자빠졌네."

"요가의 첫 번째 운동은 자기가 자기 항문을 볼 수 있게
해줄 거라네."

"뭘 본다고?"

마카리타는 귀를 의심했다. 특히 남편이 거친 말을 입
에 담지 않아서 더욱 의아했다.

"내 항문 말이네. 그게 정결한 표현으로……."

"난 똥구멍이라고 할래. 그런데 남들이 왜 당신 똥구멍을 쳐다보고 싶어하는데?"

"그래야 내가 그것을 사랑하고 존중할 테니까."

"사랑하고 존중한다고? 당신 그것……을? 관두자. 지금 농담하는 거잖아."

"전혀 아니네, 사랑하는 반쪽. 나는……."

"제발 날 그렇게 부르지 마, 이 멍청아. 그러니까 내가 꼭 엎질러진 레몬주스 같잖아. 우웩!"

"전혀 아니라네, 내 사랑. 이제 알겠지만, 내가 내 항문을 사랑하고 존중하면 나는 그것에 입 맞추게 될 것이네."

"당신 똥구멍에 입을 맞춰? 아이고 성모님!"

"정말 그렇다니까."

오일레이는 거리 한구석의 거듭난 전도사처럼 확신에 차서 단언했다.

"그다음에 나는 그대의 항문을 사랑하고 존경하는 마음으로 거기에도 입을 맞출 거라네."

"당신이 내 똥구멍에 입을 맞춘다고? 말도 안 돼!"

"그런데 그게 끝은 아니네. 당신도 내 항문을 사랑하고 존경하며, 입 맞춰줄 날이 올 테니까. 왜냐하면……."

"내가 피 철철 나는 당신 똥구멍에 입을 맞춰? 난 그런 역겨운 짓은 안 할 거야! 절대! 으으……. 미치고 팔짝 뛰 긋네!"

"아니야, 그렇게 될 거라네. 내 사랑, 그대는 그렇게 될 거라네. 그 아름다움을 보게 되면……."

"밑 구석에 있는 당신의 더러운 거시기가 아름답다고? 아이고, 드디어 홱 돌아버렸구나!"

마카리타는 신경쇠약이 일어날락 말락 하는 사람들이나 내는 소리로 날카롭게 웃어댔다. 무엇이 일어나고 있는지를 깨닫고 그녀는 자신을 추슬렀다. 자기마저 정신을 놓을 순 없었다. 오일레이가 이미 미쳐버렸으니까.

"당신이 내 거시기에 입을 맞추고, 내가 당신 거시기에 입을 맞춘다. 그게 당신이 하려는 거야? 그럼 이웃들이 뭐라고 생각하겠어?"

"이웃들은 신경 쓸 것 없다네, 내 사랑. 내가 그 사람들의 항문에도 입을 맞출 테고, 그들도 내 것에……."

"아이고, 그럼 그쪽에서 내 거시기에다도 하겠군. 아주 볼만한 잔치 나겠네, 응?"

"잔치가 아닐 걸세. 그것은 새로운 성만찬이 될 거라네. 그리고 만약 미국과 소련의 양대 정상이……."

그럴 만한 이유도 없는데 마카리타가 또 비명을 지르고 바닥에 쿵 쓰러져 뻗어버리는 바람에 오일레이는 황급히 말을 멈춰야 했다. 그는 그녀를 긴 의자에 들어 올려 머리 밑에 쿠션을 받치고, 호흡과 맥박과 눈동자를 확인하고, 얼굴을 가볍게 찰싹찰싹 때렸다. 그녀는 눈을 뜨고, 앞에 있는 것을 인식하더니 다시 기절해버렸다. 오일레이가 그녀를 몇 번 찰싹찰싹 때리자 그녀의 정신이 돌아왔다. 이번에는 끔찍한 공포와 역겹다는 표정이 얼굴에 떠올랐다. 그녀는 본능적으로 다리를 꼭 오므리고, 한 손을 자기 엉덩이 밑에 대고, 다른 손으로는 오일레이를 밀어냈다.

"저리 가. 만지지 마. 내 옆에 오지도 마."

그녀는 일어나서 여전히 엉덩이를 가린 채 슬금슬금 물러났다. 그러고는 현관문을 열고 사라져버렸다.

오일레이는 어깨를 으쓱하고 다시 요가를 시작했다.

8

"계속해 보세요."

지그문트 베냐민 짐머만 박사는 이 나라의 정신병원 여덟 곳 중 가장 큰 쿠루티의 성 마틴스 병원 원장이었다. 오스트리아인인 짐머만 박사는 ("전 오스트레일리아 사람이 아니랍니다"라고 그는 늘 사람들에게 고쳐주곤 했다) 세계 보건 기구의 지원을 받는 성 마틴스 병원과 2년 계약을 맺고 첫해 근무 중이었다. 부임한 지 겨우 석 달째였다. 그는 지난 30년간 제3세계를 두루 돌았지만 남태평양 근무는 처음이었다.

"하지만 그이가 미국과 소련의 양대 정상들의 그 뭐라나…… 항문에 입 맞추겠다고 말하는 걸 보니 제 생각엔 아무래도 이건 아니다 싶었어요. 그대로 기절했다가 그이가 저를 찰싹찰싹 때리는 바람에 마침내 정신이 든 거랍니다."

마카리타는 소파에 누워 설명을 매듭지었다.

오일레이에게서 도망친 뒤에 그녀는 보건소로 와서 성 마틴스 병원에 전화했다. 전화를 받은 짐머만 박사는 당장 오라고 했다.

"의사 선생님, 말해주세요. 제가 정신이 나간 건가요?"

"그 반대입니다. 부인께서는 이 나라에서 제가 처음 본, 정말 정신이 말짱하신 분입니다."

짐머만 박사는 대답하면서 메모를 눈여겨보았다.

"그런데, 남편께서 그때 '똥구멍'이란 표현을 쓰셨나요?"

"아니요, 선생님. 오히려 저더러 그런 말을 쓰지 말라고 할 정도였어요."

"그건 좋은 징조군요. 아직은 크게 이상이 생기진 않았다는 뜻이니까요. 남편의 경우는 극단적인 항문집착증인 것 같습니다. 남편이 혹시 병적일 정도로 꼼꼼하고 깔끔하신가요?"

"하이고! 완전 반대랍니다, 선생님. 그 인간이 날이면 날마다 어지럽혀 놓은 꼬라지를 보셔야 하는 건데. 하지만, 아까 뭐라고 하셨던가……? 그 항문 뭐시깽인가 하는 데 걸린 것 같긴 해요. 툭하면 욕질이나 해대던 인간이에요. 그게 그 사람 사는 방식이죠. 그런데 간밤에 갑자기 대주교처럼 말하는 바람에 '아, 이 인간이 머리가 돌고 있구나'라는 걸 직감적으로 알았어요. 그런데 항문 집착인가

뭔가 하는 거랑 이게 무슨 상관인가요? 아, 맞다. 그이가
자기 똥구멍…… 아이고 말이 헛 나왔네. 항문을 잘 살피
겠다고 말한 게 생각나요. 그게 아마 항문 집착…….”

“아마도.”

짐머만 박사가 말을 막으며 비전문적 추측이 더 이상 자
라지 못하게 막았다.

“남편을 여기로 데려와야 합니다. 빨리 치료를 받아야
해요. 그 문제는 조기에 싹을 잘라야 합니다. 남편이 정
신이 나가서 돌아다니거나 더 나쁜 일이 생기기 전에 말
입니다.”

“제 생각도 그래요. 그런데 그 인간은 병원에는 절대 안
가려 할 거예요. 간호사들이 자기 똥구멍을 볼까 봐 걱정
하거든요.”

“아, 그래요?”

짐머만 박사의 눈이 반짝였다.

“꽤 흥미롭군요. 남편의 유아시절에 어머니가 아기의
아래 부분을 너무 자주 간질인 게 분명합니다. 호, 참으로
재미있군요. 그러니까 우리는 그분을 되도록 빨리 여기로
데려와야 하는 겁니다. 불건강한 집착을 없애기 위해 그
아래쪽을 다시 간질여 봐야 하거든요. 그렇게 하면 바로
그 유아 때의 경험에서 비롯된 다른 문제들도 대부분 제거
될 수 있을 겁니다. 그러나 남편을 여기로 오게 하는 게 큰

일이군요. 어디, 머리 좀 짜내 봅시다.”

짐머만 박사는 다른 방으로 가더니 휴지에 작은 알약을 싸들고 돌아왔다. 그는 그것을 마카리타에게 주며 말했다.

“남편이 마실 것에 이걸 넣으세요. 마실 거라면 아무거나 좋아요. 이건 냄새도, 맛도 없고 아주 금방 녹는 거니까요. 남편은 세 시간 동안 정신을 잃고 있을 겁니다. 그렇게 되면 바로 저한테 전화하세요. 되도록 내일 아침이 좋겠군요. 어디로 보나 그때가 낫겠습니다. 그럼 나중에라도 자기한테 약을 먹였다는 의심은 절대 하지 않을 겁니다.”

다음 날 아침 일찍, 요가 연습을 마친 오일레이는 아내에게 물 한 잔 갖다달라고 했다. 그런데 일어나 보니 자기가 낯선 소파에 누워 있는 게 아닌가. 염소수염에 로사나 토노카와 코가 비슷하게 생긴 키 작은 대머리 노인 하나가 옆에 놓인 안락의자에 앉아 자기를 지켜보고 있었다.

“여기가 어디죠? 당신은 누구요?”

오일레이는 거친 표정으로 주위를 둘러보며 물었다.

“봄보키 씨, 당신은 지금 병원에 있습니다. 걱정 마세요. 하지만 여기엔 간호사들이 없습니다. 그러니 방해받으실 일은 없을 겁니다. 약속드리죠. 저는 지그문트 짐머만이며, 당신이 여기 계신 동안 주치의를 맡고 있습니다. 당신은 자택에서 쓰러져 구급차에 실려 와서 계속 정신을 잃고 계셨습니다. 운동을 너무 격렬하게 하신 탓인 것 같군요. 정밀 검사를 해 봤더니, 엉덩이에 생긴 종기에서 고름이 나오는 거 외엔 다 괜찮은 것 같습니다. 그쪽은 수술이 필요한 곳이라 제가 다루지는 않을 겁니다. 분야가 전혀 다르거든요. 속히 그 부분을 치료하시기를 바랍니다.”

“관심을 가져주셔서 감사합니다. 사실 저는 그 부분에 대해서는 나름대로 하는 게 있답니다. 시간이야 좀 걸리겠지만 수술 안 해도 아주 잘 나을 겁니다. 그런데 제가 전에 간호사들을 어떻게 생각했는지 어떻게 아십니까?”

“전에 어떻게 생각했느냐고요, 봄보키 씨?”

“예. 사실 저는 간호사들이 저를 우러러 보든 말든 상관없어요. 이젠 제 스스로 그것을 바라볼 자세가 되어 있으니까요. 누구나 사랑과 존경을 담아 저를 우러러볼 것입니다. 그런데 의사선생께서는 어떻게 아셨느냐 이 말씀이지요.”

“의식을 잃고 계셨을 때 여러 번 말씀하시던 걸요.”

짐머만 박사가 진지하게 대답했다.

“그리고 자신을 매우 많이 드러내시더군요. 바로 그 때문에 제가 당신을 담당하고 있는 겁니다. 저는 당신과 함께 당신의 문제점들을 논의하고 싶습니다. 원하시는 바에 따라 오래 해도 좋고 간단히 해도 좋습니다. 괜찮으신가요?”

“물론입니다. 기꺼이 하지요.”

“감사합니다. 자, 의식을 잃고 계신 동안 특이한 점 하나는, 마치 누가 간질이는 듯이 아주 자주 킥킥 웃으시더군요. 혹시 간지럼을 잘 타십니까?”

“요즘엔 별로요. 어른들이란 간질이는 일이 없으니까요. 그렇지만 리타는…… 어…… 제가 사랑하는 아내인데, 침대에서 가끔 저를 간질이곤 했지요. 남들이 들으면 아주 유치하다고 할 겁니다. 리타도 여기 왔습니까? 그렇군요. 지금 어디 있습니까?”

“대기실에 있습니다.”

지그문트 짐머만이 그쪽으로 난 문을 가리키며 말했다.

“어렸을 때 간지럼을 잘 탔습니까?”

“그런 것 같아요. 아이들이야 원래 서로 간지럼을 태우죠.”

“가장 오래된 기억이 있다면 말씀해주시겠어요?”

“무슨 기억 말입니까, 의사 선생?”

“간지럼을 당하던 기억 말입니다. 예를 들어 사타구니라든가 엉덩이라든가.”

“누가 그렇게 했겠어요?”

“당신 어머니 같은 분이요.”

“의사 선생. 그분은 언급하지 마세요. 잘 모르시나 본데, 우리나라에서는 어머니에 대해 말하는 게 아닙니다.”

“왜요?”

“그건 금기랍니다.”

“알겠습니다. 어쨌든 뭔가 기억나는 일이 없으십니까?”

“없습니다. 제 기억력이 별로 좋지 않거든요. 우리나라의 유명한 치유자인 마라마 카바스는 사진 보는 것처럼 기억력이 정확하답니다. 그분이 피지에서 돌아오면 한번 만나 보세요. 자기가 태어나기 전 일이라도 아마 다 말해줄 수 있을 겁니다. 어, 그런데 간지럼이란 게 왜 그리 중요하지요?”

“왜냐하면 그곳이 가려운 사람들은 나이를 먹으면서도 항문에 집착하는 경우가 너무 많다는 것이 과학적으로 증명되었기 때문입니다. 어떤 이들은 엉덩이를 매우 좋아하고, 어떤 이들은 그곳을 매우 혐오하지요. 두 가지 경우 다 너무 집착이 강하고 열렬합니다.”

“그러면 제가 그런 사람이라고 생각하시는 건가요?”

“아직까지는 그런 결론에 이르지 못했습니다. 그 때문에 이렇게 묻는 거랍니다.”

“짐머만 박사, 박사께서 말씀하셨듯이 저에게 항문 집착증이 있다면 그것은 병이 생기면서 아주 최근에야 시작된 것입니다. 그런데 바로 이틀 전에, 위대한 요가 선생이자 성인인 바부 선생이, 우리가 우리의 항문을 사랑하고 존경해야 까닭을 보여주셨답니다.”

“항문에 입을 맞추면 된다는 거겠죠, 봄보키 씨?”

“누가 그런 말을 했습니까?”

“저는 전문가입니다. 그런 것쯤이야 당신의 말에서 끌어낼 수 있지요. 당신은 여기 오기 직전에도 그것에 대해 뭔가 중얼거렸습니다. 하지만 여전히 의문이 남는군요.”

“우리는 항문에 입을 맞출 수 있을 만큼 항문을 사랑하고 존경해야 합니다. 그것은 전 세계적으로 인간관계에 혁명을 불러일으킬 것입니다, 아시다시피.”

“그러려는 사람들이 아주 많아진다면 분명히 그렇게 되겠지요. 저도 전적으로 동의합니다.”

“그러면 의사 선생도 저와 바부 선생과 의견이 같다는 거군요. 요가를 해 본 적이 있습니까, 의사 선생?”

“그럼요. 사실 저는 매우 열성이랍니다. 인도에서 처음 배웠지요. 거기서 6년을 살았답니다.”

“그렇다면 당신은 자기 항문과 다른 이들의 항문을 관찰하고, 사랑하고, 존경해왔군요. 만나 뵈어 대단히 감격스럽습니다, 의사 선생. 적절한 때가 되면 제가 당신의 항문에 입 맞추고 싶군요.”

“어. 요가에는 다른 종류도 있습니다, 봄보키 씨. 제가 연습하고 있는 것은 인체 구조가 아니라 ‘영원’을 사색하도록 이끌어주지요.”

“제가 하는 요가도 바로 그런 겁니다. 선생은 그것을

'영원'이라고 하시는군요. 저는 그것을 '무한한 존재'라고
부르는데…… 바로 우리가 그것을 발현시키지요. 그것은
같은 것입니다. 영원은 항문에서 시작됩니다. 바부 선생,
오 그의 영혼에 축복이 깃들기를…… 바부 선생이 그렇게
말하지요. 올바른 태도로 항문을 우러러볼 때만이 우리는
'영원'을 완전히 보게 됩니다. 왜냐하면 그것은 바로 그곳
에서 비롯되어 완전한 원을 그리며 돌다가 다시 그곳으로
와서 매듭을 짓기 때문이지요. 간단히 말해서 의사 선생,
'영원'은 항문에서 비롯되고 마무리됩니다."

"어, 그것은 상당히 심원한 '영원한 항문의 철학'이군요.
그러니까 어머니가 엉덩이를 너무 자주 간질였던 사람들
한테서만이 발전될 수 있는 것으로……."

"잠깐만요, 짐머만 박사. 다시 한 번 부탁드리지요. 제
어머니를 언급하지 마십시오."

"저는 일반적인 어머니들에 대해 말하고 있는 겁니다.
분명히……."

"당신은 분명 제 어머니를 암시하셨소."

"그랬을지도 모르지요. 죄송합니다. 하지만 봄보키
씨, 제 분야에서는 분석과 치료를 하기 위해서 효과가 있
다면 유아기의 모자 관계의 복잡성을 수면 위로 드러내야
합니다."

"제발 부탁이오, 짐머만 박사……."

"봄보키 씨, 당신은 드문 경우입니다. 그것은 막연한 형태의 항문 집착과 오이디푸스 콤플렉스의 결합입니다."

"오이디푸스 콤플렉스가 뭐요, 의사 선생?"

오일레이가 물었다. 오랫동안 생생한 꿈을 꾸다가 막 일어나 눈앞에서 벌어진 일이 모조리 환상이었다는 것을 발견한 사람의 목소리 같았다.

"간단히 말해서……."

짐머만 박사는 F학점짜리 학생에게 참을성 있게 대답했다.

"오이디푸스 콤플렉스는 이런 것입니다. 당신은 어렸을 때 아버지를 혐오했고, 죽이고 싶어했습니다. 그래야 어머니와 성관계를 맺을 수 있었을 테니까요."

오일레이는 소파에서 천천히 일어나 앉아 있는 짐머만 박사 위로 우뚝 섰다. 그는 의사의 목덜미를 잡고 한 손으로 번쩍 들어 올려 얼굴에다 대고 이를 악물고 말했다.

"이 잡스런 똥구멍 같은 놈아, 또 다시 '어머니'라는 말을 지껄인다면 네놈의 엉덩이를 뻥 차서 비엔나로 날려버릴 테다."

그는 의사를 전혀 부드럽지 않게 바닥에 떨어뜨리고, 대기실로 성큼성큼 들어가 마카리타를 자리에서 끌어냈다.

"이 더럽고 악취 나는 곳에서 나가자."

"안에서 무슨 일이 있었어?"

“돌대가리 하나를 죽일 뻔했어.”

“그 사람이 뭘 했기에?”

“알 거 없어. 집에 가서 한판 뒹굴기나 하자.”

“드디어 제정신이 돌아왔구나.”

그녀는 안도의 한숨을 쉬었다.

“망할 년!”

“그놈의 주둥아리하고는……. 바부한테 무슨 말을 들으시려고?”

“엉덩이 깨물고 칵 뒈져버리라고 해!”

버스 정류장에 다다를 때 오일레는 기분이 나아졌다.

“불불한테 좀 들렀다 갈까?”

그가 제안했다.

마카리타는 싫다고 하고 싶었지만 입 밖에 꺼내지는 않았다. 그 정도 분별력은 있었다. 오일레이는 시내에 올 때마다 거의 어김없이 불불에게 들렀다. 집이 곧 일터인 불불은 늘 집에 있었다. 그는 식민시대의 낡은 방갈로 앞 베란다 반을 사무실로 꾸며놓았다. 그 안에는 책상, 의자, 전화, 시내의 수리 회사 뒷마당에서 주운 낡은 파일 캐비닛, 또 예비부품들이며 온갖 잡동사니가 흩어져 있었다. 책 한 권 없는 책꽂이와 책상 맞은편 벽에 붙여 놓은 1인용 침대도 보였다. 침대는 간혹 손님들에게 긴 의자 역할을 해 주었다. 불불이 복작복작한 식구들에게서 피하고 싶을 때는 휴식처도 되어 주었다. 그 옆 나무 상자 위에는 비어 있을 일이 절대 없을 것 같은 카바 단지가 있었다. 쿠루티가 작은 항구 동네에서 북적이는 소도시로 커지기 전인 1920년대에 지은 그 집은 여느 주거용지보다 조금 더 큰 터를 차지했다. 앞마당은 예기치 않은 변화과정을 겪으면서 택시와 트럭들의 집합소가 되었고, 뒷마당은 예비 부품들을 빼기 위해 각종 단계로 해체되는 차량들의 고물 집하장으로 쓰였다.

오일레이와 마카리타가 문에 들어서자마자 수미트라가 잔뜩 흥분한 표정으로 이들에게 뛰어왔다. 간신히 150센티미터가 될까 말까한 그녀는 남편보다 15센티미터가 작았다. 잿빛으로 바래 가는 머리에 인상은 연약해 보였다. 하지만 어디로 튈지 모르는 불불과 아들 셋, 딸 둘을 대하는 데 필요한 탄력적인 성격이 가슴속을 받치고 있었다. 자식들은 모두 결혼해서 배우자를 데리고 그 큰 집에 모여 살았다. 아들들과 사위들은 모두 이 가족 회사의 운전기사 겸 정비공이었다. 불불은 서른 명이 넘는 이들로 이루어진, 점차 늘어가는 이 씨족의 족장이자 지배인이었다. 그는 오래전에 제 집 식구 수 헤아리기를 단념했다. 끝없이 들어가는 돈이나 계산하는 것으로 만족했다.

"그이가 뭐가 잘못돼도 단단히 잘못됐수."

수미트라는 근심스럽게 말하며 엄지손가락으로 자기 어깨 너머를 가리켰다.

"계속 이상한 운동만 하면서 남우세스럽고 역겨운 말만 한다우."

"똥구멍 얘길 하고 있었겠군, 그렇죠?"

오일레이가 물었다.

"이젠 항문이라고 하더라고. 참말로, 듣기가 더 역하구먼."

수미트라가 내뱉었다.

"그건 중립적인 표현인데, 더 정결해요. 한층 정결한……."

"별 꼬라지를 다 보겠네. 똥구멍에 금 메끼한다고 입구멍되남? 저 인간은 어제부터 미쳤다우. 지금 저 인간을 구해줄 사람은 댁뿐이우. 애들은 화가 이만저만 난 게 아니라우. 저 인간이 자꾸 저러면 애들이 무슨 짓을 할지 몰라. 여태 애들을 달래고 있었는데, 그래도 성질머리를 부리고 있다우."

"제기랄. 들어가 봅시다."

그들은 집 안으로 들어갔다. 수미트라와 마카리타는 곧장 앞으로 걸어들어 갔고, 오일레이는 왼쪽 베란다로 꺾어 사무실 문을 열었다. 불불은 책상 위에 앉아 연꽃자세를 완벽하게 만들려고 힘들게 다리를 들어 올리고 있었다.

하지만 허탕만 칠 뿐이었다.

"아이고, 이게 누군가. 반갑네, 형제여! 운동 일정은 잘 지키고 있나?"

불불이 반갑게 외쳤다.

"옘병, 그놈의 똥구멍 운동 말이야?"

"정결치 않은 말은 더 이상 사용하지 말자고, 오일레이 형제여."

불불이 어조를 바꾸며 대답했다.

"그러면 안개만 자꾸 생겨 '무한한 존재'에 대한 우리의 통찰력이 흐려질 뿐이라네."

"야, 이 한심한 놈아. 그런 말은 원래 네가 아니라 내가 해야 하는 거 아니었어?"

"진정한 지식의 빛은 선택된 소수만이 아니라 모든 이를 밝혀준다네."

"미치긋네!"

"앉게. 우리 영혼을 더럽히는 말들은 쓰지 말게. 우리 운동 일정에 대해 이야기하세."

"이봐, 그 운동은 내가 하기로 한 거야, 자네 말고. 그건 좀 명확히 하자고. 난 이제 그런 것 따윈 안 해. 다 미친 짓이야."

"하지만 자네는 바부 선생한테 자네 항문에 입 맞추라고 했잖아."

"그런 건 두 번 다시 생각하기 싫어."

"선생이 그렇게 할 때 난 자네 얼굴을 봤어. 어찌나 천사 같아 보이던지 그 자리에서 나도 그 위대한 운동을 하기로 결심했지. 그날 오후에 그분을 집으로 태워다드리면서 우리는 함께 들어갔고, 그리고 나는……."

"자네도 그자가 자네 똥구멍에 입 맞추게 했다 이거야?"

"위대한 사랑과 존경을 담아 그분이 코를 내 항문에 댔어. 난 축성된 기분을 한껏 누렸다네. 정말이지……."

"그 작자는 변태야, 염병할 사기꾼이라고!"

"오일레이 형제, 자네는 낡은 옛 습관으로 되돌아갔군."

"너도 그래야 해. 정신 차려, 남들이 그렇게 해주기 전에."

"나는 온 정신을 인류를 섬기는 데 쏟고 있다네. 지금 이 세상은 평화로 나아갈 새로운 방법이 필요해. 바부 선생은 그 길을 보여준 거야."

"바부는 미친놈이야. 감금시켜야 해. 너도 계속 이렇게 굴면 마찬가지야."

"친애하는 형제여, 바부 선생은 그 모든 것을 초월했다네. 정신이 온전하고 안 하고가 그분과 무슨 상관이겠나. '우주의 항문'에 이미 몰두해 계시니 그 어느 것에도 영향을 받지 않을 걸세. 자네가 그분을 감금할 수야 있겠지. 그래봤자 납세자들에게 불필요한 비용만 부담시키게 될 뿐."

"난 염병할 바부 따윈 신경도 안 써. 문제는 자네야."

"제발! 오일레이 형제여, 성스럽지 못한 말은 삼가주게나. 바부 선생은 자네와 나를 크게 신뢰하고 있고……."
"그자가? 그 작자가 그렇다고?"

"그분은 우리 둘을 만져주면서 우리가 이 나라에서 당신을 대신하고 새로운 이들을 모으도록 기름부음을 내리셨다네. 비밀 하나를 말해줄 테니, 어떤 경우에도 남들에게 말하지 말게. 바부 선생은 몇 달 전에 바다 건너에서 이곳에 와 피지의 섬인 난가랄레부의 요가 공동체에서 헌신할 이들을 구하고 계시네. 그 공동체는 국제 전통 의학 학회라는 것을 앞세워 운영되고 있지. 바부 선생이 모든 것을 자네에게 설명해줄 거야. 그분은 여러 부자 나라에서 오래 계셨고, 수많은 미국인들과 유럽인들이 경제적으로 뒷받침하고 있다네. 그분이 말하시길 피지는 그 공동체와 자기가 계획한 위대한 일을 행하기에 이상적인 장소라고 하셨네.

피지는 남태평양의 중심지이고, 태평양은 곧 세계의 중심이 될 거라네. 피지에서 일어나 우리는 세계의 거대한 대양의 반을 차지하는 남태평양을 우리 손에 넣게 될 거네. 피지, 오스트레일리아, 뉴질랜드, 파푸아뉴기니는 물론, 통가, 사모아, 니우에, 쿡 제도, 타히티, 바누아투, 뉴칼레도니아, 솔로몬 제도, 키리바시, 투발루, 토켈라우, 나우루 사람들이 거기 오게 될 거야. 또 북태평양에 있긴 해도 미크로네시아의 옛 신탁통치령마저 손에 넣게 되겠지. 이 나라들은 모두 항문에 입 맞추는 기술이 이미 잘 실천되고 있다네. 물론, 바부께서 마음에 둔 것과는 매우 다른 이유 때문에 그렇긴 해도 말이야. 우리 공동체는 위대하고 새로운 지역 연구소가 될 것이네. 불안정한 서던 파라다이스 대학 따위와는 달리 막강하고 결속력이 강한 곳으로. 그런 학교들은 전체를 확실히 아우를 만한 철학이 받쳐주지 않아 해체되고 있는 중이지.

그런데 어제 바부는 세루 드라우나카우 영감이 그 공동체에 합류했다는 전화를 받았다네. 그 노인네는 좋은 친구야. 로사나와 마라마가 돌보는 중이라네.”

“기가 막혀! 그놈의 사이비 도토레들은 사기를 당해도 싸. 대체 그 망할 툭툭이 어떻게 그리 빨리 거기 갔단 말이야?”

“자세한 건 우리야 모르지. 하지만 그 노인은 훔친 고깃배를 타고 우연히 거기 갔다더군. 어쨌든, 운 좋은 동료들이 우리보다 먼저 가 있는 그 공동체에서, 우리는 21세기를 위해 활동할 테고, 그 21세기 동안 세계 권력과 문명의 중심은 대서양과 지중해 축에서 태평양 주변 지역으로 영원히 옮겨갈 거라네. 그런 뒤, 우리는 평화를 위한 위대한 통일 이념을 가지고, 북극에서 남극에 이르기까지, 아메리카 대륙에서 동양에 이르기까지 전 태평양 지역을 아우

르도록 활동영역을 확대할 걸세. 우리는 세계의 중심을 정복하고, 그곳에서부터 항문을 사랑하고 존경하는 우리의 혁명 철학을 갖도록 나머지 인류의 마음을 바꿔놓을 것이네.

바부는 그것을 '범태평양 평화철학(PPPP)'이라고 부르며, 우리의 운동을 '제3새천년'이라고 부르지. 구성원인 우리는 '새천년 신봉자들'이야. 그 임무에 대한 도전과 감격과 중요성을 생각해 보라고! 마르크스주의와 공산주의가 20세기를 흔들었듯이, 범태평양 평화철학과 제3새천년 운동은 21세기를 그 이상으로 어마어마하게 흔들어놓을 게 분명해.

이것이 우리의 위대한 목표라네. 작디작은 씨앗에서 어마어마한 망고나무가 자라듯이 우리의 시작은 미약해야 해. 서던 파라다이스 대학 교수 몇 분이 초기에 우리를 돕게 될 걸세. 바부가 그러더라고. 그분들은 범태평양에 관한 모든 것에 극히 노련한 전문가이자 이론가들이라네. 그분들은 훌륭한 새천년 신봉자들을 만들 거야. 이 특급 비밀은 꼭 지켜주게. 아무에게도 말하지 마. 말했다간 CIA가 자네를 체포할 거야. 알겠나?"

"CIA까지 여기 관련되어 있다는 거야?"

"CIA야 무엇에나, 누구에게나 관련되어 있지. KGB도 마찬가지라네. 그들은 바부의 호의를 얻으려고 경쟁하고 있지. 왜냐하면 이 위대한 미래의 물결을 봤거든. 그간 양편 다 바부의 항문에 입을 맞췄지, 물론 그릇된 이유에 서였지만. 그런데 그분은 전혀 달갑게 여기지 않았다네. 그래도 그냥 하게 놓아둔 까닭은 그나마 그들이 그런 일에 익숙해지기를 원했기 때문이야. 오래지 않아 그들은 진정한 새천년 신봉자들로서 우리의 위대한 대의를 위해 일하게 될 걸세. 지금 현재의 비밀공작원 일을 통해서가 아니라.

어쨌든 바부는 서던 파라다이스 대학의 모든 교수들에 대해 자세한 정보를 갖고 있지. 부총장실 깊이 있는 두더지 구멍을 통해서 말이야. 그는 여러 해 동안 언론에 정보를 기꺼이 누설했지만, 대학 내에는 그를 잡을 만큼 똑똑한 사람이 하나 없었어. 그러나 CIA가 그를 찾아내고 말았지. 그때부터 우리를 위해 일하고 있는 거야.

바부의 말씀으로는 가장 유망한 새천년 신봉자들은 일부 교수들과 특정한 어느 과의 과장이야. 우두머리 사회학자, 어 그러니까 그 과의 과장이 지금까지는 가장 최고로 유망하지. 그는 위대한 부처님처럼 생겼다네. 털이 북슬북슬하고 거칠다는 점만 빼면 말이야. 모래비누(모래를 섞은 비누로, 식기 및 화장실 청소용으로 쓰임—옮긴이)로 특히 입 안을 꼼꼼하게 닦아야 될 거야. 하지만, 그건 별문제 아니네. 우리가 그의 온 얼굴과 머리털을 밀고, 이미지를 말쑥하게 만들어줄 거니까.

　그는 희망 없는 학과장이야. 모든 사람들이 자기를 조종하거나 제 위에 서게 하지. 그의 책들은 백인 아내가 써준 거라네. 박사 논문도 마찬가지고. 그는 가련한 공처가일 뿐이야. 또 심각할 정도로 무능한 가장이지. 도무지 제 목소리란 게 없다니까. 그래서 바부는 그가 우리 목적에 아주 잘 맞는다고 생각한다네. 그의 마음은 새하얀 종이니, 우리가 위대한 생각들을 거기 채워 넣으면 그의 포장이 그럴듯하게 되는 거지. 우리는 심지어 그를 제3새천년의 첫 번째 영웅으로 만들 수도 있다네. 이 운동에서는 이제까지 적절한 유인책을 써서 그에게 접근했어. 돈 따위 노골적인 것들이 아니라 훨씬 더 나은 것을 써서 말이야. 게다가 그는 순종적이라네. 참 대단히 말이야. 제3새천년을 위해 그의 항문에는 가장 아름다운 문신이 새겨져 있지. 우리는 그 그림을 따서 로고로 삼을 거라네. 그것은 21세기 전체와 그 이후에 인류를 섬기게 될 걸세. 그는 그 아이디어에 감격했어. 영원불멸하니까 말이야! 그러나 아무한테도 말하지 말게. 그랬다간 KGB한테 체포당할 걸세!"

　"그 구라를 몽땅 믿는단 말이야?"

　오일레이는 귀를 의심하며 물었다.

　"자네는 어찌 그리 퇴행한 건가, 오일레이 형제. 바부께서 그 모든 것을 고쳐주실 거네. 그분이 자네에게서 제3새

천년을 위해 위대하게 빛날 항문을 보시니까 말이야. 곧
여기 오실 걸세.”

“그자가 여기 올 거라고?”

“물론이지. 곧 오실 거야. 그분이 오실 때 기적을 갖고
오실 거라네.”

“사양하겠어. 나 대신 그자한테 욕이나 한 바가지 퍼부
으라고, 알았지? 내일 다시 올게. 나는 그 긴 세월을 사귄
자네를 구라쟁이 변태한테 잃고 싶지 않아.”

오일레이는 쿵쿵거리며 나가 마카리타를 잡은 뒤, 수미
트라의 이마에 마지못해 입 맞추고 그 집에서 나갔다.

“아니, 대체 왜 이래?”

마카리타가 화를 내며 물었다.

“바부가 곧 온대. 난 그 작자를 만나고 싶지 않아. 그랬
다간 그놈의 목을 부러뜨릴 것 같아. 불불 자식도 참 한심
하지. 당장 도와줘야 해. 내일 다시 그 집에 갈 거야. 어찌
됐든 그 자식 정신 차리게 해야 해. 딴 놈이 그 자식 넋을
빼가는 걸 보고만 있지 않겠어. 절대!”

부글거리던 화가 가라앉자 오일레이는 부드럽게 말했다.

“때마침 내가 정신이 들어 다행이었어. 그 가련한 자식
도 너무 늦지 않게 제정신을 차려야 할 텐데.”

“당신, 그 친구 엄청 챙기네. 안 그래?”

오일레이는 늘 그랬듯이 그녀를 화나게 하는 동시에 안

심시키는 표정을 지었다.

"아이고, 징글징글한 인간."

그녀는 속마음은 별로 그렇지도 않으면서 덧붙였다.

다음 날 아침, 오일레이가 쿠루티로 막 떠나려는데, 불불이 비틀거리며 차에서 내렸다. 얼굴과 입에는 가벼운 상처가 났고, 눈에는 시퍼런 멍이 들어 있었다. 오일레이는 그를 부축하고 들어와 갈기갈기 찢어진 셔츠를 벗겼다. 흠씬 맞아서 몸 여기저기가 부어 있었지만, 뼈가 부러지거나 속이 잘못된 건 아니었다.

"누가 이런 짓을 한 거야? 그 개새끼들을 죽여버릴 테다!"

"내 아들들이야. 내가 피땀 흘려 키운 세 자식 놈들 말이야. 물불을 안 가리더라. 내가 그 애들한테 나와 바부를 따르라고 간청했거든."

"뭐야? 맞아 싸네, 싸. 내가 그랬지. 네놈은 누구한테 흠씬 맞아야 제정신이 들 거라고. 다 얘기 해 봐. 리타! 뜨거운 물하고 붕대 좀 갖다 줘. 이 멍청이가 제 자식 놈들 때문에 엉망이 됐어. 이런 대우를 받아 싸지만!"

"난 아예 집에서 나왔어."

불불이 구슬프게 선언했다.

"수미트라와 딸년들까지 아들놈들 편을 들잖아. 자네 집에 내일모레까지 있을게. 바부하고 피지로 갈 거야."

"대체 왜 갈 건데?"

"공동체에 들어가려고. 로사나와 마라마에게 자네 안부를 전해주겠네."

"염병할. 이봐, 자넨 여기 있게 될 거야. 내 허락 없이는 아무 데도 못 가. 알겠어?"

"난 가야 해. 바부에겐 내가 필요해. 그리고 그런 점에선 자네도 마찬가지야. 하지만 자네가 그토록 뒷걸음질 쳐버린 게 참으로 슬프군. 그래도 바부는 걱정하지 않아. 그분 말씀으론, 항문에 생명의 입맞춤을 받은 이는 반드시 그때로 돌아가게 되어 있대. 자네도 그럴 거야. 그분이 자네에게 입맞춤을 했으니. 자네는 그 사랑과 존경의 행위를 절대 잊지 못할 거야. 시간이야 걸리겠지만, 그래도 자네는 우리에게 돌아올 거야. 자네는 '제3새천년의 표시'라는 깊은 낙인이 찍힌 거야."

"자네는 전혀 변하지 않았군. 그렇게 맞았는데도 말이야. 그건 나중에 얘기하기로 하지. 자, 이제 몽땅 이야기 해 봐. 어제 내가 자네 집에서 나온 다음부터."

마카리타가 옆에서 보살펴주는 동안 불불은 그간의 일을 늘어놓았다. 바부는 오후 늦게야 나타났다. 그는 피지로 떠날 텐데, 불불과 오일레이가 함께 갔으면 좋겠다고 말했다. 불불은 기꺼이 떠나겠다고 했으나 오일레이는 옛 생활로 돌아갔으니 제쳐 두라고 말했다. 그러자 바부는 불불에게 오일레이는 조만간에 다시 돌아올 테니 걱정할 것 없다고 말했다. 그날 저녁, 불불은 식구들에게 바부 철학의 경이로움에 대해 다시 한 번 설파했다. 그러나 식구들은 고함을 지르며 윽박질렀고, 어머니만 아니었다면 아버지를 마구 팰 기세였다. 아무도 그의 말을 들으려 하지 않았다. 아침 식사 때, 그는 바부와 피지로 떠나겠다고 선언했다. 아들들은 모두 벌떡 일어나 밖으로 나갔다가 곧 돌아왔다. 그들의 손에는 무언가가 하나씩 들려 있었다. 한 놈은 몽둥이를, 한 놈은 기다란 호스를, 또 한 놈은 주먹을 꽉 쥐고 흔들어댔다. 불불은 피할 길이 없었다. 수미트라에게 말려달라고 부탁해 보았지만, 마누라는 외려 자식 놈들을 부추겼다. 딸들도 마찬가지였다. 불불은 간신히 몸을 피해, 택시에 뛰어들어 경찰서로 몰았다.

"경찰한테 갔다고? 염병할! 가지가지로 복잡해지네. 경찰이 뭐라고 했는데?"

"경찰 말이야? 그냥 한바탕 웃고, 나더러 성 마틴스 정신병원으로 데려다 주겠다더군."

"말로만? 멍청한 놈들 같으니!"

"경찰한테 내가 온 건 잊으라고 말했어. 그리고 난 여기와 있는 거야. 내 식구들한테 반쯤 죽을 뻔하고, 경찰한테는 비웃음이나 당하고, 내가 아끼는 형제한테는 정결치 못한 말이나 들어가면서!"

"자네는 그 오만가지 일을 당해 싸."

오일레이가 말허리를 잘랐다.

"설마 경찰한테 내 얘긴 안 했겠지, 응?"

"거기까진 생각을 못 했네. 난 말할 게 있었는데, 그들이 비웃어 버리더군. 참 안된 사람들이야."

"아직도 똥오줌을 못 가리네. 네 걱정이나 해, 이 한심한 친구야. 내 이름 말 안 한 건 확실하지?"

"내가 왜 거짓말을 하겠어. 그래 봤자 내 영혼만 더러워지지."

불불은 고지식하게 말했다.

오일레이는 머리를 좀 굴려 보려고 밖으로 나갔다. 불불이 피지에 가는 것을 막아야 했지만 딱히 뾰족한 생각이 나지 않았다.

그날 오후 늦게 오일레이는 방에서 나왔다가 마룻바닥에 반가부좌 자세로 앉아서 연꽃자세를 만들려고 다른 발을 올리려 애쓰는 불불을 보았다. 잠시 동작을 멈췄다가 다시 시도하려는 판이었다. 불불이 자기를 바라보는 친구에게 말했다.

"떠나기 전에 연꽃자세를 완벽하게 해 보려고. 난 바다에 익숙하지 않아. 배만 타면 어지럽고 울렁거리거든. 바부의 말씀으로는 항해를 할 때는 연꽃자세가 아주 좋다더군. 몸이 완벽한 균형을 잡을 수 있어서 뱃멀미를 막아준대."

"그럼 배 타고 내내 연꽃자세로 앉아 가시려고?"

"아니야. 우리는 비행기를 타고 갔다가 수바에서 피지행 배를 탈 거야. 이 무렵에는 바다가 거칠잖아. 그래서 연꽃자세가 도움이 될 것 같아."

바로 그때 오일레이의 머릿속에서 불불을 못 가게 하고, 광증에서 그를 구해낼 방법이 또렷하게 떠올랐다. 그건 지극히 아름답고 참으로 잔인한 방법이었다. 그러나 해야만 했다. 오일레이는 흐뭇하게 웃으면서 친구에게 다가갔다.

"자, 내가 그 발 올리는 걸 좀 도와줄게."

그가 제안했다.

"괜찮아. 스스로 해야 해."

"죽고 싶어? 도와준다니까?"

"알았네, 오일레이 형제. 하지만 천천히 부드럽게 해야 해. 서두르지 마."

오일레이는 불불이 몸을 올리지 못한 발을 잡아 천천히 올렸다. 특히 발가락 쪽에 힘을 주었다. 그러다 갑자기 번갯불이 번쩍하듯, 순식간에 손에 힘을 꽉 주고는 확 당겨 비틀어버렸다. 발목과 무릎 관절이 우두둑 나가고, 불불이 미처 입을 벌리기도 전에 오일레이는 오른쪽 발마저 확 잡아당겨 비틀었다. 그것은 헤비급 챔피언이 상대방을 무자비하면서도 확실하게 무너뜨리는 바로 그 기술이었다.

모든 것은 순식간에 일어났고, 불불의 고통스런 비명이 뒤를 이었다.

"씨팔! 야, 이 똥구멍에 거꾸로 박을 씹새끼야! 내 다리를 왜 부러뜨리는 거야!"

가장 끔직스럽게 외설적인 욕설들이 차례로 쏟아져 나왔다.

자기가 한 일에 흐뭇해진 오일레이는 마치 사각의 링에서 제 코너의 의자에 앉듯 긴 의자에 앉아 불불이 몸부림치며 고래고래 소리 지르는 것을 냉정하게 지켜보았다. 마침 리타가 없기에 망정이지, 아니면 리타마저 어떻게 해야 했을지도 몰라. 그는 중얼거렸다. 불불이 비명을 지르고 거친 욕지거리를 토해낸 지 몇 분 후, 오일레이는 쓰린 상처에 소금을 비볐다.

"우리 집에서는 그런 말을 쓰면 안 되네. 영혼을 더럽히고 주위를 혼탁하게 하니까 말씀이야. 자네는 그 더러운 옛 모습으로 돌아간 데 대해 수치스럽게 여길 줄 알아야 해, 불불 형제."

"확 골로 보내 버리겠어, 이 개새끼야!"

불불은 이를 득득 갈며 다짐했다.

오일레이는 두 번째 라운드 벨 소리를 듣고 일어나 불불에게 가서 왼쪽 발목을 잡고 꽉 눌렀다. 이번에는 그다지 거세게 누르지는 않았지만, 그래도 불불의 비명과 외설스런 욕설을 거의 다물게 만들기엔 넉넉했다.

"잘 들어. 그놈의 똥구멍 같은 작자랑 아직도 피지에 갈 거야?"

"이런 망할! 안 가!"

"진짜지?"

"그래, 이 망할 자식아. 제발 그 손 좀 놔!"

"바부 비베카난드는 어떤 놈이지?"

"그놈은 똥구멍같이 더러운 놈이야! 제발 나 좀 놔줘."

"그 말 다시 해 봐."

"그놈은 개 똥구멍같이 더러운 놈이라고! 제발, 제 발……."

오일레이는 그의 발을 툭 놓았다. 불불은 몸부림을 치며 목 놓아 울었다. 오일레이는 무릎을 꿇고 그의 얼굴을 들었다. 광신자의 얼굴은 고통에 흐느껴 우는 평범한 인간의 가장 가련한 모습으로 바뀌어 있었다. 오일레이는 친구의 고개를 살그머니 내려놓고, 일어나 몸을 돌렸다. 그리고 곧 불불을 차에 태워 뒷자리에 부드럽게 눕히고 쿠루티로 향했다. 둘 사이에는 단 한 마디도 오가지 않았다.

병원에서 그는 닥터 타우비 메이트를 찾았다. 의사는 곧바로 치료에 들어갔다. 불불은 마취제를 맞고, 관절을 다시 맞추고, 깁스로 고정해서 옮겨졌다. 마취에서 깨어나자 그는 고통스럽게 신음했다. 진통제를 먹지 못한 탓이었다. 오일레이는 공중전화로 가서 전화를 걸고 침대 옆으로 돌아왔다. 20분 후에 이 씨가 들어왔다.

"아, 소우!"

그가 외쳤다.

"우리 불불 선생한테 일이 생겼군! 참으로 안타깝군, 하! 이렇게 큰 국립 병원에 진통제가 없다고? 참으로 우습군, 하! 그러나 걱정 놓으시게, 친구. 이호정이 그대를 제대로 완벽하게 고쳐줄 테니까. 자! 양쪽 팔목에 침을 각각 놔드리지. 첫 번째 침이요, 자! 두 번째 침이요, 자! 침을 돌리면 고통은 없어질 게요, 알겠지요? 고통이 사라졌나? 아직 아니라고? 자! 좀 더 돌리지. 이젠 없어졌나? 모두? 좋아, 대단히 좋아, 하! 이틀 후에 와서 좀 더 놓아드리지. 알겠소? 이젠 푹 쉬시오. 그때까진 고통을 못 느낄 거요.

아, 소우! 이봐요, 친구. 그 아래쪽 문제는 어떻소? 아직 안 좋다고? 피가 아직도 난다고? 아직 못 고친 게군. 소우! 당신은 다음 날 아침에 오기로 했지. 안 그랬나? 잊었다고? 괜찮소! 누구나 이런저런 걸 잊기 마련이지, 하! 고통은 어떻소? 슬금슬금 다시 시작된다고? 당장 고쳐야겠군. 오, 호호! 아니, 아니! 구멍 말고! 저번처럼 발목에 놓을 거요, 기억나시나? 좋아! 고름 낼 때만 구멍에 침을 놓는 거야. 하! 내 치료소에서 해야지. 여기서 하면 간호사들이 봐. 그럼 남자끼리 그 짓한다고 감방행이지! 그럼 좋을 게 없어, 그렇지?

우선 바닥에 누워 보시게. 간호사들이 오기 전에 얼른 해야지. 쥐뿔도 모르는 주제에 진통제 하나 없는 그놈의 의사들한테 침에 대해 설명하려면 복잡해, 하! 준비되셨소? 좋아. 왼쪽 발목에 하나 놓고, 자! 오른쪽 발목에도 놓고, 자! 동시에 둘 다 돌리리다, 자! 이놈의 바닥에 쭈그리고 앉아서 하려니 쉽지 않군, 하! 소파가 훨씬 나아. 고통이 사라졌소? 정말이오? 좋아. 아, 그렇군! 돈은 다음에 우리 집에 들를 때 주시오. 나흘 후요. 이번엔 잊지 마시오!

이거 보이시나? 인삼 병이지. 가지시오. 돈은 필요 없소. 이놈의 나라에서 유일한 인삼 상인인 이호정이 거저 드리는 선물이지, 하! 드셔 보시고, 더 필요하시면 그다음부터는 돈을 내시오. 불불의 친구라면 아소우한테도 절친한 친구인 게지, 하! 아주 작은 숟갈로 한 숟갈 차에 넣어 마시면 되오. 금방 힘이 번쩍 솟구쳐서 젊고 예쁜 처자를 한꺼번에 넷은 금방 해치울 수 있지. 말하자면 차례차례 말씀이야, 하! 우리 불불 군은 금방 잠이 들었군. 좋은 징조야, 자! 그럼 잘 주무시오, 하!”

친구가 편안하게 자고 있는 것을 보고 오일레이는 조용히 나와 문을 닫았다. 차를 몰고 불불의 집에 가 보니 수미트라와 장성한 자식들은 장례라도 치른 듯한 모습으로 베란다에 앉아 있었다. 그들에게 불불이 어디 있는지, 무슨 일이 일어났는지를 이야기하자 그들을 둘러싸고 있던 우울함이 싹 가셨다. 맏아들 수렌드라는 사무실로 가서 카바 단지를 가지고 돌아왔다. 그들은 카바를 마시며 즐겁게 이야기를 나누면서 아버지가 했던 말을 놀려먹었다. 조용히 있던 오일레이가 한참 뒤에 말했다.

"내일 다들 불불을 찾아가 보지. 식구들을 보면 반가워할 거야. 제정신을 찾았으니까."

이렇게 권고한 뒤 그는 일어섰다. 수렌드라가 그를 집까지 태워다주었다.

다음 날 저녁, 환자 방문 시간이 한참 지난 뒤였다. 불불은 깊이 잠들어 있었다. 문이 살며시 열리더니 흰 머리에 흰 턱수염을 하고 도우티를 두른 사람이 슬며시 들어왔다. 그는 침대 발치에 서서 깊은 애정과 다정함이 깃든 눈으로 불불을 지켜보았다. 그러더니 다가서 깊은 사랑과 존경을 담아 불불의 환자복 바지를 끌어내리고 공중에 매달린 다리 가랑이 사이에 자기 얼굴을 파묻었다.

"이런 망할! 꺼져, 이 끔찍한 악당 녀석아! 썩 꺼져! 간호사! 간호사!"

그러나 불불의 목소리는 아직도 너무 쉬어 있어서 침대 너머로 멀리 뻗어나가지 못했다. 그는 아래로 몸을 숙여 바부의 머리를 밀려 했으나 소용없었다. 할 수 없이 분노의 고함만 질러댔다. 바로 그 순간, 우연히 지나가던 야간 당직 간호사가 안을 엿보았다. 그녀의 다리가 폭풍우 속에서 풍차날개 돌아가듯 홰래랙 움직였다. 곧 묵직한 발소리가 복도에서 쿵쿵거리더니 육중한 경비원 셋이 병실로 쳐들어왔다. 바부는 너무 놀라 혼이 나갈 정도였다. 그 이후의 일은 신속 정확했다. 바부는 양손이 뒤로 꺾이고 입은 테이프가 붙여져 바닥에 엎드려 있게 되었다. 경찰이 도착해서 그를 경찰서로 끌고 갔다. 심문을 마친 경찰들은 대단히 역겨워하면서 자기들이 허튼 소리를 하는 미치광이를 상대하고 있다고 결론 내렸다. 그들은 그를 성마틴스 정신 병원으로 데려가 가두었다.

그 병원 사건이 일어난 지 한 달 뒤, 짐머만 박사는 이미 성 마틴스 병원에 와 있는, 요가 수행자라고 주장하는 퉁명스러운 미국인과 우울한 얼굴의 동유럽인을 맞아들였다. 그들 셋이 떠나기 전, 짐머만 박사는 사무실 문을 걸어 잠근 채 바지를 벗어버리고 바부에게 항문을 내보였다. 바부는 경건하게 꿇어 앉아 제 코로 그곳을 축복했다. CIA와 KGB요원은 매우 흐뭇해서 자기들도 짐머만 박사에게 같은 축복을 내렸다.

"제 사직서가 받아들여지는 대로 피지에서 다들 만납시다."

짐머만 박사는 이렇게 말하며 그들을 내보냈다.

오일레이와 바부는 티포타에서 더 이상 바부를 만나지 못했다. 그러나 둘 다 바부가 그들에게 했던 입맞춤의 기억은 지울 수가 없었다. 그가 그들의 항문에 뿌린 씨앗이 그만 마음속에서 자라나 머릿속에서 터 잡는 바람에 마침내 우주의 본성에 대한 진실을 인정하게 되었기 때문이다.

9

바부가 성 마틴스 정신 병원을 떠나 더 큰 세상 속으로 사라진 지 넉 달이 흘렀다. 불불은 종합병원에서 나와 가업과 제 식솔을 돌보는 일로 돌아갔다. 아직 지팡이에 의지해야 했지만 한 달 정도면 다시 원래 몸으로 돌아갈 거라고 낙관했다.

바로 그날 그는 오일레이에게 나쁜 소식을 전했다. 아소우가 쿠루티에도, 심지어 티포타에도 보이지 않아서 언제 다시 그를 치료하게 될지 모른다는 소식이었다. 아소우가 바람난 아내를 되찾아오려고 오스트레일리아로 떠났다는 것이다. 그의 아내는 남편 허락 없이 먼저 그곳에 가 있었다. 게다가 매우 은밀히, 그리고 외설스럽게도 제 남편보다 훨씬 말랑말랑하게 젊은 놈과 함께 사라졌다는 것이다. 그자의 이름은 이광수로 아소우와는 5촌간이었다. 그는 시드니의 유명한 딕슨 거리에서 식당을 하는 부유한 집안 자손으로 매우 방탕한 인물이었다. 이광수는 해마다 3주 동안의 휴가를 이호정의 3층짜리 '용의 연고' 꼭대기 층 살림집에서 손님으로 극진한 대우를 받으며 보냈다. 그가 도착하자 집주인은 이렇게 말했다.

"내 것은 모두 자네 것이야. 마음껏 쓰도록 하게, 하!"

이광수는 그야말로 마음껏 즐겼다. 특히 집 주인의 등 뒤와 침대에서 주인마누라를 아주 제대로 즐겼다. 그가 떠나던 날, 마누라는 그를 공항에 직접 데려다주었다. 아소우는 환자가 많아 몸을 빼낼 수 없었기 때문이었다. 그들이 차를 몰고 떠나기 전에, 아소우는 아내인 미차우가 자기를 껴안고 눈물이 글썽글썽해서 "절 위해서라도 당신을 꼭 돌보셔야 해요. 흑흑, 그럼 다녀올게요"라고 말했던 게 생각났지만, 때는 이미 늦었다. 그는 정말로 캄캄하게 몰랐던 것이다! 그날 밤 그는 차가 공항에 버려져 있고, 그날 오스트레일리아로 가는 유일한 비행기인 콴타스 항공의 탑승객 명단에 미세스 리라는 여자가 일등석 표로 탑승했으며, 잘생긴 그녀의 남편인 이광수 씨가 동승했다는 것을 알아냈다. 아소우는 다음 비행기로 뒤따랐다.

"이거 보이지?"

그는 자기를 공항까지 데려다 준 친구에게 면세점에서 산 바비큐 꼬챙이를 휘두르며 말했다.

"그 개새끼를 잡으면 이걸 그놈 똥구멍에 푹 꽂아서 천천히 돌려주겠어. 아주 천천히, 하!"

일주일 후에 그 친구는 이런 내용의 텔렉스를 받았다.

'못된 년놈, 아직 못 잡음. 임무 완수 후 복귀. 이호정.'

이것은 오일레이에게 실로 나쁜 소식이었다.

"그런 인간들은 불알을 잘라버려야 해!"

그는 불불에게 말하며 주먹을 꽉 쥐고 비틀어댔다. 그간 정기적으로 침 치료를 받은 덕분에 항문과 머리의 통증이 제법 덜했고, 집안 분위기도 비교적 즐겁게 유지되었다. 아소우가 떠나버린 탓에 오일레이는 예전처럼 통증에 시달려야 했다. 그는 다른 이들에게 구원을 받아 보려 애썼다. 하지만 그 어느 도토레도 명성이 땅에 떨어지고 환자를 잃을까 봐 두려워 그의 몸에 손도 대려 하지 않았다. 사실 치료사들과 치유사들이 넘쳐나는 바람에 경쟁이 매우 심했는데도 말이다.

바부와의 일을 겪고 난 뒤, 오일레이는 자신의 은밀한 부분을 간호사들에게 내보이는 것을 더 이상 부끄러워하지 않게 되었다. 그래도 병원에 가는 것은 내키지 않았다. 닥터 타우비 메이트는 예전에 그에게 '죽음의 문'에 들어가지 말라고 권한 적이 있다. 부유한 티포타 사람들은 친척들을 외국으로 보내 치료를 받게 했다. 오일레이의 재산은 넉넉지 못했다. 도토레들에게 준 선물 덕에 가산이 실로 바닥을 드러냈기 때문이다.

그는 자포자기 상태에 빠졌다. 성미도 조급해졌다. 메레는 더 이상 그의 집에 오지 않았다. 대신 마카리타가 날마다 한나절씩 친정에서 보냈다. 그들이 열을 내며 말다툼한다는 소문이 널리 퍼져 마침내 국무총리의 귀에까지 들어갔다. 그는 이미 오일레이의 악명 높은 엉덩이가 당의 이미지에 미치는 영향에 대해 걱정하고 있었다. 국무총리는 특별 당 위원회를 열었다. 오랫동안 공석이었던 상원의원직에 오일레이를 임명하겠다는 것을 취소해버리고 이렇게 선언했다.

"우리는 의회에 커다란 똥구멍이 또 생기기를 바라지 않소. 안 그래도 넘쳐나니 말이오. 모두 동의하시오?"

"예, 총리각하!"

위원들은 합창했다. 그분의 앞에서 할 수 있는 말은 그것뿐이었으니까.

오일레이에게는 최후의 수치였다. 이상하게도 바부가 항문에 뿌렸던 씨앗들을 떠올릴 때만 겨우 마음이 안정되었다. 역겨운 생각들을 지워버리려고 애써 보았지만, 그럴수록 기억이 새록새록해졌다. 그는 가끔 바부가 아직 자기 주위에 있었으면 하고 바랐다. 절망의 밑바닥을 긁고 있던 어느 늦은 오후, 불불과 닥터 타우비 메이트가 그를 찾아왔다.

"잘 지내나?"

불불이 물었다.

“그래 보여? 염병할!”

“수술을 받아야 하지 않겠습니까?”

메이트가 제안했다.

“그놈의 종합병원에서? 놀리는 거요?”

“여기 말고요. 뉴질랜드에서요.”

“염병할! 거기까지 갈 돈이 어디 있소? 망할 놈의 청구서들이 쌓여가는 판인데!”

“걱정은 붙들어 놓으라고.”

불불이 끼어들었다.

“키위(뉴질랜드 사람)들의 원조 프로그램에서 뉴질랜드까지 환자를 보내준다고 하니까. 어젯밤에 칵테일파티에서 그 얘길 들었어. 타우비가 진짜라고 하던데?”

“그럼 당신은 그 얘길 왜 여태 안 해준 거요, 니미럴!”

오일레이가 타우비 메이트를 보며 윽박질렀다.

“그땐 미처 생각을 못 해서…….”

“잊어버렸군! 그놈의 병원에서 사람들이 파리처럼 죽어 나가는 게 당연하군, 당연해!”

“그건 병원에서 공공연하게 할 말이 아니어서…….”

“그럼 어떤 놈들한테 알려주는 건데? 당신 같은 사람들한테만?”

“야, 자슥아. 진정해라. 타우비는 내가 도와달라고 해서 여기 온 거야. 그러니까 입 닥치고 듣기나 해.”

오일레이를 야단치고 조용히 시킬 수 있는 사람은 불불뿐이었다.

“타우비가 자네 상황에 대해 보고서를 쓰고 해외 치료를 받을 수 있게 추천할 거야. 동네 위원회 간사한테 뉴질랜드 대사관에 도와달라는 편지를 쓰게 하면 되고. 대사관에 보낼 서류는 오늘 오후에 내가 가져올게. 얼른얼른 진행해야 해.”

“얼마나 기다려야 하는데?”

오일레이가 희망에 부풀어서 물었다.

“대사관하고, 그쪽 병원의 병상 여부에 달려 있지요.”

타우비 메이트가 대답했다.

“병상은 늘 만원이고, 수술 대기자 명단도 길거든요. 하지만 섬 출신 환자에게 특별대우를 해주기도 합니다. 제 생각엔 이틀에서 2주 정도면 떠날 수 있을 것 같아요.”

“가능성은 얼마나 있나요?”

“아주 좋지 않나 싶습니다만…….”

타우비 메이트가 애매하게 대답했다.

“낙관적으로 들리지 않는군, 염병할!”

“그저 최선을 다하고 기다립시다. 아시겠어요?”

그들은 즉각 일을 시작했다. 타우비 메이트는 오일레이를 검진해서 동네 위원회에 보내는 편지의 형태로 보고서

를 썼다. 불불은 위원회 간사인 부타코 경관을 찾아서 탄
원서를 쓰게 했다.

중서부 지역
코로다무 마을 위원회
간사 귀하

간사님께

제가 귀 마을 위원회 회장인 오일레이 봄보키 씨를 검진한
결과, 심각한 고통이 수반되는 누관염 증상을 발견한 바,
숙련된 전문가의 응급 수술이 필요하다고 사료됩니다. 그
렇게 정밀한 수술을 할 수 있는 여건이 우리나라에는 갖춰
져 있지 않사오니 봄보키 씨가 치료차 뉴질랜드로 후송될
수 있도록 추천 드리는 바입니다. 간사님께서 그를 해외로
보낼 재정적 후원을 찾아보신다면 제가 아는 오클랜드의
의사에게 기꺼이 연락해서 이 환자를 맡아달라고 하겠습
니다.

수의학 박사 T. 메이트 드림
쿠루티 종합병원 의사과장

파라다이스 타워스, 쿠루티
뉴질랜드 대사관
대사 귀하

존경하옵는 대사님께

사탄의 유혹을 뚫고 저희를 이 아름답고 멋진 날로 이끌어
주신 주 예수님께 감사드립니다. 또한 대사님을 귀한 이
나라로 인도하시어 저희의 삶을 도와주시고 언젠가 저희
가 자부심 넘치고 자족적인 국민들이 되어 대사님과 악수
하며 눈인사를 하게 해주실 주님을 찬양합니다.

　지금 현재 저희는 가난하고, 이곳의 병원들은 아무 쓸모
가 없습니다. 병원들이 너무 열악하여, 그중 가장 큰 병원
에 근무하는 친애하는 타우비 메이트 박사마저 병원에 가
봤자 죽음에 가까워질 뿐이니 가지 말라고 할 정도입니다.
그분은 뉴질랜드에 가는 게 낫다고 말했습니다. 하지만 저
희는 그곳에 갈 돈이 없습니다. 대사님께서는 저희를 그곳
병원에 보내줄 만한 여유가 있다고 들었습니다. 저희 중
단 한 명만이라도 도와주시기를 바랍니다.

　대사님도 다른 이들과 마찬가지로, 저희 마을 위원회의
위대한 위원장인 친애하는 오일레이 봄보키가 옴푸(영어
로 이게 뭔지 모르겠습니다, 죄송합니다)에 매우 큰 문제

가 있다는 것을 들으신 바 있다고 굳게 믿습니다. 메이트 박사가 그것에 관한 모든 것을 대사님께 설명드릴 것입니다. 아시다시피 친애하는 위원장은 우리나라에서 두 번째로 중요한 인물입니다. 그는 지금도 위대한 전 헤비급 챔피언이며, 죄송합니다만 대사님 나라의 챔피언을 3회 연속 뻗게 했습니다. 친애하는 국무총리께서 말씀하셨듯이 권투와 럭비는 우리 전통 문화에서 가장 중요한 것들이며, 오일레이는 국무총리 다음으로, 현존하는 국가적인 문화 영웅입니다. 만약 그가 지금도 젊었다면 쿵푸, 가라데, 태권도 같은 새로운 운동에서도 가장 위대한 챔피언이 되어 있을 것입니다만, 지금 나이가 들어가고, 움푸에 이런 문제가 있습니다. 우리는 그를 뉴질랜드로 보내고 싶지만 위원회에는 돈이 없습니다. 전에는 많았는데, 작년에 그만 재무담당인 사노바비치가 한 푼도 남김없이 털어서 사라졌습니다. 그는 지금 귀국에 살고 있으며, 저는 그가 매우 대단히 나쁜 사람이기 때문에 뉴질랜드를 위해 참 안타까운 심정 금할 길이 없습니다. 대사님께서는 귀국 경찰들에게 그를 잡아 코로다무로 보내달라고 말해주십시오. 그를 흠씬 두들겨 패서 감옥에 쳐 넣고 싶으니까요.

어쨌든 저희에게는 돈이 없고, 오일레이에게는 더 없습니다. 전에 오일레이와 국무총리를 치료했던 그놈의 중국인 사기꾼인 아소우는 돈이 많지만, 조카와 달아난 젊은 마누라를 뒤쫓아 시드니로 가버렸습니다. 사실 저는 그 여자를 비난하고 싶진 않습니다. 남편이란 자가 워낙 더러운 늙은이였으니까요.

그 때문에 저는 이 편지를 코로다무 마을 위원회를 대표해서 대사님께, 오일레이가 수술을 받으러 오클랜드로 갈 수 있게 돈을 좀 주십사 청하는 편지를 쓰고 있는 것입니다. 저희는 오일레이를 참으로 안타까이 여깁니다. 그 까닭은 그의 고통이 워낙 심하고, 하도 불같이 화를 내기 때문입니다. 이틀 전에 저는 그에게 움푸에 병을 달고 있다고 놀렸다가 박살 날 뻔했습니다. 저는 창문으로 뛰쳐나가 예수 그리스도께 제 발을 오토바이로 변신케 해달라고 기도하며 미친 듯이 도망갔습니다. 제가 지금 살아 있어 얼마나 다행인지 모릅니다. 그러나 저희 모두는 오일레이를 사랑하며 그가 아직 죽기를 원치 않으며, 또한 그가 아직 누군가를, 특히 저를 죽이기를 원치 않습니다. 그러니 제발 그가 뉴질랜드로 갈 수 있는 돈을 얼마간 보내주시기를 부탁드립니다.

불불은 제게 이것을 대사님께 절대 말하지 말라고 했습니다만, 만약 대사님께서 오일레이를 오클랜드로 보내는 비용과 병원비를 지불해주신다면 그거야말로 마땅하고 공정한 일이 되겠습니다. 왜냐하면 사노바비치가 훔쳐간 돈의 일부는 귀국의 항공사인 에어 뉴질랜드의 표를 사는 데

쓰였고, 나머지 돈은 그가 오클랜드에서 써대고 있기 때문입니다. 저는 불불에게 대사님께는 한 마디도 하지 않겠다고 약속했기에, 극히 일부만 말씀드리는 겁니다. 부탁드리오니 제가 대사님께 말했다고 그에게 얘기하지 마십시오. 그랬다간 제가 아무리 경찰관이라도 그는 저를 죽이려 들 것입니다. 이곳 사람들은 법과 질서는 물론 경찰인 저에게도 전혀 존경심이 없습니다. 그래서 저도 뉴질랜드에 가서 살며 다른 일을 해야 할 것 같습니다. 저는 더 이상 경찰 일은 하고 싶지 않습니다. 그것에 관해서는 곧 따로 편지를 드리겠습니다.

만약 대사님께서 예수 그리스도께 기도하신다면 그분께서는 최선의, 가장 친절한, 그리고 유일한 일은 우리가 사랑하는 오일레이의 움푸를 낫게 도와주는 것이라고 말해주실 것입니다. 대사님께 하느님의 가호가 있으시길 빕니다.

코로다무 마을 위원회 간사
D. 부타코 경관 올림

부타코는 그 편지를 다른 것과 함께 봉했고, 불불은 그것을 그날 오후 늦게 대사관에 갖다 주었다. 갓 부임한 이민담당관인 로버트 에인슬리가 그것을 전달받고 포켓판 옥스퍼드 사전을 참고해 보았지만, '누관염'이란 항목을 찾을 수가 없었다. 바로 그때 뉴질랜드에 전통 목검을 수출해 보려는 사업가들과 점심을 먹으러 나갔던 존 존스터 영사가 세 시간이 지나서야 비틀비틀 들어오는 모습이 보였다.

"이봐, 잭. 누관염(fistulitis)이 뭐지?"

에인슬리가 큰 소리로 말하며 그에게 편지들을 내밀었다.

존스턴은 그 서류에 초점을 맞추기가 힘들었다.

"그거야 쉽네, 밥."

그가 마침내 말했다.

"누군가 주먹(fist)에 문제가 생긴 거야. 아마 왕년에 남들 머리통을 너무 많이 갈겼나 보지. 그럼그럼! 그자가 문화 영웅이라고? 내가 자네라면 오씨(오스트레일리아사람)들한테 부탁해 보라고 편지하겠네. 그쪽엔 문화 보존 기금이 있거든. 어쩌면 박물관 전시용으로 그자의 속에 솜을 잔뜩 채워 넣을지도 모르지. 오커(데퉁스러운 오스트레일리아사람)들한테는 절대 말하지 마. 어쨌든 주먹이 아픈 것 정도야 오클랜드까지 원조 받아가며 갈 정도로 심각한 건 아니네."

"자네 말이 맞아, 잭. 고마워."

"멍청한 것들. 그따위 일로 우리한테 접근하려 들다니!"

"참, 그런데 그 위원회 편지는 어떻게 생각하나? 자네 같으면 어떻게 하겠어?”

“그런 편지야 늘 받는 거지. 특히 시골과 오지 섬에서 많이 와. 통상적인 재치를 좀 부려서 답장해주면 그치들이 아주 행복해하더군. 자네도 이곳의 행동 방식에 적응해야 할 거야. 곧 익숙해지겠지.”

“뭐가 뭔지. 어쨌든 고마워.”

네 시가 훌쩍 넘어 대부분 집에 가버린 시간에 에인슬리는 불불 혼자 참을성 있게 기다리고 있는 대기실로 들어갔다. 에인슬리는 그에게 봉한 봉투를 주면서 말했다.

“기다리시게 해서 죄송합니다. 이 일에는 시간이 걸리거든요. 귀하의 친구 분을 위해 저희가 아무것도 해드릴 수 없어 유감입니다. 주먹보다 좀 더 심각한 곳에 문제가 생겼다면 기꺼이 보내드릴 수 있었을 텐데 말이지요.”

“글쎄요. 무슨 주먹 말씀이신지?”

“친구 분의 손에 있는 문제 말입니다. 메이트 박사의 보고서에는 ‘누관염’이라고 되어 있던데요. 권투를 하던 시절에 너무 많은 사람들을 때린 게 분명합니다. 전에 다쳤던 곳이 한참 후에 문제가 되기도 하니까요. 아직도 아프시면 현지 지압사나 전통 마사지사의 치료를 받으실 수 있겠지요. 그건 마오리족이 확실히 잘합니다. 우리는 심각하지 않은 환자들은 뉴질랜드로 보내지 않습니다.”

“누관염인지 뭔지는 모르겠지만. 오일레이의 손은 아무

이상 없습니다. 문제는 그의 엉덩이가……."

"그분이 엉덩이를 가격 당했다는 말씀입니까?"

"그런 게 전혀 아닙니다. 그 친구는 엉덩이 안쪽에 매우 큰 고통을 겪고 있습니다. 그게 바로 문제랍니다."

"그렇군요! 엉덩이의 통증. 그럼 왜 의사는 그렇게 말하지 않았나요? 오클랜드에 있는 우리 대사님도 같은 문제를 겪고 있답니다. 대사께서는 지난주에 가서 수술을 받고, 지금 회복이 빨리 되고 있답니다. 누관염인가 하는 것이, 바로 그런 것이라면 참 아프겠습니다. 내일 아침에 보다 자세한 의사의 진단서를 가지고 오세요. 그럼 일을 시작하도록 하겠습니다. 만약 어…… 항문의 고통 때문에 그런 거라면 아무 문제가 없습니다. 그럼 내일 뵙지요."

오일레이와 불불, 그리고 부타코 경관은 거실에 앉아 닥터 타우비 메이트가 에인슬리의 답장을 소리 내어 읽는 것을 들었다.

D. 부타코 경관 귀하
중서부 지역
코로다무 마을 위원회 간사

친애하는 부타코 경관께

대사관에 보낸 편지에 감사드립니다. 저는 위원회 위원장
께서 그렇게 안 좋으시다는 소식에 진심으로 안타깝게 생
각합니다. 그분이 하루 빨리 회복되기를 바랍니다. 그런데
이곳에서 치료될 수 없는 가장 심각한 환자를 돕는 것이
저희 방침입니다. 따라서 봄보키 씨의 상태는 그것과 매우
멀다고 분류되었음을 알려드리게 되어 유감입니다. 그분
의 주먹은 국내에서도 매우 잘 치료될 수 있다는 조언을
받았기 때문입니다.

　귀하의 개인적 상황에 대해서는 매우 공감합니다. 귀하
의 편지는 가장 완벽한 기밀사항으로 다루어지고, 앞으로
도 늘 그렇게 다루어질 것입니다. 믿으셔도 됩니다.

행운을 빌며,
R. 에인슬리
이민국 부영사

　"그러니까 그 사람은 누관염을 주먹에 생긴 질병이라고
생각한 거군! 뉴질랜드 사람이 어떻게 제 나라 말도 잘 모
를 수가 있지? 이런 멍청한 작자! 니미럴!"
　"너무 몰아세우지 말아요. 그 사람은 의사가 아니잖소.
저들 사회의 모든 분야에는 자기네만 쓰는 특별한 용어가

있는 법이니까.”

닥터 타우비 메이트가 설명했다.

“불불이 말했지만, 그 친구는 당신의 진짜 문제가 무엇인지 알았을 때 굉장히 동정하는 듯했다고 했어요. 특히 자기 상사도 비슷한 고통을 겪었으니까요. 오늘은 이미 늦었고, 난 무척 피곤해요. 그 사람이 제안한 대로 일을 합시다. 내가 보고서를 다시 쓰겠으니 부타코도 동봉할 편지를 또 하나 쓰도록 하세요.”

R. 에인슬리 씨 귀하
이민국 부영사
뉴질랜드 대사관
파라다이스 타워스, 쿠루티

에인슬리 씨께

저는 오일레이 봄보키 씨를 검진하고 그가 극히 심한 항문 낭종, 즉 염증자리에서 고름을 배출하는 항문주위 농양을 진행시키는 항문관의 염증 상태에 처해 있다는 것을 확인했습니다. 이 상황은 대개 ‘엉덩이의 통증’으로 알려져 있으며, 상당히 심각한 불편을 초래할 수도 있습니다. 그것은 배변을 조절하는 중요한 직장근을 절대 손상시키지 않은 상태에서 매우 정밀한 수술을 받아야만 제거될 수 있습니다. 이미 귀하께서 아시다시피, 환자가 배변을 통제할 수 있는 기능을 완전히 잃게 한 수술상의 실수와 관련된 소송이 대법원에 계류 중입니다. 우리나라 병원들의 의료 시설 상태로 미루어 보아, 성공적인 항문 수술을 보장할 수 없습니다.

봄보키 씨는 앞쪽 1/4 지점 두 곳에서 계속 고름이 배출되고 있습니다. 그는 끊임없는 고통을 겪고 있으며 상태가 날마다 악화되고 있습니다. 그는 반드시 외국에서 치료를 받아야 합니다. 이 문제에 대한 귀하의 도움은 인도적으로 매우 큰 가치가 있을 것입니다.

수의학 박사 T. 메이트 드림
쿠루티 종합병원 의사과장

R. 에인슬리 이민국 부영사
뉴질랜드 대사관
파라다이스 타워스, 쿠루티

부영사님께

주 예수께서 저희에게 또 다시 이 화창한 날을 주시고, 죄 많은 저희에게 사랑을 베풀어주신 것을 찬양합니다. 주님께서 또한, 저로서는 그 소식에 참으로 안타까운 바, 움푸 수술을 받고 뉴질랜드에서 회복 중이신 대사님께 보낸 제 편지에 귀하께서 그토록 친절하게 답장을 보내주시도록 인도해주신 것을 찬양합니다. 위대하고 중요한 분들만이 이런 문제로 고통을 겪는 것 같습니다. 우리의 친애하는 위원장인 오일레이 봄보키는 귀하도 아시다시피 위대하고 중요한 인물입니다.

움푸가 무엇인지 모르신다고 해서 제가 귀하를 탓할 마음은 없으니, 그 까닭은 저 또한 그것이 영어로 무엇인지 모르기 때문입니다! 그러나 그것이 우리나라 말로 '투키'인 주먹을 뜻하지 않는다는 것은 분명합니다. 움푸는 모든 이들이 태어날 때부터 몸에 지닌 엉덩이의 구멍을 뜻합니다. 때때로 그 구멍은 푸프푸프를 만들어내는데, 그것은 나쁜 공기를 조용히, 때로는 시끄럽게 내보내는 바로 그것을 말합니다. 오일레이는 그의 구멍에 문제가 있는데, 대단히 고통스럽다는 것은 제가 역시 자신의 위대하고 큰 구멍에 생긴 문제에서 회복 중인 귀하의 상사에게 보낸 편지에서 이미 말씀드렸습니다. 타우비 메이트 박사는 가련한 오일레이의 엉덩이 안쪽에 점점 커져 가는 구멍 두 개가 있다고 말합니다. 그는 다 합해 세 개인 이 구멍들에 대해 매우 혼란스러워하며, 오일레이가 태어날 때 하느님께서 주셨던 게 어느 것인지 판별하기가 거의 불가능하다고 합니다. 그러니 친애하는 우리 위원장에게 뉴질랜드로 수술을 받으러 갈 수 있도록 돈을 보내주십시오. 이렇게 혼란스러운 상태가 지속된다면 그는 언젠가 미쳐서 누구를 죽일지도 모릅니다. 귀하께서 제가 보낸 첫 편지를 다시 읽어 보신다면 왜 그가 오클랜드로 가야 하는지 다른 이유를 찾으실 수 있을 겁니다.

제가 첫 편지에 쓴 내용을 귀하께서 불불에게 말하지 않은 데 대해 정말 감사드립니다. 귀하의 나라인 뉴질랜드 사람들은 뒷말을 하지 않아서 비밀을 잘 지키더군요. 여기서는 그렇지 못합니다. 실상 매우 나쁜 점이지요. 우리나라의 유명한, 그러나 썩 사랑받지는 못하는 마라마 카바스는 대학 선생들이 가장 나쁜 사람들이라고 합니다. 왜냐하면 그들의 입은 도서관과 강의실의 지붕처럼 줄줄 새니까요. 그들과 교류하는 많은 뉴질랜드 사람들은 저희의 나쁜 버릇을 닮아 입이 싸지요. 저희 모두는 뉴질랜드에서는 뒷말을 하지 않는다는 것을 압니다. 그리고 바로 그 때문에 제가 곧 오클랜드에 가서 영원히 살고 싶어하는 것입니다. 그 점에 대해서는 따로 편지 드리겠습니다.

만약 귀하가 주 예수님께 신실하게 기도하신다면, 주님께서는 귀하가 해야 할 최고의, 가장 친절하고 유일한 일

은 우리의 친애하는 오일레이가 수술을 받으러 해외에 나
가, 새로 생긴 구멍들을 완전히 꿰매고, 그가 태어날 때 하
느님께서 주신 진짜 구멍이 잘 회복되어 제 할 일을 하도
록 돕는 것임을 다시 한 번 말씀하실 것입니다.

신의 가호를 빌며,

D. 부타코 경관
코로다무 마을 위원회 간사

　다음 날 오후에 불불은 에인슬리의 두 번째 답장을 갖
고 왔다. 타우비 메이트 박사는 그것을 모두에게 읽어 주
었다.

D. 부타코 경관께
코로다무 마을 위원회 간사

부타코 경관 귀하

하느님은 한 분이시며, 하느님은 위대하시도다! 자비로우
신 예수님은 귀하와 저 같은 죄인들을 사랑하십니다. 할렐
루야! 귀하의 편지와 명확하고 세밀한 의료 보고서에 감사

드립니다. 그것을 통해 귀하의 친애하는 위원장은 명백히 도움을 받을 수 있는 영역에 속하게 되었습니다. 대사관에서 귀하의 청원을 승인하였음을 기쁜 마음으로 알려드리는 바입니다. 뉴질랜드 정부는 봄보키 씨의 모든 비용을 지불하고, 출발부터 귀국에 이르기까지 책임을 질 것입니다. 대사관에서는 그를 치료해줄 오클랜드의 의사들을 대기해 놓았습니다.

불행히도 현재 모든 병원들은 만원이고, 예약도 완료된 상태라 봄보키 씨는 오늘부터 향후 15일이 지나야만 입원이 가능합니다. 그러나 진통제를 주문했으니 내일 항공편으로 도착할 것입니다. 진통제를 가지러 올 사람을 내일 오후에 제 사무실로 보내주십시오. 오클랜드에 도착할 때까지는 진통제를 써서 고통을 완화시켜 보도록 하십시오.

귀하께서 그의 여행에 필요한 모든 서류를 마련하고 비자에 필요한 그의 여권을 여기로 보내주신다면 감사하겠습니다.

저희에게 신뢰를 보여주셔서 대단히 감사합니다. 그렇습니다. 저희 뉴질랜드 사람들은 이 지구상의 그 누구보다도 선한 사람들입니다. 그리고 만약 저희에게 뛰어난 미덕이 있다면 그것은 이 긴 하얀 구름의 땅이 하느님의 나라이기 때문입니다. 오스트레일리아 사람들만 빼고 누구나 인정하는 바입니다. 그러나 오씨들도 이제 파티에 동참하

게 될 것입니다. 우리가 국제 크리켓 경기에서 그들을 압
승하기 시작했으니까요.

　오클랜드로 이민 오고자 하는 귀하의 바람에 대해 언제
라도 지원하시라고 답변 드립니다. 하지만 저는 귀하가 태
평양적인 방식, 즉 아주 느릿느릿 진행하시기를 크게 권고
드립니다. 모름지기 일이란 뉴질랜드의 맛좋은 백포도주처
럼 오랜 기간을 두고 무르익어야 하는 법이니까요. 마땅하
고 유명한 그 태평양적 방식으로 하게 된다면 마침내 모든
이들이 만족하게끔 적절한 과정을 밟아 해결될 것입니다.

　오늘 밤에 주 예수님께 신실하게 기도하신다면 그분께
서는 분명 귀하에게 티포타는 살기에 매우 아름답고 멋진
나라이며, 치료 목적 외에는 구태여 다른 곳에 갈 필요가
없다는 것을 말씀해주실 것입니다.

　하느님의 가호를 빕니다.

R. 에인슬리 드림
이민국 부영사

　모두들 기뻐하며 안도했다. 특히 오일레이는 진통제에
대한 소식을 듣고 크게 기뻐했다. 마카리타는 친정에 달
려가 어머니에게 그 소식을 전했고, 그들은 안도감에 눈
물을 쏟았다. 부타코 경관은 집으로 가서 뉴질랜드 대사

관에 마지막으로 편지를 썼다.

R. 에인슬리 귀하
이민국 부영사
뉴질랜드 대사관
파라다이스 타워스, 쿠루티

친애하는 에인슬리 부영사님께

하느님은 위대하시며, 하느님은 자비로우십니다. 영사님께서 친애하는 우리 오일레이 봄보키 위원장이 뉴질랜드로 갈 수 있도록 이끌어주신 예수님을 찬미합시다. 만약 영사님께서 주님께 다시 기도하신다면 최고의, 그리고 가장 친절한 일을 하나 더 하라는, 즉 오일레이가 낯선 나라에서 매우 외로울 테니 저를 동행시키라는 응답을 내려주실 것입니다. 태평양적 방식은 사랑으로 돌보는 사람들을 옆에 두지 않고 환자만 떠나게 하지 않습니다. 게다가 오일레이는 오클랜드에 아는 이가 전혀 없습니다. 수술이 끝나 오일레이가 고국으로 돌아올 때 저는 근심 걱정 없는 영사님의 나라에서 새로운 삶을 시작할 것입니다. 저는 뉴질랜드가 하느님의 나라라고 불린다는 것을 알게 되어 너무 행복합니다. 그런 표현은 거룩한 땅같이 들리기 때문이며, 저는 매우 신실한 기독교인이기 때문이지요. 오클랜드까지 제게 들어가는 비용은 제가 내고, 그곳에서 저는 제 사촌인 테비타 모시와 함께 살 것이며, 사촌이 냉동 공장 일자리를 거뜬하게 구해줄 겁니다.

부영사님, 이 편지에 현금 200달러를 동봉하오니 부영사님의 사랑스런 부인에게 좋은 선물을, 그리고 친절하신 부영사님 자신을 위해서는 맥주를 사도록 하십시오. 더 필요하시면 말씀하세요. 이 편지를 읽으시는 대로 코로다무의 제 사무실로 전화해주시면 감사하겠습니다. 전화번호는 696-969입니다. 그러면 제가 비자를 받으러 곧 가겠습니다. 저는 태평양적 방식을 포기하고 싶습니다. 그보다는 이틀이면 숙성시켜 우리에게 파는 귀국의 백포도주와 마찬가지로 아주 빠른 뉴질랜드식으로 일하고 싶습니다. 그러나 오클랜드에 가면 오래 묵힌 것을 마시고 싶습니다.

부영사님이 주 예수께 기도하신다면, 그분께서는 제 여권에 뉴질랜드의 영주권 비자 도장을 찍어주라고 말씀하실 것이며, 영사님이 그렇게 하신다면 저는 영사님이 아름다운 부인을 위해 멋진 것을 더 많이 살 수 있도록 300달러를 드리겠습니다.

하느님의 가호를 빕니다.

D. 부타코 경관드림

다음 날 8시 30분에 부타코는 뉴질랜드 대사관에 가서 안내원에게 그 편지를 전달했다. 그는 코로다무로 돌아가는 버스를 타고 돌아와 자기 사무실에서 기다렸다. 10시 30분에 전화벨이 울렸다.

"여보세요, 에인슬리 씨인가……."

"자넨가, DB? 여기는 FO네. 잘 듣게, 친구. 빨리 줄행랑쳐."

경찰본청의 친숙한 목소리가 말했다.

"뭐라고?"

"빨리 도망가라고! 당장! 자네 체포영장이 떨어졌어. 벌써 자네 잡으러 길을 떠났다고."

"왜?"

"이 바보야! 이번엔 망한 거야. 자네가 자기네 공무원을 매수하려 한다고 키위들이 불평했어. 자네는 또한 횡령 혐의로 수배 중이야. 체포되지 않도록 빨리 도망쳐, 안 그러면 감옥에 처박히게 될 테니까. 아는 길로만 조심해서 가. 우리가 빼내줄 테니까. 다 놔두고 몸만 피해. 빨리 튀어!"

일주일 후, 크루즈 '오리엔트'가 대부분 오스트레일리아 사람들인 승객 200명을 캡틴 후크 부두에 토해내기 바로 직전에, 세관 여섯 명이 평소처럼 검색을 하려고 배에 올랐다. 그들 중 하나가 윗도리 주머니에서 빨간 손수건을 꺼내 보이며 조심스럽게 아래갑판으로 길을 잡았다. "여기요!" 어느 선실에서 숨죽인 목소리가 들렸다. 부타코는 안에서 옆으로 비키더니 문을 닫았다.

"지금 주시지요."

부타코는 그 사람에게 잘 싼 봉투를 주었다.

"좋아요. 난 선실 승무원인 프랭크 리온입니다. 이 선실은 비었어요. 우리가 오클랜드에 닿을 때까지 여기 계세요. 밖에서 잠그면 나 말고는 아무도 들락거릴 수 없답니다. 침대 밑에 요강이 두 개 있으니 쓰세요. 매일 밤 음식을 갖다 줄 때 내가 비워줄 테니까요. 위쪽 침대에 샌드위치가 있어요. 또 〈펜트하우스〉와 〈허슬러〉도 쌓여 있어요. 재미나게 읽으세요. 그래도 너무 세게 노를 젓진 마세요, 그랬다간 노가 부러질 겁니다. 나중에 봅시다."

며칠 후에, 전직 경관 부타코는 뉴질랜드 산업의 바퀴를 굴러가게 하는 태평양 섬 출신의 이주 노동자 수만 명의 대열에 합류했다. 한편 키위들은 더 푸르른 오스트레일리아 초원으로 수만 명씩 몰려가고 있었다.

10

　오클랜드에서 치료를 원조받을 수 있다는 것을 안 지 2주 후 어느 새벽, 오일레이는 곤드레만드레로 취한 채 '판 퍼시픽 에어웨이즈(범태평양 항공사)' 비행기를 탔다. 보잉 737기가 하늘에 오르자마자 수석 여승무원이 곧 대륙식 아침식사가 제공될 거라고 알렸다. 자기를 위해 열린 환송연에서 밤새 술을 퍼마신 오일레이는 휑한 뱃속을 채워줄 맛난 음식을 기대했다. 그러나 앞에 놓인 쟁반을 보고 그는 얼굴을 구겼다.

　"이건 앙트레(생선과 고기 사이에 나오는 전채요리—옮긴이)인가요?"

　그가 무심코 말하며 어처구니없다는 듯 쟁반에 담긴 것을 바라보았다. 그건 곰팡내 나는 크루아상 반 조각과 너무 묽어서 컵 밑바닥까지 훤히 보이는 커피였다.

　"저희는 아침식사 때 앙트레가 나오지 않습니다, 손님."

여승무원은 공손하게 대답했다.

"그럼 이게 전부란 말이요?"

오일레이가 욱해서 물었다.

"이러니 이 항공사를 '판 퍼시픽 똥구멍'이라고 부르지!"

"마음에 들지 않으신다면 다시 가져가도록 하겠습니다."

승무원은 차분하게 말했다.

"그럼 이 거지 같은 건 가져가서 변기에 넣고 확 내려버려요. 보통 똥 덩어리보다도 훨씬 작으니 쉽게 내려갈 거요!"

오일레이의 불쾌감은 순간적인 감정에 지나지 않았다. 왜냐하면 뉴질랜드 대사관이 그에게 약속했던 진통제를 보내준 뒤, 2주일가량 기분이 무척 좋았기 때문이다. 집안 분위기는 매우 좋았고, 그가 떠날 때까지 옛 친구들과 동네 사람들이 계속 찾아왔다. 그리고 코로다무의 거의 모든 사람들이 그를 전송하러 공항에 나와주었다. 그는 모든 친구들과, 특히 자기에게 작별할 때 하염없이 눈물을 흘린 마카리타와 불불이 생각났다.

뉴질랜드까지 반쯤 오자 오일레이는 바부와 그가 엉덩이에 찍었던 '제3새천년의 표시'에 대해 생각하기 시작했다. 머릿속에 떠오르는 바부를 지우려고 애쓰고 있는데 곧 하강한다는 기장의 안내방송이 들렸다.

오일레이는 오클랜드 국제공항에 내리자마자 던 미하카 기념 병원으로 곧장 이송되었다. 도심에서 제법 떨어진 널찍한 터에 자리 잡은 10층짜리 현대식 병원이었다. 그곳엔 아파 보이는 사람들이 잔뜩 모여 있었다. 7층에 있는 그의 독실에서 내다보니 오리들과 기타 섭금류(학이나 백로 따위 새들)가 가득한 작은 호수가 보였다. 얼마나 깔끔하고 깨끗한 곳인지 감탄이 절로 나왔다. 티포타와 이웃 섬나라들에서 보았던 것들 따위는 하나도 없었다.

창문을 열었다. 시원하고 상쾌한 바람이 그의 얼굴을 때렸다. 고향의 묵직하고 축축한 대기와는 달랐다. 그는 청결한 병원처럼 바깥 환경 역시 살균되어 있을 거라고 추측했다. 창가에서 바라보니 정말 그런 것 같았다. 이 나라는 먼지 하나 보이지 않고 아름답구나. 그는 중얼거렸다. 그런데 아픈 사람들이 이토록 많이 있다니! 틀림없이 나 같은 외국인일 거야. 아니, 이토록 깨끗하고 지독히 깔끔한 나라에도 나름의 질병이 있는지도 모르지. 그럴 것 같기도 했다. 섬들의 많은 질병은 이런 나라들에서 들어온 거니까. 엉덩이의 통증도 그중 하나일 수 있다. 염병할! 그는 갑자기 자기가 더럽고 축축한 공기로 휘감긴 고향에, 특히 바부와 함께 있으면 좋겠다는 마음이 간절했다. 짜증스러울 정도로 귀가 솔깃한, 역겨운 생각들을 하는 바부와 함께.

한참 이런 생각을 하고 있는데, 복도에서 달가닥거리는 소리가 들리더니 문이 열렸다. 품위 있는 숙녀가 쟁반을 들고 들어왔다. 점심이었다. 그는 음식을 흘깃 보고 생각했다. 이러니 사람들이 저토록 아프지. 먹을 게 넉넉지 않으니 그럴 수밖에! 쟁반에 놓인 음식량은 그가 고향에서 먹던 것에 비하면 1/4도 안 되었다. 빈약한 녹색 야채와 홍당무들, 그리고 토마토만 몇 개 있을 뿐 제대로 된 음식은 없었다. 양면에 버터를 바른 5센티미터 두께의 빵을 덥석 물어뜯고 있을 마카리타를 생각하니 더더욱 고향이 그리워졌다. 그거야말로 사람이 먹을 음식이지. 이 빈약한 똥 같은 건 음식도 아니야. 시저가 보면 단번에 여기다 오줌을 갈기겠지. 그가 점심을 응시하고 있는데 간호사가 들어왔다.

"안 드시네요?"

"감사합니다만, 배고프지 않습니다. 저녁때까지 기다리지요."

"지금 다 드시는 게 낫습니다, 봄보키 씨. 오늘 밤과 내일 아침엔 식사를 하실 수 없습니다. 지금 이 점심 이후로는 수술이 끝날 때까지 물 외엔 아무것도 드실 수 없습니다."

"원, 기가 막혀서."

소리를 지른 뒤 오일레이는 역겨워도 먹기 시작했다. 목구멍이 포도청이라 할 수 없이 먹긴 먹었지만, 배는 더욱 고파졌다. 이런 식으로 한 번만 더 먹었다간 나도 저들처럼 병이 들고 말 거야. 이런 생각이 들자 뼛속까지 기분이 언짢아졌다.

늦은 오후, 피곤해 보이는 남자가 오일레이의 병실로 들어와 부드럽게 말했다.

"뉴질랜드에 오신 것을 환영합니다, 봄보키 씨. 여행이 즐거우셨기를 바랍니다. 저는 내일 당신을 수술할 닥터 앨버트 프레이저입니다. 어디가 어떻게 아프고 불편한지 되도록 자세히 말해주세요. 언제 어떻게 시작되었는지, 여기 오기 전까지 어떤 식으로 치료를 받으셨는지도요."

닥터 프레이저는 의자에 앉더니 가져온 클립보드를 열고 귀를 기울일 차비를 했다.

오일레이는 약 두 시간 동안 자기의 병과 자기가 받았던 온갖 치료에 대해 이야기했다. 하지만 바부와의 에피소드는 쏙 빼놓았다. 닥터 프레이저는 그 이야기에 엄청나게 매료되었다. 이렇게 별세상 같은 얘기는 난생 처음이었다. 조용히 듣고만 있는데, 오일레이가 말했다.

"저는 우리나라 병원에 안 갑니다. 위험하거든요."

"위험하다고요, 봄보키 씨?"

"네. 모두들 그렇게 말하지요. 우리나라에서 가장 큰 병원의 의사과장인 타우비 메이트마저 그러는 걸요. 사람들이 파리처럼 죽어나가니 대개들 병원 가는 것을 끔찍스럽게 여기지요. 저처럼 도토레들한테 떼 지어 몰려가요."

"알겠습니다."

닥터 프레이저는 슬며시 다른 주제로 넘어갔다.

"환자복을 벗으시고, 문제되는 부위를 보여주시지요."

그는 오일레이의 엉덩이를 벌렸다가 얼른 도로 붙이고 황급히 뛰쳐나갔다. 다시 돌아왔을 때 그의 얼굴에는 향내 나는 마스크가 씌어져 있었고, 손에는 팔꿈치까지 오는 투명 비닐장갑이 끼여 있었다. 그는 오일레이의 엉덩이를 다시 한 번 살폈다. 이번에는 샅샅이 살폈고, 환자의 귀를 검사하기 위해 의사들이 사용하는 듯한 도구로 털을 깎았다. 그는 병실을 나서며 오일레이에게 옷을 입고 기다리라고 말했다. 조금 후에 그는 돌아와 앉아 이 환자를 오랫동안 바라만 보다가 드디어 입을 열었다.

"항문을 살펴보지 않았다면 저는 당신 말씀을 반도 믿지 못했을 것입니다. 세상에, 대체 왜 그 돌팔이들이 당신 엉덩이에 그런 짓을 하게 내버려두신 겁니까?

"어쩔 수가 없었어요. 절박했거든요."

"그렇군요. 그러나 그들은 당신 똥구…… 어…… 항문에 온갖 자국을 확실하게 남겨 놓았어요. 당신은 치루에 걸렸을 뿐 아니라 항문이 마치 갈퀴로 쑤셔놓은 것처럼 엉망이 됐어요. 세상에, 수술하기 정말 힘들다고 말씀드릴 수밖에 없네요."

"그럼 이제 어쩌지요, 선생님?"

"일단 정밀 검사를 한 다음에 내일 다시 말씀드리지요.

그동안 푹 쉬세요. 어찌되었든 푹 쉬셔야 합니다."

오일레이는 그날 밤 끝도 없는 좌절감에 빠져 있었다. 머릿속으로 마카리타가 타로 토란과 햇볕에 꾸덕꾸덕 말린 생선을 게걸스레 먹는 모습이 스쳐갔다.

다음날 아침, 오일레이는 무엇을 마시는 것조차 허락되지 않았다. 9시경에 간호사가 쟁반을 들고 들어왔다. 오일레이의 입이 벌어졌다. 그는 기대에 가득 차 얼른 일어나 앉았다. 그러나 쟁반 위에 놓인 것을 보고 기분이 나락으로 떨어졌다. 가위, 면도칼, 분, 주사기, 그리고 맑은 액체가 든 작은 병뿐이었으니.

"잘 주무셨지요. 면도 준비 되셨나요?"

"괜찮습니다. 제가 직접 하지요."

그가 면도칼에 손을 뻗으며 말했다.

간호사가 그를 막았다.

"그냥 누워 계세요, 봄보키 씨. 아래쪽 면도를 제가 해드리지요."

"어디요?"

"여기랑 저기요."

그녀는 오일레이의 앞뒤를 가리키며 대답했다.

"이런 염병할! 아이고, 말이 헛 나왔습니다. 왜 해주신다는 겁니까?"

"수술 준비거든요, 봄보키 씨. 그 아래쪽 수술 받을 때
는 저희가 이렇게 한답니다."

"남자가 해줄 수는 없나요?"

"이러시면 곤란합니다. 전 수백 명이나 되는 남자 분들
에게 이렇게 해드렸어요. 정말 별것 아니에요. 익숙해졌
거든요."

"하지만 난 그렇지 않아요."

오일레이가 저항했다.

"시간이 없습니다, 봄보키 씨. 마음 편히 누워 계세요."

"이런 상황에서 어떻게 마음 편안하게 누워 있을 수 있
겠습니까?"

그러나 그는 환자복을 벗고, 몸을 쭉 뻗고 눈을 감았다.
그는 가위와 면도날에 걸리지 않게 이리저리 제쳐 가며,
완전히 축 늘어진 그의 물건들을 거칠게 다루면서 할 일을
하는 간호사의 손길을 느꼈다. 다 마친 뒤 그녀는 털이 남
김없이 면도되었는지 확인하려고 그의 물건들을 이리저리
좀 더 당겼다 밀었다 했다. 오일레이는 왼쪽 눈을 슬며시
뜨고 그녀를 엿보았다. 그러다 제 몸을 슬쩍 보고는 삼손
이 사랑하는 데릴라에게 털을 잘린 후에 느꼈을 감정을 단
번에 이해했다.

"엎드려 보세요. 엉덩이 털도 밀어야 해요."

"니미럴!"

오일레이는 티포타 말로 내뱉고는 홱 몸을 뒤집었다.

"네?"

"오, '네. 간호사님'이라고 한 거예요."

"아. 그런 것 같더군요."

그녀는 가볍게 대답하고 할 일을 했다.

"자, 잘 끝났어요. 이제 팔을 뻗어 보세요."

그녀는 주사기를 준비한 뒤 그에게 주사를 놓았다.

"이제 진정제를 놓았어요. 곧 편안해지면서 약간 졸리실 거예요. 그럼 그분들이 오셔서 수술할 겁니다."

지극한 고요함이 오일레이를 감쌌다. 보이고 들리는 모든 것이 아스라했다. 그는 자신은 물론, 모든 것에서 완전히 멀어져 있는 기분이었다. 남자 둘이 바퀴 달린 침대를 밀고 들어와 그가 옮겨 눕는 것을 도왔다. 두 남자가 수술실로 데려 가는 동안 그는 이동침대 바퀴의 움직임과 진동을 느꼈다. 엘리베이터에 탔다 내리고, 지루할 정도로 길게 느껴지는 시간이 흐른 후 그들은 극장이나 강연장같이 보이는 곳에 들어섰다. 그곳에는 젊은 남녀가 수십 명 들어차 있었다. 오클랜드 대학교 의대생들 전체가 이 항문 수술을 지켜보고 경탄하기 위해 모인 것일까? 어제 닥터 프레이저는 어려운 수술이 될 거라고 단정했다. 오일레이는 그 생각이 났지만 무덤덤했다. 의사가 가까이 왔다. 피곤해 보였지만 미소 짓고 있었다.

"안녕하세요. 이제 마취하겠습니다."

목소리가 들렸다. 어깨에 손이 닿는 게 느껴졌다. 바늘이 그의 팔을 푹 찌르자 그는 깜깜 어둠 속으로 스르르 빠져들었다.

항문 스캐너를 비롯한 특별 기구를 이용해 닥터 프레이저는 오일레이의 엉덩이의 모든 문제점을 판별했다. 그는 모여 있는 학생들을 향해 몸을 돌렸다.

"이 환자의 항문에는 누관이 스물두 개 있다. 이런 구멍에 한꺼번에 이렇게 치루가 많이 생긴 것은 처음 봤다. 본국에서 치료를 엉망으로 받은 탓에 이 부분 전체가 엄청나게 찢어지고 썩어 있는 상태다. 이 항문은 절대 고칠 수가 없다. 나는 항문 전체를 들어내고 다른 것으로 대체할 것이다. 이 가엾고 비참한 짐승을 구할 수 있는 길은 그뿐이다."

그러면서 그는 뒤에 서 있는 간호사에게로 몸을 돌렸다.

"아그네스 간호사, 장기실에 가서 적당한 항문을 하나 가져와요."

그는 정확히 무엇이 필요한지 종이에 썼다. 간호사가 가지러 간 사이, 의사는 솜씨 좋고 섬세하게 오일레이의 병든 항문을 도려내 커다란 쓰레기통에 던져버렸다.

아그네스 간호사는 투명한 액체가 가득 담긴 병을 갖고 돌아왔다. 그 안에는 여분의 항문이 펄떡이며 해파리처럼 떠다니고 있었다. 그것을 자세히 들여다보는 의사의 얼굴이 점점 벌게졌다.

"이건 백인 여자 항문이잖소, 아그네스 간호사. 나는 폴리네시아 남성의 장기라고 명시했잖소! 다시 가서 제대로 가져와요, 얼른!"

"죄송합니다, 프레이저 선생님. 장기실에는 폴리네시아인의 똥구멍이 하나도 없습니다."

"뭐라고? 왜 그렇죠, 아그네스 간호사?"

"코코넛들은 의료계에 그런 것을 기부하지 않거든요. 한두 개 생긴 것들도 들어올 때 상태가 좋지 않아서 곧바로 퇴짜 맞았어요."

"제기랄! 다시 가서 남성 걸로 바꿔 와요, 아그네스 간호사. 이 여자 똥구멍은 절대 안 돼!"

"왜요?"

"남자들을 좋아하지 않으니까 그렇지."

"괜찮으세요, 프레이저 선생님?"

"물론 난 지금 하나도 안 괜찮소! 이놈의 미친 똥구멍이 혀를 나한테 날름거리고 있는데 내가 어떻게 괜찮겠소? 이걸 좀 보라고!"

"죄송합니다만, 이걸로 어떻게든 해 보셔야 할 것 같아요, 프레이저 선생님. 선생님께서 정해주신 것과 그나마 가장 비슷한 건 이것밖에 없으니까요."

“아, 정말 미치고 팔짝 뛰겠네!”

의사가 소리를 질러댔다. 정신을 수습한 그는 체념하고 말했다.

“음, 그럼 우리가 가진 것으로 해 볼 수밖에, 아무래도 그렇겠죠? 하지만 이건 완전히 미친 짓이오. 거무튀튀한 남자가 백인 여자의 똥구멍을 달고 걸어 다니는 걸 생각해 보라고, 허 참!”

“상관없습니다, 선생님. 누가 본다고 그러십니까?”

의대생 하나가 외치자 온 강의실이 웃음바다가 되었다.

“이보게, 똥구멍에 대해서는 장담하는 게 아니라네.”

닥터 프레이저는 퉁명스레 핀잔을 주고 여분의 장기를 환자의 엉덩이에 쑤셔 넣었다. 그가 막 꿰매려는 찰나, 오일레이의 엉덩이가 홱 들리더니 엄청난 방귀가 발사됐다. 그 이상한 항문이 천장까지 쌩 튕겨나가는 바람에 프레이저는 무슨 일이 벌어졌는지 미처 보지도 못했다. 그러나 빈틈없이 경계하고 있던 아그네스 간호사는 방 저편으로 몸을 홱 던져 바닥에 떨어지는 장기를 몇 센티미터 차이로 잡았다. 그녀는 수술대로 걸어와 넋이 완전히 나가버린 의사에게 아무렇지도 않게 그것을 건넸다.

“자, 다시 해 보자고.”

닥터 프레이저는 정신을 수습하고 나서 말했다. 그는 장기를 다시 넣었지만, 오일레이는 아까보다 더 격렬하게 그것을 발사했다. 국가대표 크리켓 포수처럼 쭈그리고 앉아 있던 아그네스 간호사는 이번에도 그것이 1미터를 날아가기 전에 솜씨 좋게 받아냈다.

"아무리 보아도 환자의 몸이 이 이질적인 장기를 받아들이려 하지 않는 게 명백합니다, 프레이저 선생님."

그녀가 차분하게 말했다.

"그럼 원래 걸 가져와요, 다시 붙여 놓게."

아그네스 간호사는 통에 버려진 인체의 오만가지 조각들을 뒤지기 시작했다. 오일레이의 항문을 찾는 데 10분이 걸렸다.

"이건 못 쓰겠어요, 선생님. 이 똥구멍은 그야말로 죽어 있는 똥구멍인 걸요!"

"이런 젠장. 마무리하려면 그게 꼭 필요한데. 이 사람은 죽었군, 불쌍한 작자 같으니. 오, 주여. 왜 제가 이 작자를 수술하겠다고 동의했나이까?"

"아직 희망은 있어요, 프레이저 선생님."

아그네스 간호사가 제안했다.

"살아 있는 이 여분의 장기와 이 환자를 특별 클리닉에 보내시지요. 그쪽에서 고칠 수 있을지도 몰라요. 그쪽은 기이한 데가 있긴 하지만, 우리 쪽에서 보낸 환자들은 다 성공시켰잖아요. 우리가 희망을 완전히 포기한 다음에 보낸 건데도 말이죠."

"그럼 그렇게 해주시오, 간호사. 난 집에 가겠소. 난 내 똥구멍 말고는 앞으로 남의 것은 두 번 다시 만지지 않겠소."

그가 나가고 강의실의 의대생들도 다 나가 버리자마자, 남자 둘이 오일레이를 돌돌 밀고 엘리베이터를 타고 지하로 내려갔다. 그들은 미로 같은 복도 여기저기로 오일레이를 밀고 가더니 마침내 어떤 문 앞에 도착했다. 그 문에는 커다란 글씨로 이런 표지가 붙어 있었다. '와카포헤인(Whakapohane, '항문 노출'이라는 뜻—옮긴이) 클리닉'

오일레이는 막 깨어나면서 멀리서 자기를 부르는 닥터 프레이저의 목소리를 들었다고 생각했다. 눈을 떠 보니 자기를 내려다보며 빙그레 웃는, 놀랍고도 낯익은 얼굴이 보였다. 머리를 천천히 이쪽저쪽으로 돌려보았더니 가구가 몇 점 없는 커다란 방 안에 낯익은 얼굴들이 눈에 들어왔다. 방금 본 것을 도저히 믿을 수가 없었다. 마취 때문에 헛것을 보고 있나 싶었다. 눈을 감았다가 다시 떠 보니 여전히 똑같은 그 놀라운 얼굴이 자기를 내려다보며 미소 짓고 있었다. 그는 애를 써서 간신히 손을 들고 그 얼굴을 만져 보았다.

"정말 선생입니까?"

"그래요. 정말로 저입니다."

바부 비베카난드가 대답했다.

"어떻게 된 거지요?"

"모든 게 순리대로 된 것입니다, 오일레이 형제. 그대를 지난 6주 동안 돌보고 있었지요. 지금 건강하게 회복하는 중입니다."

"어, 그런데 별로 건강하다는 느낌이 안 들어요. 자꾸만 까부라지는 것 같아요."

"어느 정도는 쇠약하단 느낌이 들 거예요. 저 위층의 도살자들이 그대에게 한 짓 때문이지요. 그리고 지난 6주간 대부분을 그대는 의식 불명으로 있었어요. 그러나 그대의 몸은 튼튼합니다. 아주 빨리 회복되고 있어요. 한번 둘러보세요. 그대가 죽음의 경계에서 돌아오는 것을 돕기 위해 제가 5주일 전에 이분들을 여기로 데려왔답니다."

오일레이가 다시 돌아보았다. 그 말이 맞았다. 그들이 있었다. 마카리타, 불불 보후트, 로사나 토노카, 몰라 보게 늘씬해진 마라마 카바스, 도모니 티마일로말란지, 세루 드라우니카우, 제임스 해밀턴 박사, 지그문트 짐머만 박사, 그리고 가장 놀라운 것은 티포타의 보건부 장관인 카티 카니카니 박사였다. 그들 뒤에는 전직 경관 다우 부타코가 서 있었는데, 나중에 알고 보니 폰슨비의 빈민굴에서 바부가 그를 구해냈다고 했다. 그는 새천년 운동의 일원으로 변신해 있었다. 또한 바부와 친한 친구들이라는 영국인 하나와 동유럽인 하나가 있었다.

"리타."

오일레이는 나직하게 불렀다.

마카리타가 오더니 그에게 살짝 입을 맞추고 속삭였다.

"사랑해요, 내 소중한 반쪽."

"당신도 합류한 거군."

"그래요. 그리고 내게도 '제3새천년의 표시'가 찍혔어요."

마카리타가 자랑스럽게 말하면서 침대 옆 의자에 앉았다. 그녀가 손을 잡자 그는 눈을 감고 무언가에 입 맞추는 모양으로 입술이 굳어진 채 스르르 잠에 빠졌다. 정말 놀라운 일이야. 마카리타는 생각했다.

일주일 후에 오일레이는 사람들이 단 두 낱말로 이루어진 단조로운 곡을 다양하게 변주해가며 '거룩 거룩/거룩 요가/요가 거룩/요가 요가' 등을 되풀이하는 소리에 오랜 잠에서 깨어났다. 그는 자기가 엎드린 상태에서 허리 아랫부분은 침대 밑으로 내려져 있고, 다리는 활짝 벌려진 채 발은 바닥에 놓여 있다는 것을 깨달았다. 한결 튼튼해진 기분이었고 머리는 맑았다.

주위를 둘러보니, 그때가 언제인지는 몰라도 마지막으로 눈을 떴을 때 본 모든 이들이 보였다. 불불, 마카리타, 부타코 경관만 빼고 모두가 침대를 빙글빙글 돌며 노래하며 춤추고 있었다. 로사나가 맨 앞, 바부가 맨 뒤였다. 그들은 완전히 발가벗은 상태였다. 새로 들어온 나머지 셋은 방 한구석에서 요가 1단계를 연습하고 있었다.

오일레이가 몸을 움직이자 바부가 외쳤다.

"움직이지 마세요. 우리는 지금 그대에게 마지막 치료를 시작하려는 참입니다. 이제 그대에게 사랑과 존경이 담긴 집단 입맞춤을 할 거예요. 인류에게 알려진 모든 질병과 질환에 최고의 치료법이지요. 치료가 끝날 때까지 그대로 계세요. 다 끝나는 대로 우리는 이 병원에서 떠날 겁니다."

오일레이는 가만히 있었고, 음악은 박자와 강세를 더했다. 사람들은 노래를 부르며 점점 더 빨리 춤을 추었다. 발로 차고, 구르고, 허리를 돌리고, 한 발끝으로 휙 돌았다. 고전 발레와 브레이크 댄스에서 본 것 중 가장 놀랍고도 아름다운 동작들이 뒤섞인 것 같았다. 갑자기 음악이 멈추더니 춤추던 사람들이 오일레이 뒤에 한 줄로 늘어섰다. 여전히 로사나 토노카가 맨 앞, 바부는 맨 뒤였다.

"몸을 앞으로 숙이세요."

바부의 나직한 말에 모두 순종했다. 저마다의 코가 제 앞 사람의 엉덩이 바로 앞에서 멈췄다. 오일레이는 로사나의 얼굴에서 나는 열이 데리에어(derriere, 엉덩이)를 스치는 것을 느꼈다.

"들이쉬고…… 내쉬고…… 코를 대고……."

그는 로사나의 엄청난 매부리코가 항문 안쪽 깊은 틈으로 들어오는 것을 느꼈다.

"들이쉬고…… 내쉬고…… 들이쉬고…… 내쉬고……."

잠시 리듬에 맞춰 명령을 내리던 바부가 자기 코를 짐머만 박사의 항문에 깊이 집어넣으며 외쳤다.

"마지막으로…… 들이쉬고…… 내쉬고…… 코를 빼세요. 노래 시작!"

그리고 그들은 모두 제3새천년 운동의 위대한 찬송가를 부르며 서로 '영원'에 빠져 들었다.

오일레이는 그의 온 존재를 감싸 '우주의 항문'이자 '무한한 존재의 영적 본질' 속으로 빠져드는 이루 말할 수 없는 흥분에 사로잡혔다. 그는 자신과도 평화로움을, '편재하는 무'와도 평화로움을 느꼈다. 그를 고통스럽게 했던 모든 것은 이미 증발해버렸다. 일은 예정보다 훨씬 빨리 이루어졌다. 원래는 오일레이가 필요한 단계를 밟아야 했지만, 워낙 위급한 상황이다 보니 바부가 할 수 없이 그를 데려와야 했던 것이다. 오일레이는 나중에 차근차근 과정을 밟게 될 것이다.

이들은 줄지어서 조용히 와카포헤인 클리닉과 던 미하카 기념 병원에서 나와 '에덴 산' 맨션으로 들어갔다. 오클랜드 대학 교수의 소유지인 그곳에서 이들은 목적지가 다른 비행기들을 기다렸다. 그 교수는 유별난 사람이었다.

키는 130센티미터에, 남반구를 통틀어 학문의 깊이가 가
장 얕다는 평판을 받고 있었다.

"아주 심술궂은 난쟁이 똥자루처럼 생겼군."

오일레이가 그를 보자마자 한 마디 했다.

"겉모습으로 사람을 판단하면 안 됩니다, 오일레이
형제."

바부가 훈계했다.

"친애하는 집주인이자 새천년 운동 동지인 이분은 키는
남보다 작을지 몰라도, 항문은 '낙원의 입구'만큼이나 널
찍하답니다."

그 후 며칠 동안 오일레이는 주워들은 정보를 이리저리
맞춰서 마침내 또렷한 그림을 그려냈다. 바부는 오랫동
안 아시아, 아메리카, 유럽에서 은밀하게 일하며 자기의
독특한 평화철학을 계발하고 선전했다. 여러 사람들과
단체에서 아낌없는 후원을 받아 그는 제3새천년재단
(TMF)를 설립했는데 그 목적은 무엇보다도 자기의 메시
지를 널리 전파할 기회를 갖도록 대형 국제회의를 후원하
는 일이었다.

세계 문명의 중심이 곧 태평양으로 이동하리라는 것이
명백해지자, 바부와 그를 따르는 무리는 선견지명을 가지
고 난가랄레부에 왔다. 태평양 작전의 일환으로 TMF는
티포타의 수도에서 열리는 전통 의학과 현대 의학 간의 이

해와 협력을 증진하기 위한 유망한 국제회의에 기금을 댔
다. 바부는 제자들 가운데 가장 뛰어난 이들을 대표로 데
리고 그 회의에 참석해서 참가자들과 회의를 했다. 국제
전통의학학회(ISTM)의 개막식에 갔던 1,200명 모두 당연
히 그의 운동에 귀의했다.

성 마틴스 정신병원에서 구조된 후 바부는 피지에 있는
그의 근거지로 돌아왔다가 다른 섬나라로 여행하고, 던
미하카 기념 병원의 이사회가 선사한 와카포헤인 클리닉
을 ISTM을 대표해서 받기 위해 뉴질랜드로 왔다. 그는 이
클리닉에서 약 한 달간 머무르며 위대한 일들을 해냈는데,
열성 회원들이 일하고 있는 오스트레일리아로 막 떠나려
는 참에, 오일레이가 실려 들어온 것이다.

바부는 오일레이의 엉덩이에 여분의 항문을 간신히 끼
워 넣었다. 그리고 거부반응을 막기 위해 자기 코를 그곳
에 거의 온종일 파묻고 있었다. 요가로 숙달된 덕분에 오
랫동안 오일레이의 궁둥이 속에 코를 박고 있는 게 가능했
지만 끝없이 그럴 수 없다는 것을 깨닫고, 웰링턴에 있는
CIA에게 연락해 난가랄레부에서 다른 사람들을 오게 했
다. 그들은 모두 몇 주씩 교대해가며 하루에 두 번씩 노래
와 춤 의식을 치렀다.

마카리타는 오일레이를 다독이기 위해 오클랜드로 날아
왔다. 오래 잠들어 있는 상태에서 오일레이가 수도 없이

아내를 찾아대고, 새 항문을 위험스럽게 눌러댔기 때문이다. 불불은 제 마음을 따라 여기로 왔다. 마카리타가 떠났다는 소식을 듣고, 오일레이가 죽어가고 있을지도 모른다고 여겼던 것이다.

"하지만 어떻게 현대식 병원에 선생의 클리닉이 들어설 수 있었던 겁니까?"

오일레이가 물었다.

"실은 쉬웠습니다. 알다시피 티포타 회의가 굉장했다는 평판 덕분에, 전 세계의 병원들이 이제는 전통의술 치료 시설을 점점 많이 제공하고 있지요. 전통의학과 현대의학은 서로 협동해야 한다는 인식이 빠르게 퍼지고 있어요."

"선생은 도토레들을 충원하기 위해 연구소를 세웠고, 그들 중 많은 이들을 설득했지요. 하지만 의사들은 어떻게 합류한 거지요?"

"그것이 우리 발전 계획의 다음 단계였답니다."

바부는 굉장히 거룩해 보였다.

"우리는 이미 서던 파라다이스 대학의 교수진으로 '새로운 현대 의학을 위한 최초의 국제 학회'를 세우자고 관계 당국과 교섭했답니다. 일단 그것이 설립되면 되도록 앞으로 열두 달 안에, 우리는 환태평양 일대의 의사들 대부분을 우리 편으로 만들게 됩니다. 닥터 해밀턴이 그 학회의 초대 회장을, 닥터 짐머만은 부회장을 맡게 될 겁니다. 둘

다 헌신적인 새천년회원이지요.

그 대학 교수들 중에서 우리 편은 고위직 교수 단 세 명과 사회학의 우두머리…… 어, 그러니까 특정 학과의 과장뿐이지요. 그분들은 굉장히 열성적인 새천년 운동 회원으로서, 위대한 대의를 위해 헌신하며 2년 동안 전 교직원에게 그 운동을 전파하겠다고 약속했습니다. 인류 역사상 그 어떤 선교사들보다도 더 유능한 분들이랍니다.

CIA에 있는 우리 친구들 또한 부총장, 교무과직원, 경리과직원, 각 과 및 단과대학, 연구소, 외부 연구소 등에서 장으로 일하고 있습니다. CIA가 제공하는 기금이 늘어가는 것을 보건대, 그들 역시 새천년 운동 회원이 되는 것은 시간문제일 뿐입니다. 그러나 저는, 이 저명인사들의 위대한 신체조직들을 아주 많이 문질러 부드럽게 해야 할 일이 걱정이랍니다. 하지만 바로 그 목적을 위해, 도쿄와 홍콩에 있는 우리 공장에 매우 특별한 항생물질이 들어 있는 세정제, 쇠 수세미, 살균 처리된 사포를 공급해달라고 주문해놓았습니다. 정말이지 모든 게 잘될 겁니다.”

고국으로 돌아오는 비행기에서 오일레이는 마카리타와 나란히 창가 자리에 앉았다. 그는 구름 한 점 없는 하늘을 내다보며 자기가 겪은 그 모든 일을 생각했다. 모두가 흐릿한 기억에 지나지 않았다. 그 고통을 다시 겪지 않는 한 예전에 도대체 얼마나 아팠는지 떠올리는 것조차 불가능할 것 같았다.

그동안 그의 항문은 무수한 설교와 기도와 정화의식을 치렀다. 숨이 불어넣어지고, 빨아들이고, 노래와 춤이 이어지기도 했다. 파열되고, 찔리고, 소리가 불어넣어지고, 흥얼거려지고, 침도 놓고, 김을 쐬고, 연기도 맡고, 베어지고, 폐기되고, 이식되고, 인종의 변화를 겪고, 성별이 바뀌고, 코로 들이밀어지고, 입맞춤을 통해 생명을 도로 얻었다. 그 어떤 인간의 항문이 이토록 많은 시련과 간난을 겪었을까. 그 어느 인간의 구멍이 이런 고통을 겪다가 결국에는 이토록 튼튼하고, 이토록 건강하며, 이토록 깨달음을 얻었을까? 그와 그가 지닌 가장 낮은 부위는 요한계시록을 향해 앞뒤 가리지 않고 돌진하는 인류를 구원하고, 영원한 평화와 번영과 행복의 새로운 새천년을 앞서 인도하는 위대한 소명을 받은 것이다. 그는 불불의 예언이 생각났다.

"마르크스주의와 공산주의가 20세기를 흔들었듯이, 범태평양 평화철학과 제3새천년 운동은 21세기를 그 이상으로 어마어마하게 흔들어놓을 거야."

내 똥구멍에 입 맞추시라! 🌾

태풍 속에서도 깔깔 웃는
'태평양적 웃음'의 미학

이 인터뷰는 에펠리 하우오파가 인류학을 가르치는 수
바의 사우스 퍼시픽 대학에서 1988년 9월에 이루어진 것
입니다. 인터뷰 진행자인 수브라마니 또한 수바에 살며
사우스 퍼시픽 대학에서 영어를 가르치고 있습니다.

수브라마니: 『엉덩이에 입맞춤을』을 전기— 허구는 그
자체만으로 봐야 하므로—와 무관하게 읽는 데 아무 어려
움이 없었습니다. 물론 우리를 위해서라면 전기는 흥미로
워야 하지만요. 저는 자주 인용되는 생트 뵈브(프랑스의 문
학사가, 비평가. 역사 중에서도 특히 전기를 이용하여 문학적 현상
을 관찰했음—옮긴이)의 이 말이 생각납니다.

내게 있어서 문학, 즉 문예 창작은 작가의 나머지 부분과 별개라거나 구분될 수도 없다.(…) 내가 작품의 맛을 즐기기야 하겠지만 그것을 작가 자신에 대한 나의 지식과 별개로 놓고 판단하기는 어렵다.(…) 소설이 태어나기 전의 그 개인적인 고통을 잘 알고 있었기 때문에, 그 경험이 그 소설의 본질과 구조를 어떻게 제공했는지를 알 수 있는 것인지도 모른다. 나가 묻고자 하는 것은 이것이다. 당신은 이 소설의 탄생에 영감을 준 특별한 경험에 관한 이야기를 드러내는 데 얼마나 자유로운가?

에펠리 하우오파: 그 질문에 저는 아무 문제없다고 대답할 수 있습니다. 태평양의 그 모든 것에서 별것도 아닌 제 만성질환에 대한 정보와 오보들을 이미 알 사람은 다 아니까 제가 점잔을 빼봤자 소용이 없습니다. 사람이란 오해를 바로잡아야 합니다. 제대로 된 정보를 드리지요. 점잖은 모임에서 말하듯, 믿을 만한 소식통이 아니라 믿을 만한 똥구멍을 통해서요.

이 책을 위한 영감, 즉 당신의 표현대로 그 '본질과 구조'가 매우 고통스런 개인적 경험에 바탕을 두었다는 사실은 제겐 의심의 여지가 없습니다. 이제 아주 자세히 설명을 드릴 텐데, 그 이유는 본질과 구조와 연대순으로 일어난 일부 사건들이 제 자신의 경험을 극히 잘 반영하고 있기 때문입니다. 물론, 문학적 자유라는 이점을 한껏 누리면서 저는 좋은 이야기를 담고, 행동과 사회 전반에 관한 특정한 아이디어들을 극화시키기 위해 적절한 비율로 여러 가지를 비틀고 과장했습니다.

저는 1981년에 통가에서 그 고통을 처음으로 겪었습니다. 제 담당의는 고통의 근원을 절개해서 짜냈습니다. 약 1년 뒤에 너무도 아픈 그 고통이 다시 찾아왔고 그 의사는 똑같은 수술을 해주었지요. 불행히도 별다른 언급이 없어서, 저는 엉덩이에 간단한 종기가 난 줄 알았습니다. 게다가 종기는 열대지방에서는 매우 흔하니까요. 스무 살이 될 때까지 종기가 수십 번이나 났습니다. 저는 또한 1982년에는 항문 염증으로 생기는 치루에 대해 완전히 맹탕이었죠. 저는 그것이 '항문의 고통'으로 널리 알려진 질환의 주원인인지도 몰랐어요. 통가어로 '카히'라고 하는데, 저는 그것이 치핵이라는 뜻만 있는 줄 알았어요. 전에는 그런 치핵들이 생긴 적이 한 번도 없었거든요. 어쨌거나 저는 그것이 흔히 볼 수 있는, 다양한 열대성 종기라고 가볍게 생각했지요. 매우 큰 해를 입힐 수 있는 바로 그 자리에 그런 것이 나 본 적이 한 번도 없었다는 것만 빼면 말이죠. 두 번째 수술을 받은 후에 그 상처는 보통 종기를 절개한 곳과는 달리 좀처럼 나을 기미를 보이지 않았어요. 그것은 계속 그 자리에 종기로 터를 잡았어요.

때때로 저는 고통의 습격을 받았는데, 그놈이 가라앉으려
면 꽤 걸렸습니다.

어느 날, 저는 이웃에게 그것에 대해 말했어요. 그는 귀
를 기울이더니 나갔다가 금방 웬 노인을 데리고 돌아왔지
요. 이웃의 말로는 사람 엉덩이에 문제가 있는 건 뭐든 고
치는 전문가라고 하더군요. 그 노인은 곧장 할 일에 들어
갔어요. 그는 저더러 아픈 부위가 어디냐고 물었지요. 저
는 왼쪽 엉덩이라고 대답했어요. 그는 제 눈을 뚫어지라
쳐다보더니 약 5초 남짓 제 왼쪽 무릎을 마사지해주었어
요. "지금은 이 정도로 하지요." 노인이 말했어요. "내일
아침 8시에 거실에 앉아서 왼쪽 무릎을 드러내놓고 계시
면 치료를 계속하리다. 일주일 동안 매일 아침 같은 시간
에 그렇게 하시우." 노인은 더 이상 아무 말도 하지 않고
나갔어요.

다음 날 아침, 저는 거실에 앉아 노인을 기다렸어요. 그
날도, 다음 날도 계속 나타나지 않더군요. 일주일 후에 노
인은 제 이웃과 함께 나타났어요. 그러더니 제 눈을 뚫어
지라 쳐다보며 아주 정중하게, 제가 아침마다 하기로 했
던 대로 왼쪽 무릎을 내놓고 있지 않았다고 나무랐어요(저
는 이미 그 며칠 전에 이웃에게 그 노인이 치료하러 얼굴
을 내밀지 않았다고 불평했고요). 저는 아침마다 기다렸
지만 당신이 나타나지 않았다고 대답했어요. 노인은 슬그

머니 웃으며 아무 말도 하지 않았지요. 그런 뒤 이웃은 제에게, 날마다 특정한 시간에 제가 집에서 무릎을 내놓고 있으면, 멀리 사는 그 전문가가 자기 집에 앉아 원격 치유 마사지를 해주겠다고 한 거라고 설명했어요. 그가 아주 진지하게 그 말을 했고, 또 비슷한 어조로 다음 날 아침부터 들은 대로 정확히 하라고 하더군요. 저는 표정 관리를 하느라 애썼지요. 그것이 야바위 주술과 제가 처음으로 가볍게 만난 사건이었습니다.

그래서 저는 지긋지긋한 종기와 고통을 달고 살았어요. 1983년 초에 그것들을 단 채로 식구들과 함께 수바 캠퍼스로 일하러 왔지요. 종기는 점점 심해졌어요. 크기도 커졌고, 고통은 예전보다 더욱 자주 재발되곤 했지요. 마침내 병원에 갔더니 의사가 문제점을 설명해주었어요. 또한 그는 그 종기는 매우 조심스럽고 세밀한 수술을 해야 하는데, 뉴질랜드나 오스트레일리아나 미국에 가서 받아야 한다고 권고했지요. 피지에는 그 수술을 위한 전문적 기술과 시설이 부족했어요. 그는 이곳에서 수술 받았다가 영원히 대변을 흘리게 된 환자를 두어 명 알고 있었지요. "앞으로 일생 동안 가는 곳마다 요강을 들고 다니고 싶진 않겠지요?" 그는 하나마나한 질문을 했어요.

저는 상당히 낙담했어요. 무엇보다도 수술비와 입원비는커녕 뉴질랜드까지 갈 돈도 없었거든요. 저는 또한

1982년에 과민성 쇼크로 거의 죽을 뻔했기 때문에 약 먹는 게 두려웠어요. 어떤 약에는 치명적인 알레르기가 있을지도 모른다고 생각됐지요. 그래서 저는 대안 치료를 찾아나서기 시작했어요. 다행스럽게도, 약초를 먹게 하고, 잎으로 엉덩이에 증기요법이나 훈증 요법을 하고, 마사지를 하고, 민감한 곳에 침을 놓고, 주문을 외우는 등의 치료법을 지닌 치료사들과 치유사들은 부족하지 않았어요. 전통의료 시술 전문가들을 수십 명쯤 찾아다닌 것 같아요. 거의 외국에서 치료받을 만큼 돈을 퍼부었을 거예요.

그러나 모두 다 소용없었지요. 고통은 점점 심해져서 끔찍스러울 정도로 괴로웠어요. 고름이 하염없이 쏟아져면 패드를 대고 있어야 했고, 그것도 모자라 모디스(생리대 브랜드) 같은 것을 쓰기까지 했지요. 정말 어이가 없었답니다. 저는 끝도 없이 생리를 하는 암컷 만드릴(서아프리카산 큰 비비) 같은 기분이었어요. 두꺼운 쿠션을 대고 일을 했지요. 어떤 의자에든 앉는다는 게 거의 불가능했어요. 사려 깊은 친구 하나가 공기를 채운 외바퀴수레 타이어를 추천했어요. 그건 나름 좋은 점이 있었지요. 보통 사람 엉덩이에 딱 맞는 크기에 탄력도 좋았죠, 가운데 공간에 떠 있는 그 종기를 건드리지 않죠. 그래서 이거다 싶어 하나를 사서 대형 가방에 넣어 늘 들고 다녔어요. 하지만 결과적으로 도움이 되지 않았어요. 게다가 어느 날 그게 통 튀는 바람에 찌를 듯한 고통이 머릿속까지 파고들어 저는 죽는 줄 알았어요. 결국 전 그것도 쓰지 않게 되었지요. 1985년 4월인가 5월에 저는 거의 앓아누워 있었어요. 몸 아래쪽을 공중에 들려 있게 다리를 견인해주는 기계가 있으면 어떨까 하는 생각을 진지하게 머릿속에서 굴렸어요. 그러나 병원에 입원하지 않는 한 그것도 불가능했죠. 그제야 치료를 받으러 외국으로 갈 수밖에 없다는 것을 깨달았어요. 때늦은 결정을 내린 후 일은 쏜살같이 진행되었어요. 저는 대학에서 쉽사리 재정 보조를 얻어 뉴질랜드로 날아가 성공적으로 수술을 받았지요. 저 밑 어딘가에는 폴리네시아인의 얼굴 문신처럼 생긴, 제법 예술적으로 조각된 상처가 있어요. 그것을 떠올릴 때마다 저는 그것을 만든 참 대단한 그 의사가 생각납디다. 이 소설 228쪽에 그것을 언급해 놓았습니다.

지난 4년간 저에게 일어난 일에 대한 요약을 통해 이 소설의 구조와 본질이 드러납니다. 그러나 제가 실제로 겪었던 육체적, 정신적 고통을 강렬하게 전달하지는 못하지요. 나중에 저는 울부짖으며 신음했고, 또한 고통의 부조리성에 대해 웃어대기도 했어요. 그 시기에 가장 큰 위안이 된 것은 모두 여자들인 우리 학교의 피지인 비서들과 타이피스트들, 청소부들과 나누었던 세속적인 농담과 놀림이었습니다. 문젯거리, 특히 도무지 나아질 것 같지 않은 것들을 웃어넘기는 것은 태평양 문화의 특성이지요. 제가 보기에, 고통의 와중에 즐거움의 순간을 낚아채며 웃어대는 이런 능력이 우리 섬들의 큰 매력이라고 생각됩니다. 우리는 웃기도 하고, 울기도 하고, 때로는 동시에 둘 다 하지요.

저는 이 소설에서 그 일부를 담으려고 애썼습니다. 또한 날카롭고 지속적인 신체적 통증으로 고통을 겪을 때 그 느낌이 어떤지 조금이나마 알리려고 노력했습니다. 그런 통증으로 몇 년씩이나 고통을 겪게 되면 그 사람의 생활 전체에 영향이 미칩니다. 항상 그것 때문에 괴로워하게 되지요. 또 사랑하는 사람들에게 걸핏하면 화내고 까탈을 부리고 거칠게 행동을 하게 됩니다. 우리 가족은 끔찍스런 시기를 겪었지만 어쨌거나 이겨냈어요. 오일레이의 입에서 쉴 새 없이 나오는 욕설을 통해 저는 그 분노의 강도, 그것이 그에게 미친 심리적 영향, 그리고 그의 변덕스런 행동이 가족과 친구, 만나는 모든 이들에게 미치는 사회적 영향을 조금이라고 생생하게 묘사하고 싶었습니다. 그러나 어쨌든 오일레이의 식구들과 친구들은, 제 주위 사람들이 그랬듯이, 모두 그의 곁을 지켜주었어요. 그들은, 제 주위 사람들이 그랬듯이, 그와 함께 힘들어하기도 하고 함께 웃습니다. 그게 제가 하고 싶었던 이야기 중 일부랍니다. 물론 다른 것들도 있었지만.

또 하나 말씀드리자면 저는 이 소설을 쓰면서 결과적으로는 심리 치료를 받은 것 같은 효과를 봤습니다. 수술을 받고 저는 격심한 육체적 고통에서 해방되었지만 그 외의 많은 것은 그렇지 않았어요. 여전히 심리적인 괴로움이 눌어붙어 있었고, 성질머리는 좀 나아지긴 했어도 여전히 불같았지요. 그러나 이 소설을 쓴 뒤, 그런 게 많이 사라졌어요. 1981년부터 1985년까지의 저 자신보다 저는 좀 더 차분해졌고, 이 소설을 쓰기 전에 비해 욕설도 훨씬 덜합니다. 오일레이 역시 그렇답니다.

수브라마니: 웃음에 대해 꽤 많이 언급하셨는데, 저는 선생님이 웃음을 어떤 식으로 이해하시는지 궁금합니다. '태평양적 웃음'이라고 하는 것이 있습니까?

에펠리 하우오파: 실은 잘 모르겠습니다. 박식한 대답을 하려면 연구를 많이 해야만 하지요. 인간 행동의 다른 면들과 마찬가지로 사람들이 무엇을 보고 웃느냐, 또는 어떤 것에 웃느냐는 것은 문화적으로 결정됩니다. 어떤 집단이 웃을 만한 것을 다른 집단은 그렇게 여기지 않을 수도 있습니다. 그리고 태평양에서는 어떤 집단이 자기 자신들 이야기를 웃음거리로 삼을 수도 있지만, 만약 같은 것을 보고 외부인들이 웃는다면 전혀 즐거워하지 않을

수도 있습니다. 특정 집단에만 통용되는 배타적인 익살은 매우 많지요. 통가 사람들은 유머감각이 굉장합니다. 피지 사람들과 제가 아는 멜라네시아의 다른 집단들도 그렇습니다. 『티콩 사람들 이야기』에서 제가 웃음거리로 삼은 것들은 통가 사람들도 같이 웃고 즐길 만한 것들입니다. 그들은 말장난을 좋아하지요. 그러나 많은 통가 사람들은 『티콩 사람들 이야기』을 아주 좋아하지 않습니다. 많은 이들이 그 책을 통가에 대한 것이라고 여기거든요. 그것은 진실이긴 하되, 굉장히 작은 부분에 불과합니다. 제 책에 대해 분개한 동포들은 남들 눈에 비친 우리에 대해 우리가 웃어대는 것을 썼다고 느끼기 때문에 그러는 겁니다. 우리는 우리의 불합리성을 알고 인정하지만 남들이 알기를 바라진 않습니다. 외부인들은 이해하려 하지 않으면서 우리를 멍텅구리라고만 여기곤 하니까요. 그런 감정은 태평양에서는 특이한 것이 아닙니다.

태평양에는 매우 보수적이며 쉽사리 화를 낸다고 여겨지는 집단들도 있습니다. 당신이 그런 집단과 함께 있다면 농담을 할 때도 조심해야 합니다. 뜻하지 않게 그들을 자극할 수 있으니까요. 통가 사람들과 피지 사람들은 무자비하면서도 즐겁게 서로를 놀릴지도 모르겠습니다. 하지만 다른 사람들, 즉 예의에 대해 극히 민감하고, 명예 및 개인과 집단의 품위에 관한 것이면 대놓고 매우 방어적인 사람들을 대할 때는 경계의 날을 세우곤 합니다. 비록 남들과 쉽게 어울리는 유머감각과 익살이 대단할지는 몰라도, 전체적으로 그들은 즉각 날카로운 반응을 보입니다.

이미 말씀드렸듯이 제가 가장 잘 아는 사람들이라고 할 수 있는 통가 사람들, 피지 사람들, 파푸아뉴기니 연안과 근처 작은 섬의 사람들은 아주 잘 웃는 경향이 있습니다. 모자가 떨어진 것만 봐도 깔깔 웃지요. 누군가 저한테 굉장히 엄청난 허리케인 때문에 집이 무너진 뒤 작고 낮은 야외 부엌을 피난처 삼은 어느 통가 가족에 대해 이야기해 주었습니다. 그 집 식구들은 바람에 날려갈까 봐 다들 가장 낮은 쪽 지붕에 매달려 있었습니다. 그들은 자기네가 처한 상황에 대해 몇 시간 동안이나 웃어대고 익살을 떨었지요. 밖에서는 그들을 날려버릴 허리케인이 최고조에 달했는데 말이죠. 제가 우리 태평양의 섬에서 심각한 영화를 보러 가지 않는 이유 중 하나는 그놈의 관객들 때문입니다. 그들은 엉뚱한 부분에서 늘 폭소를 터뜨려 영화 감상을 망쳐버리지요. 그것은 제가 오지에서 갓 나와 오스트레일리아에 처음 갔을 때와 비슷합니다. 저는 온갖 것들에 대해 즐겁게 웃어대곤 했는데, 그러면 누군가가 화를 내며 이렇게 묻는 일이 심심찮게 일어났지요. "당신 왜 웃는 거야?" 저는 문명화되려 애쓰다가 유머 감각을 잃을 뻔했어요. 하지만 다행스럽게도 아주 문명화되는 일은 절대 일어나지 않았답니다.

수브라마니: 이 소설을 쓰고 혹시 선생님께서 개인적인 고통(질병)과 인간의 창의력 간의 관계, 또는 예술의 뿌리에 대한 프로이트 이론에 대해 깊이 이해하게 되셨는지 묻고 싶군요.

에펠리 하우오오파: 글쎄요. 제가 개인적 고통과 창의성 간의 관계를 인식한 지는 꽤 되었습니다. 이미 말씀드린 특정한 육체적 고통을 직접 겪지 않았더라면 저는 『엉덩이에 입맞춤을』을 쓰지 않았을 겁니다. 재미있는 것은, 그 고통을 겪고 있는 동안은 그것에 대해 쓸 생각을 전혀 하지 않았다는 점입니다. 쓰겠다는 생각이 난 것은 치료를 받은 후였지요. 실은 병원을 나서자마자 그런 생각을 한 것 같군요. 퇴원하고 바로 저녁을 먹다가 제가 오클랜드의 집 주인 부부에게 '똥구멍의 고통'을 주제로 책을 써 볼까 한다고 말한 것이 기억납니다. 다들 웃음을 터뜨렸지요. 그건 익살을 부린 것이었으니까요. 그러나 그 생각은 제 머릿속에 눌어붙었습니다. 그때는 제가 긴 휴가를 받기로 예정되어 있었는데, 그 기간 동안 저는 글을 써 보겠다고 이미 결심했지요. 쓸 것들은 많았지만 아직 결정은 내리지 않은 상태였습니다. 어쨌든 고통에서 벗어나 참으

로 기쁘고 안심이 되어 저는 그 경험에 대해 책을 쓴다는 아이디어를 웃음거리로 취급했습니다. 그런데 또한 저는 제가 아는 한, 몸의 그 부분을 주제로 해서 지속적으로 쓴 글을 찾아보기 어렵다는 것을 깨달았지요. 항문에 대한 소설을 우연히 발견한 적도, 더욱이 누가 소설 전체를 그 것에 대해 썼다는 얘기도 들어본 적이 없었어요. 문학에 대한 제 깊이가 얕아서 그랬을 겁니다. 물론 프로이트가 항문 집착에 대해 쓰긴 했지만, 그의 글은 과학적이고 분 석적인 것이었지요.

잘못 생각한 것일 수도 있었겠지만, 그런 깨달음, 즉 드 물고 새로운 것, 바로 인체에서 가장 비천하게 여겨지는 것의 기능에 관한 장편소설을 써 보겠다는 깨달음을 큰 후 원 삼아 저는 그야말로 맹렬하게 덤벼들었지요. 개인적 고통은 최초의 영감과 본질과 구조를 제공해주었어요. 즉 다른 곳에 비하면 처녀지를 모험하는 흥분이 저를 그곳으 로 몰고 간 동력이었습니다. 일단 그것에 대해 진지하게 생각하고, 접근할 방도를 계획하게 되자 저는 적어도 우 리 섬 사회의 기준에서 보자면 금기의 땅을 밟고 있다는 것을 깨달았습니다. 그러나 이미 마음을 굳혔기에 결과는 아랑곳하지 않고 즐겁게 성큼성큼 나아갔지요.

저는 놀랍도록 기묘한 가능성들이 있는 세계를 발견하 기 시작했습니다. 이중 하나는 너무도 괴기하고, 외설적이고, 역겹고, 유머러스한 것을 쓰는 것이었지만, 욕을 먹고 싶지 않았어요. 그래서 명망 있는 출판사를 통해 책을 낼 작정이었어요. 그것은 창의성에 대한 도전이었어요. 예전에는 『티콩 사람들 이야기』을 읽은 꽤 유명한 출판사에서 연락을 받기도 했지요. 세상, 아니 적어도 태평양을 놀이터 삼아 저는 쓰고, 또 쓰고, 당장에 거절당할 거라는 쪽으로 기울면서도 초고를 펭귄 출판사에 보냈습니다. 그러나 정말 놀랍게도 그쪽에서는 제게 대단히 도움이 되는 비평을 해주고 제안도 하면서 계속 쓰라고 격려해주더군요. 그래서 용기도 얻었고 전보다 한층 더 신이 났어요. 그 상태로 행운이 계속되기를 바라며 끝까지 밀고 나갔지요. 저는 뉴질랜드 펭귄사의 편집장인 제프 워커가 저를 격려하고, 제 원고를 출판하겠다는 '어리석은' 결정을 해준 것에 늘 고마운 마음을 간직할 겁니다. 지금까지 제가 하려는 말은 누군가가 창의성을 발휘할 때, 단순히 개인적인 고통 같은 것 말고도, 뒤를 받쳐주는 많은 요소들이 있다는 것입니다.

수브라마니: 선생님의 목적과 실제로 이루신 것이 다른데, 선생님은 초기 의도가 어떤 단계에서 어떻게 변했는지 말씀해주시겠습니까? 또 만들어낸 작품이 처음 이루려 했던 바로 그것이라고 생각하십니까? 그것은 원래 의도보

다 넘치는지요, 아니면 부족한가요? 제가 알고 싶은 것은 선생님이 얼마나 무의식적으로 작업을 하시냐 하는 점입니다. 처음에는 발견하지 못한 것을 지금은 소설에서 발견하시는 게 있습니까?

에펠리 하우오파: 그 물음에 간단히 대답하자면 이 소설은 상당 부분 제가 의도한 대로 됐습니다. 이미 말씀드렸다시피 구조와, 본질의 상당한 부분, 그리고 연대순으로 일어난 일부 사건들은 제 실제 경험을 반영하고 있습니다. 그러나 거듭 말씀드리자면 의도가 단 하나뿐인 것은 아니었습니다. 쓰고, 고쳐 쓰는 과정에서 다른 의도들이 생겨났습니다. 저는 그것들이 모두 서로 관련이 있다고 생각합니다.

처음에 저는 이 책을 쓰고 다듬는 데 적어도 일 년을 묵지어 놓았습니다. 제 첫 책인 『티콩 사람들 이야기』은 4년이 걸렸지요. 저는 정말 열심히 작업했습니다. 이야기를 다듬고 또 다듬었지요. 첫 소설이라서 저는 의식적으로 독특한 문체와 저만의 목소리를 발전시키려 애썼습니다. 그 소설을 다 쓰는 데 여섯 달이 걸렸지요. 다듬고 고치는 데 최소한 여섯 달을 더 쓸 작정이었지만, 그러지 않기로 마음먹었습니다. 그렇게 하면 불경스런 표현들과 외설스런 표현들 대부분이 삭제되어 지나치게 깔끔하게 될 테고,

그러면 새로 지은 병원 냄새가 나게 되었을 테니까요. 그
책은 멋진 영국인 숙녀가 언젠가 제게 『티콩 사람들 이야
기』에 대해 말했듯이 ‘무난한 유머’를 담은 작품으로 나왔
을 테지요. 저는 『엉덩이에 입맞춤을』을 아주 다르게 쓰려
고 의도했습니다. 요리된 게 아니라 생생한 날것이기를
바랐거든요.

자, 이 책의 실제적인 시시콜콜한 일들과 사건들은 대
개 제가 글을 쓰면서 태어난 것들입니다. 만약 제가 이것
을 사실적인 자서전적 소설로 썼더라면 아마 저는 지금 거
의 전적인 통제력을 발휘하고 있을 겁니다. 그러나 모든
등장인물과 사건은 상상에서 비롯된 것이므로, 저는 그것
들에 대한 통제력이 한참 부족합니다. 그것들이 교묘히
제 손아귀를 벗어나고, 자기 나름의 논리를 따르는 경향
이 있기 때문이지요. 저는 등장인물을 창조하고, 어느 정
도는 그들에게 특정한 길을 따르게 했습니다. 그러나 그
들이 일단 생명력을 얻자 나름 매우 독립적인 존재들이 되
었어요. 그리고 저는 그들을 따라야만 했고, 제어하려 애
써야만 했는데, 그런 노력은 성공과 실패를 거듭했습니
다. 때때로 저는 어찌할 바를 몰랐지요. 글 쓰는 과정에서
저는 이상한 사람들로 넘쳐나는, 다르지만 어쨌든 사실적
인 세계에 살고 있다는 것을 깨달았습니다. 그들은 인류
학자인 저와 동시대에 살고 있는 사람들과 다르지 않은 이

들이었지요. 저는 그들이 점차 좋아졌고, 비록 그들이 엉뚱하고 무도하긴 하나, 제가 그쪽 세계의 사람들을 하나라도 좋아하지 않는 일은 없었어요. 원고를 넘긴 후에 지인에게 이런 편지를 쓴 게 생각납니다. 나는 다른 나라로 긴 여행을 갔다가 이제 막 돌아왔다고, 별나면서도 매우 매력적인 사람들과 살았다고, 내가 거기 간 최초의 외부인이었다고, 나는 이제 막 다른 외부인들을 그곳으로 안내하려고 하기 때문에 다소 우울한 기분을 느낀다고, 그리고 그 세계는 더 이상 나와 그들만의 것이 될 수 없을 거라고.

그 경험은 현실적이긴 하나 기괴하다고 할 수 있습니다. 그것은 바로 마음가짐에 달려 있기 때문입니다. 그러나 상상의 세계를 창조하는 사람들에게는 그것이 특이한 경험은 아닐 것입니다. 어쨌든 저는 전혀 의도하지 않은 상태에서, 지금은 제가 매력적이라고 생각하는 수많은 사람들을 만들어냈습니다. 그들은 인간으로, 또 인정 있는 존재로 대접해달라고 요구했지요. 저는 의도적으로 그들을 비틀고 희화화했고, 코믹하게 만들었습니다. 그러나 그들은 인간 외에 다른 것으로 만들어지는 것을 거부했지요. 이것은 아마도 인간 영혼의 탄력성에 대해 말하는 게 아닐까 싶습니다. 저는 그것을 이제야 발견한 것이지요.

저는 지금 말을 하면서 또 다른 것을 발견했습니다. 즉 사람은 그 의도를 깨닫지 못한 채 특정한 행위를 하려고 의도할 수도 있다는 점입니다. 이 책을 쓰기 전에 저는 남태평양의 중요하고 장기적인 문제들은 본질적으로 전 세계적인 차원에서 해결이 되어야 한다는 사실을 알고 있었습니다. 제가 1975년에 다시 이곳으로 돌아왔을 때, 국내의 중요한 현안들은 대부분 국내에서 우리 방식대로 간단하게 해결될 수 있다고 생각했지요. 그래서 통가에서 우리는 우리 힘으로 살아야 하며, 마땅한 해결책 등을 찾기 위해 우리 문화유산을 이용해야 한다는 의견을 강력하게 옹호했어요. 저의 졸작인 『복잡한 우리 섬들』은 이런 생각의 산물입니다. 하지만 제가 부르짖고 있었던 것에 어느 누구도 관심을 보이지 않았습니다. 저는 곧 그 이유를 알았지요. 그것은 우리 경제, 사회, 문화, 그리고 실로 우리의 존재 자체가 국경선으로 둘러막혀 있지 않기 때문입니다. 우리는 더욱 큰 존재, 즉 태평양 지역, 보다 더 중요하게는 세계 경제라는 존재에 뒤얽혀 있는 한 부분입니다. 우리 섬들의 모든 중요한 문제에 대한 해결책은 태평양 지역, 궁극적으로는 보다 넓은 국제적 협력에 의존해야 하는 것이지 국내에서 좁고 편협한 노력을 기울여 봐야 크게 기대할 바가 없습니다. 비록 그것이 갈등을 의미한다 하더라도요.

거꾸로 말하면 우리라는 존재는 이 지구의 광대한 표면

에 거주하는 한 줌밖에 안 되는 소외된 민족 집단입니다. 우리는 사하라 사막에 흩어져 있는 오아시스를 차지하고 있는 인간 집단과 마찬가지로, 빗장이 풀린 뒷문과 같습니다. 그 결과, 우리 태평양 지역은 세계의 모든 주요 강대국들이 무기를 시험하고, 독성 쓰레기를 버리고, 해양 자원을 탐욕스럽게 착취하는 데 더없이 좋은 곳이 됐지요.

이 모든 것은, 세계 자본 경제가 주는 달콤한 열매를 거두고 있는 자들이 옹호하는 우리 사회 집단의 낭만적인 신전통주의에 반대하는 제 생각의 바탕을 이루고 있습니다. 이 옹호자들은 바빌론의 강가에서 통곡하며, 그들이 버리고 온 것에 끊임없는 헌신을 주장하는 경향이 있습니다. 그들은 자기들이 하염없이 비난하는 대상인 유럽-아메리카 낭만주의자들의 좋은 동료입니다. 적어도 태평양을 낙원으로 묘사하는 할리우드 제작자들은 오로지 돈만을 위해 할 일을 한 것이니 정직한 견유학파들이라고 할 수 있겠지요.

이 소설을 쓰기 전부터, 그리고 한창 쓰고 있던 1985년에 제 마음을 꿰뚫던 생각들이 있었습니다. 그리고 그 생각들은 지금도 자주 떠오르곤 합니다. 우리의 중요한 문제들은 국제적으로 해결되어야만 합니다. 왜냐하면 이 문제들은 돈, 인간, 그리고 조직들의 국제적 움직임에서 비롯되기 때문이지요. 그리고 자기가 봉착한 문제를 궁극적으로 해결하려는 오일레이의 탐색은 그러한 생각들을 매우 밀접하게 반영하고 있다는 생각이 방금 문득 들었습니다. 그는 국내의 도토레들, 침술사들, 그리고 보건소 및 병원을 찾아다녀 보지만 해결책을 못 찾지요. 그러자 태평양 지역, 즉 뉴질랜드 병원으로 발을 뻗어 보지만 이미 늦었습니다. 하지만 그는 마침내 세계적인 제3새천년 운동을 통해 치유되지요.

수브라마니: 봄보키의 항문에 대한 코믹한 잔학 행위들이 확장된 은유 역할을 할 수 있다는 것을 선생님은 언제쯤 깨달으셨습니까? 그것이 은유가 맞습니까?

에펠리 하우오파: 맞습니다. 그것은 사회에 대한 은유이자 제가 생각해낼 수 있는 나머지 모든 것들에 대한 은유입니다. 저는 이 책의 구성에 대해 생각하기 시작하면서 바로 이것이 은유임을 깨달았지요. 그래서 그것을 우주의 중심에 두었습니다. 내용을 명확하게 하려는 생각에 저는 바버라 및 캠퍼스 내의 꽤 많은 통가 친구들, 이곳에 있는 몇몇 학자들, 한참 후에는 오클랜드 대학에 있는 제 친구 토니 후퍼에게까지 그 이야기를 계속 늘어놓았습니다. 토니는 '툭툭' 부분을 인종지학적 이야기체로 말하는 우화로 만들어 보는 게 어떠냐고 충고했지요. 그 제안 덕

분에 저는 가장 즐거운 글쓰기 과정을 경험했습니다.

저는 처음에 항문을 은유로 이용하겠다는 생각을 통가 친구들에게 이야기해 보았어요. 그들은 매우 즐거워했고, 경악했고, 역겨워했지요. 그리고 제가 그것을 사랑, 미, 순수성에 대한 은유로 쓸 작정이라고, 또 그것을 사회를 뒤엎고 속을 뒤집고, 완전히 깨끗하게 만드는 방법으로 쓸 작정이라고 말하자 그들은 귀를 의심했습니다. 그리고 항문에 입을 맞춘다는 새로운 철학에 대해 어떻게 생각하느냐고 묻자 그들은 화를 내며 제가 완전히 정신이 나갔다고 결론 내렸지요. 어쩌면 제가 미쳤을지도, 또 지금도 그런 상태일지도 모르지만, 저는 그 경험을 온전히 즐겼고, 쓰고 또 쓰고, 그것에 대해 친구들에게 말했고, 더더욱 썼습니다. 몇몇은 저를 슬금슬금 피하기 시작하더군요. 이곳에 계신 모든 분들은 제가 지저분한 책을 쓰고 있었다는 것을 알고 계셨습니다. 왜냐하면 제가 예전에 똥구멍 때문에 앓았다는 사실을 다들 아시고 계셨으니까요. 그것들은 서로 관련이 있었고, 명백한 결론에 이르렀습니다. 저는 더 이상 잃을 품위도 없어, 그냥 살던 곳에 돌아가 '금기 지역의 한가운데'에서 홀로 춤추는 빙충이 노릇을 하게 되었지요. 오, 어릿광대의 삶이여!

수브라마니: 다른 단계에서 그 소재를 손에 쥐고 주무

르는 데 어려움은 없었습니까? 예를 들어 모든 것을 봄보키의 질병과 연관시키는 것 말입니다. 이 핵심 사건과 직접적으로 관련되지 않은 사건들이 물론 있으니까요.

　에펠리 하우오오파: 이 책에 드러나 있지만, 제 주된 문제는 제가 이 이야기와 직접적인 관계가 없는 소재들을 포함시키려는 경향이 있어서 생긴 것입니다. 그중에는 태평양의 시골 마을 생활을 시시콜콜히 묘사하는 내용도 있는데, 사회분석가인 저로서는 학문적인 글에서 그 부분을 잘 묘사할 수 없답니다. 그런 내용들이 이야기를 조금 느슨하게 하는 경향이 있긴 합니다. 예를 들어 35쪽에서 43쪽에 걸쳐, 저는 태평양에서 매우 일반적으로 주고받는 인사를 낱낱이 써 놓았습니다. 그 내용을 통해 아주 작고 친밀한 공동체 내에서는 사생활을 지키기가 어렵다는 것이 드러납니다. 저는 또한 제3세계의 전반적인 의료 서비스 상태와 같은 부분을 논평으로 끼워 놓았습니다. 그리고 실은 거의 한 챕터 분량이 곁가지로 빠졌는데, 그 부분은 오로지 제 상상에서 나온 것으로 바로 오일레이가 마카리타에게 구애하는 방식이랍니다. 그 부분은 너무나 우스꽝스럽고 독창적인 느낌이 들어 끼워 넣지 않을 수가 없었지요. 부타코 경관과 뉴질랜드 대사관 사이에 오간 편지도 매우 이질적인 소재를 다루고 있습니다. 저는 태평양식 편지글

이 아름답고 놀랍다는 것뿐 아니라 권력과 돈을 가진 외부
인들, 그리고 극히 순수한 사람들과 예기치 않게 대면하
게 되었을 때 당황하게 될 그 외부인들을 대할 때 많은 시
골 마을 사람들이 보이는 매력적인 순진함 또한 아름답고
놀랍다는 것을 나타내고 싶었습니다. 그래서 그 부분을
끼워 넣었습니다. 그들 같은 외교관 등등은 복잡한 문제
들과 기교적인 사람들을 다루도록 훈련되었습니다. 그런
데 뜻밖에 기교와는 무관한 사람들을 난생 처음 만났을 때
그들은 무슨 말을 해야 할지 전혀 모르게 됩니다.

　생각해 보니 저의 인류학적 배경이 소설 쓰기에 억지로
끼어들려는 것을 용인하는 경향이 있었다는 게 문제긴 했
습니다. 어쨌든 저는 곁가지로 새고 있다는 것을 알았지
만, 그것들을 되도록 중심 줄거리와 엮으면서 그냥 놔두
기로 했습니다. 그것들이 이 책을 풍부하게 만들 거라고
믿었기 때문이지요. 물론, 제 생각이 완전히 틀렸을 수도
있었습니다만.

　*수브라마니: 장기 이식 에피소드는 언제 구상하셨나요?
저는 이 부분을 읽으면서 불편했다고 말씀드리지 않을 수
가 없습니다. 나름대로 기이한 것을 탐구하시는 겁니까?
마치 소설가가 박수 소리를 듣고 기꺼이 앙코르를 받아들
이듯이 말이지요.*

에펠리 하우오파: 장기 이식 에피소드는 원고를 수정할 때 구상한 것입니다. 1차 초고에는 그 내용이 없었습니다. 그러나 초고를 읽은 어느 분이 마지막 부분인 뉴질랜드 에피소드가 단조롭고 너무 직선적이며 다른 부분들과 조화되기에는 많이 부족하다고 말했습니다. 저도 같은 생각이었지요. 오일레이가 뉴질랜드에 가기까지 그가 받은 치료 에피소드들은 점차 더욱 기이해졌습니다. 초고에서는 뉴질랜드 부분이 흐지부지 끝났습니다. 저는 그것을 다른 부분보다 더욱 기이하게 할 작정을 하고 고쳐 썼습니다. 와카포헤인 클리닉에서의 마지막 치료와 더불어 항문 이식은 점점 기이해져가는 일련의 사건에 필연적인 절정 부분입니다. 오일레이는 상상할 수 있는 모든 것을 시도해 보았지요. 따라서 장기 이식은 자연스럽게 다음 단계가 되는 것입니다.

어조를 좀 낮춘다거나 하면 달리 묘사될 수도 있었다는 데 동의하긴 하지만, 저는 그 당시에 장기 이식을 통해, 인종차별주의의 성차별주의라는 근본적인 문제를 단 한 번 붓을 휘둘러 백인과 흑인, 남성과 여성을 한꺼번에 묶어 잔인하리만큼 명징한 선으로 묘사하고 싶었습니다. 그리고 그 결합을 갈고 닦기에는 항문이라는 새로 정화되고 찬양되는 세상보다 더 나은 곳은 없었지요.

선과 붓질 이야기를 하다 보니, 제 글쓰기에 끼친 중요한 예술적 영향은 1960년대 말과 1970년대 초의 오스트레일리아인인 정치만평작가들, 즉 페티, 미국을 들었다 놓았다 했던 올리판트, 피커링, 그리고 특히 루니그 같은 이들의 작품이었다는 게 새삼 떠오르는군요. 그들의 선은 극히 가차 없고, 재미있고, 때로는 통렬하며, 투박한 경우도 꽤 있었습니다. 하지만 그들의 작품은 생기발랄하고 명쾌하게 고동쳤습니다. 저는 미국의 정치만평작가 월트 켈리에게서도 중요한 영향을 받았습니다. 그는 아름답고 터무니없이 장황했고, 또한 매우 재미있고 가차 없었지요. 『티콩 사람들 이야기』는 제가 오스트레일리아인 만평작가들에 매료된 덕분이고, 『엉덩이에 입맞춤을』은 월트 켈리의 즐거운 수다를 매우 좋아한 것과 관계가 있을지도 모른다는 확신이 슬며시 드는군요.

이식 에피소드를 쓸 때, 저는 많은 예민한 이들이 그 부분을 불쾌하게 느낄 것임을 알고 있었습니다. 그러나 제 어린 시절의 환경은 토속적이었고, 제가 선호하는 부류의 친구들을 생각하면 저는 이 에피소드가 다른 많은 이들에게, 특히 저와 비슷한 환경, 혹은 대도시의 게토 같은 환경에서 사는 이들의 공감을 자아낼 것임을 알고 있었지요. 1960년대 할렘에 대한 체스터 하임의 이야기들은, 만약 그의 작품들을 태평양 지역에서 좀 더 많이 접할 수 있었다면 상당한 추종자들이 생겼을 것입니다. 따라서 저는 그 에피소드가 일부를 불쾌하게 하겠지만, 또 어떤 이들에게는 호소력이 있을 거라 확신하고 쓴 것입니다. 또 제가 말했듯이 거기에는 보다 더 큰 목적이 있었고요. 만약 그 에피소드가 다른 것들에 영합하는 것으로 보인다면 그것은 제 불운이며, 저는 그것을 감수해야 할 것입니다. 만약 당신이 엉덩이의 통증을 이겨낸다면 당신은 앞으로 거의 두려울 것이 없습니다.

수브라마니: 그 모든 익살과 유토피아적 꿈 말고도 풍자적 언어와 우화 등 선생님이 소설 쓰기에 사용한 다양한 언어들을 보건대 언어에 대해 상당히 많이 생각하셨던 게 분명합니다. 저는 묻고 싶습니다. 음담패설을 통해, 이를테면 태평양의 시장통과 술집에서 오가는 대화를 나타내고 싶으신 것입니까, 아니면 보통 서민들의 유머를 드러내고 싶으신 것입니까? 혹시 선생님이 새로 만든 표현은 아닙니까?

에펠리 하우오오파: 이제까지 저는 영어를 포함해서 태평양 지역 언어까지 일곱 언어를 말하며 살아왔습니다. 이 중 넷은 멜라네시아어인데, 비교적 음담패설이 적지요. 서부 폴리네시아어 둘, 즉 통가어와 피지어에는 그런 표현이 대단히 풍부합니다. 그러나 그중 최고는 영어입니

다. 이 언어는 전 세계에서 쓰이는 까닭에 앞으로도 가장 끔찍한 음담패설을 영원히 낳을 것입니다.

자, 경건한 외모를 지닌 통가 사람들과 피지 사람들은 나름 항의야 해 보지만, 그래도 욕설에서는 내노라하는 사람들이지요. 저는 다른 폴리네시아 사람들이나 미크로네시아 사람들 또는 인도-피지 사람들에 대해서는 잘 모릅니다. 그쪽 말은 못하거든요. 통가 사람들과 피지 사람들은 아주 저속한 유머를 즐겨 하는데, 바로 그 특성 때문에 저 같은 사람은 그들을 매우 정겹게 느낍니다. 그들은 음담패설을 섞지 않고도 표현할 수는 있습니다. 그러나 그들은 가장 폭력적이고 저속한 말들과 연이은 독설들을 자기들끼리는 쓸 수 있고, 또 그렇게 합니다. 단순히 예의범절을 경멸하는 즐거움을 누리기 위해, 또는 인정사정없이 서로 조롱함으로써 정을 주고받느라고 말이지요. 당신이 서부 폴리네시안 성인 여성 둘이 남들 앞에서 말다툼을 하는 모습을 우연히 구경하게 된다면 귀를 조심해야 합니다. 바로 그때가 가장 다채롭고 생생한 음담을 엄청난 독설까지 곁들여 목청껏 떠들어대는 때랍니다. 하지만 이런 일은 드뭅니다. 만약 그런 일이 일어나면 모든 속옷을 깃대에 걸어 뉴욕의 UN 빌딩 앞에 있는 국기들처럼 팔락거릴 것임을 모두 알고 있기 때문입니다.

『엉덩이에 입맞춤을』에 나오는 음담패설 대부분은 제가

1960년대 말과 1970년대 초에 오스트레일리아의 술집 및 영어로 쓰인 책들과 영화에서 주워들은 것입니다. 저는 십대 취향의 영화, 그리고 공포 영화만 빼면 영화라면 뭐든지 좋아합니다. 저는 주로 인간의 지성을 가장 덜 요구하는 영화를 봅니다. 대개 신체적, 언어적 폭력으로 범벅된 영화들이지요.

『엉덩이에 입맞춤을』을 쓰면서 저는 태평양 문화, 또는 그와 유사한 다른 문화들의 특정한 면을 반영하기 위해 음담패설에 일부러 호소한 것은 아니었습니다. 그러나 인간 행동은 대개 문화적으로 결정되므로, 제 책이 저 자신의 복잡한 배경을 반영하는 것은 지극히 당연합니다. 저는 어느 정도 저 자신을 해학가로 여기고 있고, 『티콩 사람들 이야기』에서 저는 미묘하고 도시적인 유머를 의식적으로 담기 위해 열심히 노력했습니다. 그 책에는 노골적인 음담은 굉장히 적게 나옵니다. 그러나 『엉덩이에 입맞춤을』에서 저는 거친 표현이 나올 수밖에 없는 인체의 바로 그 부분에 대해 쓰고 있었기 때문에, 저속한 유머의 진국에 빠질 기회를 잡았지요. 저는 본성 자체가 농담을 즐기는데, 야한 내용이든 아니든 말장난을 하는 것은 그런 본성을 드러낸다고 하겠습니다. 그러나 그것은 제가 음담패설을 쓴 이유 중 하나에 불과합니다. 저는 또한 다른 의도들을 품고 그것을 썼습니다. 우선, 이미 말했다시피, 저는 오일레이의 정신과 주위 사람들과 그와의 관계에 육체적 분노가 끼치는 영향을 드러내는 방법으로 음담패설에 호소했습니다. 그러나 가장 중요한 것은 사랑, 순수, 그리고 조화에 관한 대화를 위해 아주 성공할 것 같지 않은 도구로서 그것을 사용했다는 점입니다. 전에는 그렇게 해 본 적도, 해 볼 생각도 못 해 봤던 것이었는데, 그것을 쓰니까 상당히 즐거웠습니다. 그 생각이 불합리적이라는 것을 알지만, 저는 불합리성을 사랑하는 관계로 스스로에게 말했습니다. 왜 안 된다는 거지? 정말 왜. 그래서 저는 질문을 던지기 시작했는데, 알고 보니 상당히 재미있었습니다. 왜냐하면 그 질문들은 너무도 불합리하게 현실적이었고 대답 또한 불합리적이긴 하나 옳았기 때문입니다. 또는 그런 것 같았습니다. 왜 우리는 몸의 어느 부분들에 대해서는 끊임없이 수치스러워하고, 다른 부분에는 그런 태도를 보이지 않을까요? 왜 우리는 출산과 배설 기관에 대해 말하는 것은 끝도 없이 혐오하고, 다른 기관에는 그렇게 하지 않을까요? 이러한 질문들은 제가 이 소설에서 탐구하기 시작한 사회·문화적 제도에 대한 질문들을 이끌어냈습니다. 하지만 제가 던진 많은 질문들이 대부분 문화적 기준으로는 불합리하고 우스꽝스럽기 때문에 저는 글을 쓰면서 웃어댈 수밖에 없었지요. 그리고 저는 진지하게 생각했습니다. 만약 우리가 우리 몸의 다른 기관들

만큼만이나 출산과 배설 기관을 생각해준다면 언어와 생각에 쓰이는 외설적 표현들 대부분은 뿌리 뽑게 될 거라고요. 갈 길이야 멀지만 그것은 우리가 서로를 더욱 사랑하고 보듬게 도와줄 것입니다. 전 헤비급 권투 챔피언인 오일레이가 몸에 걸린 병의 치료방법을 찾아 헤매는 것은 언어의 폭력성과 외설성에서 자신을 정화하려는 추구이기도 합니다. 자기의 목표를 이루자 그는 모든 이들에게 자기의 항문에 입 맞추라고 권유합니다. 이것은 증오의 종식에 대한 즐거운 발언이자, 모든 인류를 위한 사랑의 선언입니다. 괴기해 보이긴 해도, 저는 그 점에 대해 진지합니다. 그러나 어쩌면 제 통가 친구들이 옳을지도, 제가 정신병원에 갇히는 편이 나을지도 모르긴 하지요.

수브라마니: 어떤 저자들은 자기들이 작가이지 사상가가 아니라고 주장합니다. 선생님의 첫 번째 분야인 인류학을 통해 선생님은 당연히 사회, 문화, 인간의 여러 제도에 대해 생각하게 되었을 것입니다. 관련된 질문이 두 가지 있습니다. 첫째, 이 소설의 지적, 이데올로기적 내용에 대해 언급해주시겠습니까? '항문 입맞춤'이라는 철학에 대해서요. 둘째, 두 분야에 걸쳐 있다는 점에서 혹시 불안감이나 정신분열증을 느끼는 경우는 없습니까? 아니면 그저 화법을 바꾸는 정도에 불과합니까?

에펠리 하우오오파: 고등교육을 받긴 했어도, 저는 본질적으로는 농부입니다. 오랜 세월 동안, 제 안에서 농부와 학자가 서로 투쟁했지요. 농부가 한 수 위라서 저는 매우 기쁩니다. 저는 사물을 밑바닥부터, 특히 ‘벌레 꿈틀이’(Lowly Worm: 리처드 스캐리의 그림책에 나오는 벌레 이름)의 시각에서 보는 것을 좋아합니다. 간단히 말해서 저는 농부 작가이자 시들어가는 학자이지요.

이제 이 소설의 지적, 이데올로기적 내용에 대해 말씀드리지요. 저는 앞서 태평양의 문제들에 대한 국내적, 국제적 해결책에 대한 제 생각이 오일레이가 통증에 대한 치료법을 찾아나서는 것에 매우 밀접하게 반영되어 있다고 하면서 이 부분을 잠시 언급했습니다. 제 생각을 몇 가지 덧붙여 보도록 하지요. 저는 몇몇 사회과학 이론을 잘 알았습니다만, 그것들 대부분은 학문의 전당 밖에서는 쓸모가 없고, 심지어 매우 위험한 것도 있습니다. 그 어느 하나도 제3세계 농부들과 도시 노동계급의 상황을 개선하는 데 큰 도움이 되지 않았습니다. 널리 개방된 우리 경제에서 개인 기업의 탐욕은 점점 늘고 있습니다. 정치계와 정부는 부패하고 점점 권위만 내세우고 있지요. 종교는 영성이 부족합니다. 서구화되고, 도시화된 엘리트 집단이 선전해대는 ‘태평양 고유의 길’과 같은 부류의 신전통주의는 지독하게 편협하며, 최근에는 자신들이 악질적인 인종차별주의자라는 것을 증명했습니다. 저는 위선적이며, 부패하고, 이기적이고 부정한 사람입니다. 도둑이 도둑을 알아보는 법이지요. 이 말들은 자신과 타인에 대한 큰 고백입니다. 그러나 그것들은 제 글에 담긴 지적, 이데올로기적 내용이 어쨌든지 그 내용을 알리는 데 도움을 주었습니다. 또한 그것들은 제가 균형감각과, 우리 인간의 연약함에 대한 즐거운 인내와, 우리 모두 안에 있는 자비로움을 받아들일 준비를 하고, 즐겁고 행복하고 유쾌하게 사는 데 필수적인 유머감각을 유지할 수 있게 해주었습니다. 바로 그 같은 혼란스런 인성에서 '툭툭' 우화와, 항문을 사랑하고 존경하는 우스꽝스런 철학 등이 나온 것입니다. 이러한 특이한 철학에 대한 직접적인 영감은 구루 라즈니쉬와 그를 따르는 부유한 무리가 벌인 1985년의 국제적 편력에서 비롯되었지요. 그는 지난 수십 년을 통틀어 가장 대표적인 종교적 사기꾼들 중 하나로, 실현 불가능한 가짜 철학으로 전 세계를 즐겁게 하며, 쉽게 속는 참으로 많은 이들을 기반 삼아 부를 이룬 자입니다. 바부 비베카난드와 인류를 구원하겠다는 그의 임무 또한 전 세계의 가짜 구루들의 사기행각을 교묘히 패러디한 것입니다. 사실상 바부의 철학은 실상과 달리, 동방에서 우리에게 전해진 다른 것들에 비해 훨씬 덜 불합리합니다.

저는 바부의 철학을, 우리 생활의 금기 문제를 수면 위

로 끌어올리기 위해 이용했습니다. 언급될 수 없는 문화
적 금기에 대한 체제들을 세밀하게 조사한다면 우리는 우
리의 집단적 두려움과 공포의 뿌리를 볼 수 있을지도 모릅
니다. 우리는 두려워하고 혐오하는 것들을 금기의 대상으
로 삼지만, 사실 그것들 대부분은 본래 그런 긴장된 감정
을 위한 대상이 아닙니다. 금기들은 우리의 현실 인식을
차단하고 비틀고 왜곡시킵니다. 항문이 신체 부위 중에서
는 가장 언급할 수 없는 부분인 까닭에, 그것은 불합리적
인 금기의 지극히 적합한 상징이지요. 항문과 똥구멍 간
에는 근본적인 차이가 있습니다. 즉 전자는 자연의 일부
이고, 후자는 자연에 대한 문화적 왜곡입니다. 자연을 파
괴한다는 것은 즉 우리 자신을 파괴한다는 뜻이므로, 우
리는 두려운 그 자연의 성질들에 그저 복종합니다. 또한
우리를 행동이나 언어로 폭력을 일삼게 만드는 그것들을
집단의식의 날을 세워 혐오하지요.

　바부 철학의 본질은 우리가 마음속에서 불합리적인 두
려움과 혐오를 없애버린다면 사랑의 역량을 더욱 넓힐 수
있다는 것입니다.

　『엉덩이에 입맞춤을』은 실상 정화 과정에 관한 것입니
다. 신체적 치유, 나아가 정신적 치유에 대한 오일레이의
탐색에 관한 이 모든 이야기가 궁극적으로 순수한 상태까
지 발전되기 때문입니다.

저는 당신의 두 번째 질문에 대해 부분적으로는 대답을 했다고 생각합니다. 저는 사실 전문적인 인류학자의 길은 중단했습니다. 제가 최소한 10년 동안 그 분야의 이론적 발전 및 기타 발전을 따라잡지 못했기 때문이지요. 그러나 민족지학자적인 면은 그대로 남아 있고 두 소설에서 그것을 볼 수 있습니다. 저는 당신이 표현했듯이 '사회, 문화, 인간 제도'에 관심을 갖는 작가는 또한 반드시 민족지학자가 돼야 한다고 생각합니다. 그는 실제 행동의 자질구레한 측면을 분석적으로 관찰할 수 있어야 하며, 그것들을 관련된 사회·문화적 패턴 안에 배열시킬 줄 알아야 합니다. 그는 이런 패턴을 얼른 파악할 수 있어야 하는데, 이것은 오랜 기간에 걸친 힘든 훈련을 통해 얻어질 수 있습니다. 이런 능력을 발전시킨 척하고 싶진 않지만, 저는 트리니다드, 파푸아뉴기니, 통가에서 도제로서, 또 전문적인 관찰자이자 사회 분석가로서 최소한 4년 동안 집중적으로 훈련했습니다. 그리고 그 이후, 훨씬 짧은 기간 동안 남태평양의 여러 다른 지역에서 일했지요. 사회문화 분석가로서의 전공 훈련 기간을 저는 여러 오지 농촌 마을에서 보냈습니다. 이를 통해 저는 지적, 정서적으로 그 환경에 가까이 갈 수 있었습니다.

간단히 말해 저는 더 이상 전문적인 인류학자가 아니지만, 어떤 면에서는 여전히 민족지학자입니다. 이것은 소설가로서의 저와 크게 상충되지 않습니다. 대체로 이 두 가지는 서로를 보완해줍니다. 저를 정말 곤혹스럽게 만드는 것은 이 대학에서의 저에게 주어진 일, 특히 학과장이자 수많은 상임위원회들과 특별 위원회의 일원이라는 일이 저에게서 글쓰기에 집중할 시간 및 두뇌 공간을 거의 남겨두지 않는다는 점입니다. 그러나 이것은 제 입장에서는 체계화의 문제이지요. 저는 상당히 뒤죽박죽인 편이지만, 나아지려고 노력은 하고 있습니다. 언젠가는 잘되겠지요. "너무 늦은 것은 아무것도 없다"라고 비관주의자는 말합니다.

　수브라마니: 당연히 저는 『엉덩이에 입맞춤을』의 발간을 태평양 문학에서 중요한 사건으로 여기고 있습니다. 그 책은 초기 문학의 전형이었던 편협한 심각성에서 태평양 문학을 해방시킨, 새로운 유형의 자유를 표현합니다. 또한 물론 이 소설은 본질적으로 굉장히 코믹한 작품입니다. 웬트에게도 유머는 있지만 그의 작품에는 특정한 현실을 겨냥한 냉랭하고 구슬픈 다양성이 담겨 있지요. 반면에 선생님의 작품은 모든 현실을 직접 겨냥하는 풍부하고 코믹한 정신이 드러납니다. 이러한 자유와 풍부함이 현재 태평양 여러 사회의 권위주의적 경향을 볼 때 오래갈 것 같지 않아 불안하시진 않습니까?

에펠리 하우오파: 현재 태평양에 존재하는 권위주의적 경향들은 실로 모든 형태의 자유를 억압합니다. 우리는 정치 체제에서뿐 아니라 종교, 공동체, 심지어 지식인층에서도 권위주의를 만나지요. 개인적으로 저는 저 자신의 자유를 잃을까 봐 걱정할 여유가 없습니다. 그렇게 되면 이 방식대로 글 쓰는 것이 방해당할 테니까요. 저는 전혀 용감하지 못한 사람입니다. 그런 건 아예 생각조차 하지 않지요. 그러나 그 문제를 거론하셨으니 하는 말인데, 저는 비록 지금 이 순간에는 자유가 억압되고 있지만, 인간의 정신은 언제나 솟아오르며, 심지어 재 속에서도 그렇다고 생각합니다. 그것을 영원히 억압할 수는 없는 법입니다. 미천한 방법으로나마 저는 늘 문을 활짝 열고, 되어가는 형편을 살펴보려 노력했습니다. 1970년대 중반에 통가에 돌아왔을 때 저는 처음에는 직접 공개적으로 그렇게 했습니다. 그 이후, 다른 사람들은 더욱 나아갔고, 겉보기엔 상당히 획일적인 남태평양 사회가 보이는 것만큼 유연성이 없는 것이 전혀 아니란 사실을 증명해주었습니다. 사실상 통가 사회에는 앞으로 더욱 많은 자유를 누릴 것임을 알려주는 유연성이 있습니다. 피지 사회 체제는 원래 유연하므로 획일화시키려는 모든 시도를 결국에는 이겨낼 것입니다.

글쓰기에 약간 재능이 있다는 것을 알고 나서 저는 온

정신을 거기 쏟았습니다. 저는 단순히 제 방식으로 생각하고 글 쓸 자유를 누림으로써 그 재능을 창의성뿐 아니라 마음의 문을 열기 위해 이용하고 있습니다. 그리고 저는 제가 동의하지 않거나 의심할 이유가 있는 사상이나 비전에 순응하라는 압력을 항상 완강히 거부해왔습니다. 이러한 압력을 상당부분 가까운 친척, 친구들, 그리고 옛 친구들이 가하지요. 작은 태평양 사회에서 특정한 자유를 얻으려면 가장 개인적이고 친밀한 사람들과 투쟁하는 단계까지 내려갑니다. 따라서 친척과 친구들의 애정을 잃게 되어 어려울 수밖에 없습니다. 소외의 느낌은 참으로 쓰라리겠지만, 그것이 자유를 위해 치르는 대가입니다. 어쨌든 고독은 작가 삶의 중요한 부분입니다. 우리는 주류와 떨어진 변경에 자리하고 있다는 사실을 받아들여야만 합니다. 그것은 어렵지만, 대안이라야 포기하는 것뿐입니다. 저는 절대 포기할 수 없습니다. 왜냐하면 저는 글쓰기란 사회를 위해 제가 할 수 있는 정말 몇 가지 안 되는 공헌 중 하나라는 믿음을 가지고 있기 때문입니다. 아마 그것은 거부당할지도 모릅니다만, 삶이란 다 그런 거지요.

수브라마니: 이 소설을 어떻게, 어떤 자세로 읽어야 하며, 다 읽은 후 어디에 보관되는 게 좋겠다고 제안하시는 바가 있는지요?

에펠리 하우오오파: 저는 그 책을 사랑, 순수, 조화, 그리고 무한한 기쁨에 관한 책으로서 읽겠습니다. 다른 분들이 어떻게 읽었으면 좋겠는지는 잘 모르겠습니다. 그리고 그 책이 오일레이가 비행기를 타고 뉴질랜드에서 고국으로 돌아가는 것으로 끝나므로, 그것은 이 세상의 모든 비행기 좌석 뒷주머니 안에 있으면 좋겠습니다. 참으로 제게 도움이 된 바버라의 말처럼 멀미용 비닐 옆에 말이지요. 그리고 오일레이가 마지막 치료를 받기 전에 오클랜드 호텔에서 하루를 지내므로 모든 호텔방 안, 기드온 성서 위에 놓이면 좋겠습니다. 그렇게 되면 저와 펭귄 출판사는 더욱 부유해질 테니까요.

민속지적 가치가 돋보이는
인류학적 소설

전경수

(한국 문화인류학회 회장 · 서울대 인류학과 교수)

다양한 은유가 교차하는 이 책의 제목에 반했다. 이 소설은 인류학적 소설쓰기와 식민지적 고발형식의 글쓰기가 결합된, 뛰어난 작품이다. 인류학적 소설쓰기는 오래된 전통 가운데 하나이다. 오스카 루이스와 카를로스 카스타네다의 작품들이 얼른 떠오른다. 아마도 에펠리 하우오파도 그들과 같은 반열에 올라 있지 않을까 하는 생각이 든다.

이 소설은 일반 독자뿐 아니라 인류학을 공부하고자 하는 젊은이들에게 의미 있는 소설이다. 저자는 인터뷰에서

"인간 행동의 다른 면들과 마찬가지로 사람들이 무엇을 보고 웃느냐, 또는 어떤 것에 웃느냐는 것은 문화적으로 결정됩니다"라고 말했다. 이 말은 인류학 교과서에 등장하는 내용 바로 그것이다.

에펠리 하우오파의 글을 읽고 있노라면 프란츠 파농과 치누아 아체베의 작품들이 교차되는 느낌이 든다. 파농과 아체베가 아프리카의 식민지적 삶을 고발하고 있다면, 에펠리 하우오파는 오장육부로 신체화된 식민지 사람들의 삶의 모습을 태평양을 무대로 보여주고 있다. 그는 태평양 사람들은 극도로 "소외된 민족집단이며, 태평양 지역은 세계의 모든 주요 강대국들이 무기를 시험하고, 독성 쓰레기를 버리고, 해양 자원을 탐욕스럽게 착취하는 데 더없이 좋은 곳"으로 변했다고 항변한다. 식민지적 현장과 상황을 여실히 드러낸다. 인류학자들이라고 하는 사람들은 이 정도의 궤변에서 논의를 종식시키는데, 에펠리 하우오파는 이 소설을 통해 존경스러울 정도로 치밀하게 논의의 깊이를 신체화하고 있다. 그렇게 못해 보는 게 나의 한계라고 생각되는 동시에, 에펠리 하우오파에게 의존하는 나 자신을 발견한다.

출처가 확실하거나 또는 불분명한 다양한 삶들이 복잡하게 얽혀서 돌아가는 현상을 우리는 다원주의(pluralism)라고 부른다. 이 소설은 오일레이 봄보키라는 피지의 유명 권투선수를 주인공으로 하여, 그 주변에서 돌아가는 인간관계를 풀어나간다. 이들의 관계를 종족적·의료적·종교적 다원주의로 풀어가는 기법은 작가의 인류학적 깊이를 가늠하게 한다. "오씨"와 "키위" 그리고 "코코넛"을 중심으로 그 사이에서 요리조리 빠지는 이호정과 이광수까지 등장하는 에스닉 플루럴리즘도 의료적 다원주의의 현상을 뒷받침해준다.

똥구멍 벽에 삿갓조개처럼 붙은 방귀돌 400개가 들어 있는 오일레이의 똥구멍에서부터 시작하는 방귀의 종류는 클라이맥스에서 "겹 방귀"에 이른다. 코골이와 똥구멍이 복합적으로 연출하는 '겹 방귀'에 얽힌 인간관계의 묘사는 인류학의 민속지로는 백미로 손꼽을 만하다. 방귀에 관한 민속지적 정보의 치밀한 정리가 돋보인다. 사실 그 표현은 음담패설이기도 하다. 태평양문화의 한 특징이 똥구멍의 음담패설로 엮어지는 내용은 언어인류학자의 관심과 주목을 끌어들인다.

이 소설은 외설스럽지 않고, 민속지적 가치를 돋보이면서 읽어내려 가기 쉬운 인류학적 소설로 평가 받을 만하다. 그 이유는 똥구멍의 병으로 고생하는 주인공의 "신체적 치유, 나아가 정신적 치유에 대한 오일레이의 탐색에 관한 이 모든 이야기가 궁극적으로 순수한 상태에까지 발전하는 정화 과정"을 겨냥함과 아울러 "국가발전 정책의

붕괴는 또한 전통 의학에 대한 관심을 높이는 데 기여했
다”는 저자의 경고이자 고발에 근거하고 있기 때문이다.